들리지
않는
소리

들리지 않는 소리

초판 1쇄 인쇄 · 2023년 1월 15일
초판 1쇄 발행 · 2023년 1월 24일

지은이 · 이충옥
펴낸이 · 한봉숙
펴낸곳 · 푸른사상사

주간 · 맹문재 | 편집 · 지순이 | 교정 · 김수란, 노현정 | 마케팅 · 한정규
등록 · 1999년 7월 8일 제2-2876호
주소 · 경기도 파주시 회동길 337-16 푸른사상사
대표전화 · 031) 955-9111(2) | 팩시밀리 · 031) 955-9114
이메일 · prun21c@hanmail.net
홈페이지 · http://www.prun21c.com

ⓒ 이충옥, 2023

ISBN 979-11-308-2005-7   03810
값 16,900원

43
푸른사상
소설선

들리지 않는 소리

이충옥 소설집

푸른사상
PRUNSASANG

문주란 꽃이 활짝 폈다.

친구가 분양해준 두 포기 문주란은 한여름 옥수수 잎처럼 푸른 잎만 자랑했다. 물과 햇볕은 충분할 텐데, 너무 온실에서 키우는 건가, 정성이 부족한 탓인가, 화분에 갇혀 있어 그런가, 꽃을 모르는 수놈인가 별별 생각이 오갔다. 그렇다고 나무처럼 우람해지거나 키가 쑥쑥 자라 곤란하지 않으니 얼마나 다행인가. 딱 그만큼에서 머물러 잡초처럼 죽지도 않으니 분재 키우는 셈 치자 했는데 불쑥 꽃대가 올라온 것이었다. 30년 만이었다.

무척 기뻤다. 백합보다 은은한 향에 취했다. 마음속 깊은 곳에서 좋은 기운이 차올랐다.

스무 살까지 할머니와 언니랑 살았다. 멀리 계신 부모님은 줄줄이 늘어나는 동생들이 차지했다. 모두 모여 산 건 겨우 3년 정도였다.

양수리 집은 늘 고요했고 적막했다. 하루하루는 무채색, 멀리서 보면 아늑했고 가까이 들여다보면 공허였다. 시선은 시끌시끌한 이웃집으로, 동네로 향했다. 복작복작 사는 사람들의 삶이 궁금했다. 소설의 시작이었다. 영혼은 얽히고설킨 사람들의 일상으로 스며들어 함께 밥을 먹고 자고 고민하고 싸우고, 몰래 울었다.

대청봉을 두 번 올랐다. 한계령에서 시작하여 대청봉에서 오색계곡으로 하산하는 코스였다.

오르는 내내 단풍 든 설악산에 반했다. 황홀했다. 여운이 깊이 남는 소설처럼 뛰어난 절경에 이대로 죽어도 좋아, 여한이 없어, 세상을 다 가진 기분이었다. 행복도 잠깐 영원히 산에서 살 순 없는 노릇, 내려오는 길이 얼마나 가팔랐던지 그냥 산에서 살았으면 싶었다. 다리가 후들거려 한 발 내딛기가 두려웠다. 죽거나 말거나 굴러버리고 싶은 심정으로 엉금엉금 기다시피 하며 내려왔다. 다시는 절대 결코 설악산을 오르지 않으리라는 맹세가 절로 나왔다. 그러곤 또 갔다.

흐르는 세월 따라 산의 높이는 슬금슬금 낮아졌다. 이즈음엔 오르내림이 완만한 산을 골라서 다니고 있다. 머지않아 산이 아닌 둘레길 정도를 걷게 될 것이다. 그러다 땅 밑을 뚫고 내려가는 날도 올 테고.

멋진 소설을 쓰겠다는 열정이 하늘을 찔렀다. 대청봉 오르는 건 식은 죽 먹기였다. 단편 중편 장편 가리지 않고 술술 써 내려갈 것 같은 황홀한 시절은 분명 있었다. 세월이 흐르면서 오르는 산의 높이가 낮아졌듯 열정의 온도도 식어갔다. 잘 써져도 그 수준인데 안 써지면 어찌 되려나 쓸쓸한 기분을 떨칠 수 없지만 걸음을 멈추는 그 순간까지, 아니

들리지 않는 소리

그보다 더한 순간이 와도 쓸 것이다. 쓸 수 있을 것이다. 정말 쓰고 싶다. 잘할 수 있는 게 읽고 쓰는 것뿐이니까.

문주란 꽃처럼 기나긴 기다림 끝에 내는 책이다. 첫 책이라니, 부끄러우면서도 설렌다. 책을 내기까지 도움을 주신 분들이 생각난다. 소설가는 무엇을 쓰기보다 어떻게 쓸 것인가를 깊이 고민해야 한다고 말씀해주신 선생님들, 각자의 공간에서 소설을 끌어안고 씨름하고 있을 문우들, 나름의 시간을 소설과 무관하게 구순히 살고 있을 지인들, 그리고 멀리서 혹은 지척에서 응원해준 가족, 두루두루 감사하다.

책을 발간해주신 푸른사상사 대표님과 졸고를 옥고라 칭찬해주신 맹문재 선생님께 깊은 감사를 드린다.

그리고 종이책을 펴 이 글을 읽을 독자, 님들에게 반가운 인사를 전한다.

2023년 1월
이충옥

차례

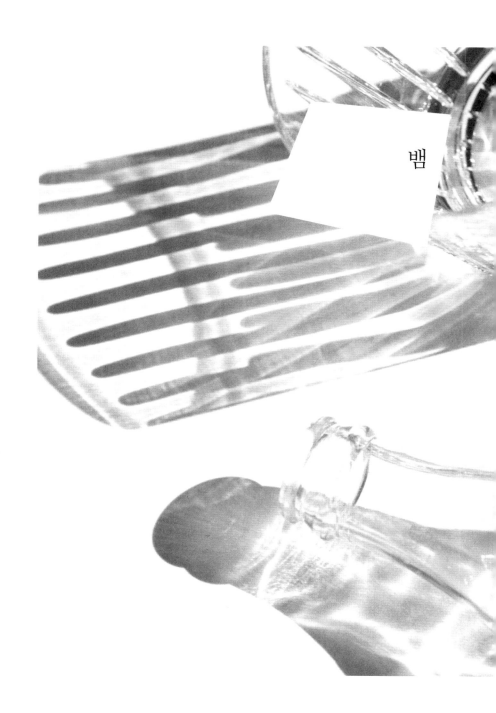

밤

뱀

당신 엄마잖아. 남편의 말에 은재는 드립포터를 거칠게 내려놓았다. 내 삶에 그런 존재는 없다고 했지! 은재는 한 음절 한 음절 힘주어 말하며 아일랜드 식탁 모서리를 움켜쥐었다. 떨리는 손을 진정시키기 위해서였다. 와우, 그럼 나의 누나는 하늘에서 떨어졌을까, 땅에서 솟았을까? 남편 환이 눈을 동그랗게 뜨고 양손을 펴 보였다. 난 모르는 사람이니까, 저지른 사람이 책임져. 은재는 환을 노려보며 말했다. 날 선 분위기를 농담으로 눙치려는 태도도 마뜩잖았다. 마중하려고 했는데 갑자기 미팅이 잡혔다고 했잖아. 중요한 고객이라 변경할 수 없어. 환은 퉁명스럽게 말하며 핸드폰을 챙겼다. 한인마트에 3시 도착, 차는 두고 출근하니까 늦지 마세요. 환의 목소리가 현관에서 날아왔다. 난 절대 안 가. 못 가. 은재는 비명처럼 외쳤다. 현관문이 요란하게 닫혔다.

들리지 않는 소리

미쳤어, 미친 거야. 마주치는 것도 끔찍한데 마중이라니. 은재는 두 주먹을 불끈 쥐었다. 화가 치밀어 가만히 있을 수 없었다. 거실을 몇 바퀴 돌았다. 분노가 조금 누그러들어 창가에 서서 숨을 깊이 들이마셨다. 창문을 기웃거리는 침엽수가 유난히 날카로워 보였다. 화단 사이 조붓한 길에 은발의 여자가 검은 개를 앞세우고 걸어가고 있었다. 떨어지는 빗방울쯤 아랑곳없는 느린 걸음이었다.

어디서부터 잘못되었을까. 은재는 환의 말을 건성으로 넘긴 게 화근이지 싶었다. 당신…… 보고 싶어 하잖아. 그때 당신 뒤에 오는 조사가 '당신이'인지 '당신을'인지, 보고 싶어 하는 주체를 따지지 않고 흘려들었다. '이'는 절대 아니었다. 만일 '을'이라면 몹시 불쾌했다. 그럴 리 없기 때문이었다.

며칠 전이었다. 휴무라 느긋하게 일어났다. 깜짝 선물을 준비했다는 환의 말에 은재는 긴장했다. 일상은 물론이고 주변의 공기조차 미동이 없기를 바라는 즈음이었다. 들뜬 마음을 숨기고 있어 소소한 선물도 부담스러웠다. 장모님이 밴쿠버행 비행기를 탔다는 말에 농담하지 말라고 했다. 새엄마가 올 리 없었다. 만일 그렇다면 아빠가 연락했을 것이다. 행여 그렇다고 해도 선물은 아니었다. 아, 그 장모님이 아니라 당신 친엄마. 은재는 얼굴이 확 달아올랐다. 친엄마라는 말이 몹시 생경했다. 영어권에서 살아서 그런 것은 아니었다. 자신도 모르는 그녀의 근황을 환이 어떻게 알 수 있단 말인가. 게다가 그녀가 여길 왜 온단 것이지? 머릿속이 혼란스러웠다. 놀랄 줄 알았다는 듯이 환이 자랑스럽게 말을 이었다. 처남이 알려줬다며, 그녀가 친구들과 여행길에 올랐다고 했다. 시애틀을 거쳐 밴쿠버와 로키를 여행하고 다시 시애틀로 가서 귀국하는 여행 코스라는 것이었다. 리얼리? 얼결에 영어가 나왔다. 리얼! 환은 웃으며 고개를 끄덕거렸다. 그러곤 그녀가 일행과 떨어져 밴쿠버에 더 머물고 싶다는데 괜찮으냐고 물었다. 난 관심 없어. 밴쿠버가 내 땅도 아닌데 알 게 뭐람. 은재는 오빠한테 화가 치밀어 환의 물음에 건성으로 답했다. 자신에게 물어보지도 않고 환에게 그녀를 연결했냐고 따질 요량으로 핸드폰을 들었다. 그때 환이 머뭇거리며 말했다. 당신…… 보고 싶어 하잖아. 한국은 깊은 새벽이었다. 그래도 통화하기를 눌렀다. 받지 않았다. 깊은 잠이 든 모양이었다. 오빠 미쳤어? 깨면 바로 통화해. 메시지를 남겼다. 나와 상관없는 사람이니까 당신도 두 번 다시 연락하지 마. 은재는 단호하게 소리치곤 화장실로 가 세면대의 물을 틀었다. 거울 속에 머리를 산발한 여자가 서 있었다. 험악한 표정으로 서로 노려보았다.

한인 마트 주차장으로 진입하기 위해 은재는 핸들을 거칠게 꺾었다. 평소 주차장에 들어서면 잔잔한 바다를 보듯 좋았던 것과 달리 거센 파도와 마주한 기분이었다. 밴쿠버 시내에서 떨어진 랭리에 살면서 즐겨 찾은 곳은 마트나 쇼핑몰의 주차장이었다. 지상의 넓은 주차장에 주차하기란 식은 죽 먹기여서 한국에서 서툴렀던 운

들리지 않는 소리

전이 완벽해졌다. 더불어 삶도 그런 것 같았다. 쉬는 날이면 마트로 차를 몰았다. 마트를 무슨 놀이공원에 가듯 좋아하냐고 환이 놀릴 정도였다.

입구에서 먼 한적한 자리에 주차한 은재는 천천히 마트로 향했다. 비가 내려 서둘렀는데 그새 비는 그치고, 버스 도착 시간까지 여유가 생겼다. 카트를 밀며 매장을 돌았다. 파프리카 감자 당근 등이 쌓여 있는 야채 코너를 지나자 멸치와 김 등의 건어물이 보였다. 고향만두와 돈가스로 채워진 냉동 칸 옆에는 한글로 쓰여 있는 스낵 봉지가 즐비했다. 신라면과 진라면이 탑처럼 쌓여 있는 옆을 지나면서 은재는 진저리를 쳤다. 한국인 듯 착각이 일었다. 환과 함께 처음 한인 마트를 왔을 때와는 확연히 다른 착각이었다. 그때는 신기했으나 지금은 두려웠다. 마중이고 뭐고 다 팽개치고 돌아가고 싶은 마음을 억누르기 위해 은재는 황급히 육류 코너로 향했다. 생각할수록 오빠가 원망스러웠다. 정작 오빠도 놀라워했다. 엄마가 거기를? 김 서방 번호를 아냐고 물어 단순히 안부만 주고받을 줄 알았어. 한국이 아니라서 용기를 냈나? 은재는 오빠의 말에 더욱 심사가 뒤틀렸다. 한국이나 밴쿠버나 뭐가 다르단 말인가. 만나고 안 만나고는 장소에 따라 다른 게 아니라 그 사람이라는 게 문제였다. 어디에서든 만나고 싶지 않은 사람이었다. 난 도망치려고 떠나온 게 아니라 진심으로 환을 선택한 거야. 은재는 오빠에게 소리쳤다.

사귄 지 3년이 되어가는 어느 날, 환은 한국에 온 지 오래되어 곧 영주권이 만료된다며 심란해했다. 밴쿠버로 돌아가야 하는데 다시 나오기가 어렵다는 환에게 은재는 같이 가겠다고 했다. 환의 표정이 환해졌다. 환과 손깍지를 끼고 탄 비행기 안에서 은재는 세 번째 기내식으로 나온 햄버거를 한 입 베어 물고 말았다. 한 살 연상이 흠은 아닐까, 부모님의 이혼이 걸림돌이 되면 어쩌나, 환은 큰소리쳤으나 어른들의 마음이란 알 수 없는 게 아닌가. 비행 시간이 줄어들수록 걱정은 늘어났다.

어른들은 반갑게 맞아줬다. 그러나 결혼을 허락하지 않았다. 한국서 대기업을 다니든 잘 나가는 직업을 가졌든 여기서 시작할 때는 다 같다고 했다. 일자리가 많으나 대부분 고된 일이고, 물가가 높고 주거비 지출이 커 두 사람 수입으로 평범한 삶을 살기란 요원하다는 것이었다. 주거 문제는 한국이든 외국 어디든 마찬가지라고 은재는 생각했다. 그래서 두렵지 않았다. 달랑 캐리어 하나 끌고 왔으나 집이나 직장에 미련이 없었다. 거세게 반항하는 환을 어르고 달래 연애만 하라는 부모님의 뜻을 따르자고 했다. 인천공항행 비행기 티켓을 찢은 후, 주택 문제를 해결하려고 환과 머리를 맞댔다. 둘 다 모아놓은 결혼 비용은 없었다. 카페만 가지 않았어도, 치맥만 참았어도, 둘이 번갈아 쌓은 후회의 벽돌은 성을 이뤘다.

기다림의 시간은 길지 않았다. 양쪽 어른들의 도움으로 콘도형 주택을 구입하고 결혼식은 간소하게 했다. 아빠와 새엄마, 대학생인 동생이 하객으로 왔다. 오빠는 바쁘다며 다음에 와보겠다고 했다.

　　　　　　　　　　　　　　　들리지 않는 소리

환은 부모와 형네 부부를 포함해 스무 명을 초대했다. 신혼여행은 생략했다. 서울서 온 세 사람은 비싼 비행기를 타고 왔는데 그냥 가기 아깝다며 밴쿠버 곳곳을 여행했다.

은재는 매장을 두 바퀴 돌았다. 선뜻 손이 가거나 사고 싶은 물건이 없었다. 냉장고가 텅 비어 있어 무엇이든 사야 했다. 평소 먹고 싶을 때 바로 먹을 수 있게끔 냉장고를 채워놓자는 환의 말을 은재는 콧등으로 들었다. 환은 부모님이 늘 바빴기 때문에 냉장고가 꽉 차 있으면 위안이 되었다고 했다. 은재는 달랐다. 먹거리로 가득 찬 냉장고를 보면 숨이 탁 막혔다. 엄마가 밤이 깊어야 돌아온다는 뜻이었다.

버스 도착 시간이 가까웠다. 은재는 카트를 거칠게 밀어 눈에 띄는 제품들을 마구 담았다. 두부와 김, 숙주나물, 냉동만두, 3분 카레와 데우기만 하면 되는 육개장과 미역국, 라면 묶음들이 카트에 앉아 있었다.

대형 버스 문이 열리고 챙모자를 쓴 남자가 내렸다. 대여섯 명의 여자들이 뒤를 이었다. 얼핏 보니 그들은 모두 선글라스를 끼고 있었고 차림이 화사했다. 은재는 입술을 깨물며 가이드 명찰을 목에 건 남자에게 다가갔다. 가이드는 도착이 늦어 죄송하다고 하더니 그녀의 이름을 대며 마중 나오셨냐고 물었다. 은재는 작은 소리로 그렇다고 했다. 그러자 버스에서 내린 일행 중 한 사람이 다가와 은재냐고 다그치듯 물었다. 은재는 시선을 떨구고 보일 듯 말 듯 고개를 끄덕였다. 순식간에 일행이 빙 둘러섰다. 엄마를 잘 부탁한다, 딸 보러 일부러 먼 길을 왔다, 누가 봐도 모녀인 줄 알겠다, 이런저런 말들이 두서없이 날아왔다. 은재는 당혹스러웠다. 호기심으로 번득거리는 눈빛에 온몸이 발가벗겨지는 기분이었다.

그녀가 캐리어를 앞세우며 다가왔다. 그녀는 일행을 향해 그만하라고 손사래를 쳤다. 시간이 지체되었다며 일행에게 탑승하라고 가이드가 외쳤다. 그녀와 일행은 이별의 아쉬움을 반복적으로 나누었다. 은재는 덩그러니 서 있는 캐리어를 차에 실으면서 나오지 않았어도 괜찮았다는 걸 깨달았다. 자신이 보이지 않으면 일행들이 휑한 주차장에 그녀만 남기고 떠났을 것 같지 않았다.

김 서방은 안 왔네. 보고 싶었는데. 마트 주차장이 지상에 있으니 얼마나 좋아. 넓기까지 하니 정말 부럽네. 여기도 외국인들보다 우리나라 사람들이 많구나. 밴프도 한국 사람들 천지던데. 너희도 가봤겠지만 레이크 루이스, 물빛이 어쩜 그렇게 환상적이니. 빙평선이라고 아니? 수평선 지평선은 들어봤어도 빙평선은 이번에 처음 들었어. 수목성장한계선이라던가, 나무들이 살지 못하는데 그 라인을 빙평선이라 부른다던가…… 산이 깊으니 불이 나도 끄지 않고 자연적으로 진화될 때까지 기다린다고 하니, 여기 사람들은 자연에 순응하며 사는 것 같아. 살다 보니 수억 년 된 빙하도 밟아보고. 크레바스라고 들어봤지? 눈으로 보이는 틈새는 좁아도 깊이를 알 수 없어 빠지면 영원히 못 찾을 수도 있다는 말을 듣는 순간, 크레바스도 괜찮은 무덤이라는 생각이 들었지 뭐니. 어머, 거리에 사람이 없네. 집들이 정말 그림같이 멋있어.

은재는 운전대를 잡은 손에 힘을 주었다. 시동을 걸자마자 쉼 없이 쏟아지는 목소리를 차단하고 싶었으나 조용히 하라는 말조차 섞고 싶지 않았다. 라디오를 켰다. 음악이 나오는 채널로 주파수를 맞췄다. 라디오도 듣고, 영어는 잘하겠네. 난 영어를 못해 여기서 살라고 해도 못 살겠다. 하마터면 은재는 백미러로 뒷좌석에 앉은 그녀의 얼굴을 볼 뻔했다. 차선을 바꿀 때도 그녀의 얼굴을 보지 않으려고 백미러 대신 양 사이드미러를 주시했다. 라디오 볼륨을 높이며 중얼거렸다. 당신이 여길? 그러면 나는 미국, 아니 더 멀리 브라질로 간다.

튀김옷을 입고 빵가루로 치장한 새우들을 기름 솥으로 던졌다. 기름이 요란하게 끓어올랐다. 침입자를 거부하는 몸부림처럼 보였다. 새우가 허리를 굽히며 애걸했다. 이내 꼬리를 붉히며 항복했다. 태울 거요? 사장이 팔꿈치를 툭 쳤다. 은재는 화들짝 놀라 집게로 새우를 건져냈다. 튀김 새우가 담긴 그물망 소쿠리를 딱딱 쳐 집요하게 달라붙은 기름을 털어냈다. 노랗게 튀겨진 감자와 붉은 당근 옆에 새우 다섯 마리를 눕혔다. 서빙 정이 튀김 접시를 쟁반에 올려 홀로 내갔다. 사장이 붉은 알로 둘러싼 롤을 썰어 두툼한 나무판 위

뱀

에 비스듬히 눕혔다. 은재는 생와사비가 든 짤주머니를 사장에게 건 넸다. 사장이 짤주머니를 신중하게 조였다 풀자 초록 이파리가 솟아 났다. 덕분에 캘리포니아 롤이 싱그러운 꽃으로 활짝 피었다. 서빙 정이 엄지 척 하곤 완성된 음식을 들고 나갔다. 우동과 함께 주문한 스시는 사장의 몫이었다. 은재는 핫푸드 메뉴를 완벽하게 할 수 있으나 롤을 말기에는 부족했다. 주메뉴인 캘리포니아, 다이너마이트 롤은 흉내 내는 수준이었다. 은재는 다 끓은 우동을 그릇에 옮겨 담고 썰어놓은 파를 한 스푼 덜어 그 위에 뿌렸다.

화이트보드에 붙어 있는 주문서는 없었다. 은재는 고개를 내밀어 홀을 살폈다. 음식을 먹고 있는 손님의 우람한 등판이 보였다. 옆 테이블에서 식사를 마친 손님들이 엉거주춤 일어섰다. 서빙 정이 재바르게 카운터로 향했다. 손님은 카드를 내밀면서 손가락을 세 개 펴 보였다. 팁 3불을 계산에 포함하라는 뜻이었다. 문득 세월의 흐름이 느껴졌다. 불과 1년 전만 해도 팁은 테이블 위에 동전으로 놓여 있었다.

환의 취업은 수월했다. 은재는 놀고 있을 수 없었다. 영주권이 없고 영어로 대화할 실력이 아니어서 일자리가 한정적이었다. 출퇴근 거리도 무시할 수 없었다. 차는 환이 타고 다녔다. 차 두 대를 굴릴 형편이 아니었다. 다행스럽게도 걸어서 다닐 수 있는 스시집에 자리가 있었다. 서툰 영어로 주문을 받고 완성된 음식을 테이블로 내가는 일이었다. 빈 그릇 옆에 팁으로 놓은 지폐나 동전을 보면 기분이 묘했다. 어느 순간 머쓱함이 덜어지고 팁이 두둑한 날은 퇴근길이 가벼웠다.

한국에서 손님이 오면 힘들어. 대단한 접대를 기대하는데 우린 먹고살기 바쁘거든. 사장이 칼을 들고 다가오며 말했다. 사장은 자신의 전용 칼을 소중히 다뤘다. 누구도 함부로 만질 수 없었다. 사장이 싱크대 앞에 나란히 섰다. 칼을 씻으려는 것이어서 은재는 도마를 씻으며 옆으로 반걸음 옮겼다. 며칠 계시지? 5일이요. 친척? 아뇨, 오빠를 낳은 사람. 은재는 사장에게는 솔직하게 말하고 싶었다. 저런, 어머니가 오셨는데 계속 근무한 거야? 사장이 나무라듯 말했다. 하루만 쉴래요. 이혼하고 떠난 사람이에요. 은재는 사장이 놀라 쳐다보는 시선이 느껴졌다. 고개를 돌려 얼굴을 보지 않아도 놀란 사장의 표정을 그릴 수 있었다. 미간을 모으고 눈을 크게 떴으리라. 조금은 우스운 표정이지만 곧 미간이 풀리고 온화해질 것이다. 그럴수록 함께해야지. 귀한 시간인데 이렇게 보내는 건 아니지. 사장의 목소리가 가슴으로 스며들었다. 만나고 싶지 않은데 제멋대로 나타났어요. 은재는 담담히 말했다.

서빙 정이 주문서를 내밀며 30분 후 픽업, 이라고 외쳤다. 전화로 주문하여 가져간다는 뜻이었다. 오후 늦은 시간이 되면 투고(to go)로 더욱 분주할 것이다. 퇴근길에는 대부분 음식을 포장해 갔다. 은재는 주문서를 받으려고 몸을 돌렸다. 사장과 정면으로 부딪쳤다. 사장이 양손을 펴 보이며 환히 웃었다. 은재는 얼굴을 붉혔다. 이십

대 후반에 밴쿠버로 왔다는 사장은 사십 중반이었다. 스시집을 차리고 결혼하여 아이가 둘이 되기까지 안 해본 일이 없다고 하는데 풍기는 분위기는 학구적이라 고생이라곤 모르고 자란 사람 같았다.

서빙 일에 지쳐갈 즈음에 영주권이 나왔다. 영주권이 빨리 나온 편이라며 시어른들이 좋아했다. 은재는 좀 더 나은 일자리를 구하기 위해 서빙 일을 그만두었다. 영주권이 해결되니 언어가 문제였다. 스시집에서는 손님들과 간단히 대화했고, 같이 근무하는 사람들은 모두 한국 사람들이었다. 환과 주고받는 짧은 영어로는 실력이 늘지 않았다. 영어를 유창하게 구사하기는 요원했다. 부족한 영어로 할 수 있는 일은 스시집밖에 없었다.

은재는 단순하게 일만 하고 싶지 않았다. 한국에는 상가 건물마다 치킨집이 있듯이 여기는 스시집이 있다. 타운형 주택이나 콘도형 주택단지의 몇 블록 언저리에는 상가 구역이 있고, 유동 인구가 많은 지역은 같은 건물에 스시집이 두 곳이나 있었다. 스시집은 주로 한국 사람이 운영했고, 요리사 자격증이 있어야 창업할 수 있는 건 아니었다. 모든 식재료는 해당 업체에 주문하면 배달되었다. 스시는 한국에서 먹었던 회와 달랐다. 대부분 연어와 참치였고, 메뉴도 캘리포니아 롤류와 튀김, 라멘, 우동 등 간단했다. 4인 테이블 대여섯 개 정도의 작은 규모라면 환과 둘이 할 수 있을 것 같았다. 환은 고개를 절레절레 흔들었다. 자동차 영업일이 적성에 맞지 않다고 불평을 하면서도 스시집은 내켜 하지 않았다. 물론 가게 임대할 자금도

들리지 않는 소리

턱없이 부족해 언제 시작할지 막연했다. 그래도 은재는 주방 일을 배울 수 있는 스시집을 찾았다. 이곳에서 벌써 튀김 같은 핫푸드 조리 과정은 마쳤다. 롤을 말고 스시를 요리하는 과정까지 긴 여정이 기다리고 있다.

홀이 시끄러웠다. 서빙 정이 미안하다고 말하는 소리가 들렸다. 사장이 연어 스시를 만들면서 소동에 귀를 기울이는 걸 본 은재는 젖은 손을 앞치마로 닦으며 홀로 나갔다. 서빙 정은 두 손을 모으고 손님 앞에 엉거주춤 서 있었다. 검은 머리에 피부가 까무잡잡한 남자가 젓가락으로 테이블을 톡톡 치며 알아들을 수 없는 말을 하고 있었다. 서빙 정이 한국말로 소곤거렸다. 라멘이 핸드폰의 그림과 다르다고 저러는 거라고 했다. 은재는 주방으로 들어와 주문서를 봤다. 주문한 라멘이 맞았다. 다시 끓여. 사장이 말했다. 손님이 아니라면 아닌 거야. 똑같은 거라고 구구절절 설명해봤자 소용없어. 다시 끓여주면 사진과 같아 보일 거야. 삶은 주관적이거든. 사장은 초월한 듯 덧붙였다.

출입문에 마감 푯말을 건 서빙 정이 두 팔을 올리며 만세를 외쳤다. 노동이 끝난 즐거움을 표현해야 입에 가시가 돋지 않는다고 너스레를 떠는 바람에 모두 한바탕 웃었다. 은재는 주방을 정리했다. 홀 정리는 서빙 정의 몫이었다. 사장은 남은 재료를 파악한 후, 매출전표를 뽑고 팁을 계산할 것이다. 팁은 홀과 주방이 6대 4로 나눠 당일 계산했다.

서빙 정은 팁이 두둑한 날은 가게 문을 나서면서 노래를 부르곤 했다. 스물여섯, 더 넓은 세상에서 살아보고 싶어 비행기를 탔다며, 낳고 길러주신 분들보다 홍대 앞 밤거리가 더욱 그립다며 〈불효자는 웁니다〉를 불렀다. 저 앳된 얼굴에서 어떻게 저런 묵은 노래가 나오는지 미스터리한 1인이라고 사장이 놀렸다. 그러면 은재는 장단을 맞췄다. 다음 내리실 역은 홍대 홍대 앞입니다, 이어 어설픈 영어로 그리고 중국어 비슷한 발음을 쏟아냈다. 사장은 미스터리 2인이 여기 있다며 놀란 시늉을 했다. 은재 씨도 홍대가 그리워? 사장의 물음에 은재는 네버, 절대 노, 라고 고개를 젓고 두 손까지 흔들었다. 7년 전으로 돌아가 서빙 정의 나이가 되었다고 해도 아니었다. 방황은 지겨웠다.

언제부터인가 서빙 정의 노래가 바뀌었다. 혼자서는 밤이 너무 너무 길어요, 아 당신은 무정한 사람. 몇 달째 퇴근 후 혼자 지내야 하니 저런 노래가 나올 수밖에 없다는 생각이 들어 은재는 조용히 웃었을 뿐 홍대행 전철을 타지 않았다. 사장 앞에서 품위를 지키고 싶었다. 설렘이 소복소복 쌓였다.

차에 타자마자 은재는 안전벨트를 착용하고 쇼핑백을 무릎에 얌전히 올려놓았다. 쇼핑백에 든 음식이 소중한 건 아니었다. 종일 혼자 계셨을 텐데 빈손으로 들어가는 건 아니라며 직접 조리해 포장까지 해준 사장에게 예의를 차리고 싶었다.

전등이 꺼진 가게의 출입문을 잠그는 사장의 뒷모습을 보며 은

들리지 않는 소리

재는 깊은숨을 몰아쉬었다. 마감 시간에 맞춰 온다고 환이 연락했을 때, 알았다고 할 생각이었다. 사장의 차로 퇴근하지 못하는 아쉬움을 삼켰다. 장모님도 같이 갈 거 같아. 일하는 곳이 궁금하다고 하시네. 이어 날아온 메시지에 은재는 화들짝 놀라 답을 보냈다. 벌써 마감했어, 곧 가니까 오지 마.

사장은 시동을 걸었다. 은재는 몸을 곧추세우고 정면을 바라보았다. 어스름한 하늘 아래 단층 상가 건물은 우중충했다. 길게 늘어선 가게들이 문을 닫아 새어 나오는 불빛이 없었다. 밤 9시가 훌쩍 넘었는데도 어둠은 그늘에 숨어 몸을 사렸다. 백야였다. 낮과 밤을 나누는 건 빛이 아니라 시간이었다.

차는 주차장을 벗어났다. 주택가인데도 차들만이 드물게 지나가고 오가는 사람이 보이지 않았다. 출근길에 활짝 반기던 작약은 고개를 외로 꼬고 외면했다. 창밖으로 공원이 다가왔다. 잔디밭에 엎드려 있는 침엽수의 둥근 몸피가 봉분처럼 보였다. 공원묘지를 지나는 듯 오싹했다. 키 높은 가로등은 땅보다 하늘과 친했다. 나무와 풀이 우거진 숲이 나왔다. 숲은 백야를 거부했다. 검은 덩어리를 품고 있다가 사람이 지나가면 기다렸다는 듯 어둠과 적막을 풀어 그물에 갇힌 물고기처럼 꼼짝달싹 못 하게 할 것 같았다.

차의 속력은 느렸다. 집으로 가는 10분 동안 사장은 가게와 집과 무관한 얘기를 했다. 부드러운 목소리에 마음이 무장해제되어 은재 또한 누구에게도 얘기한 적 없는 사소한 감정들을 스스럼없이 풀어놓았다. 지난날과 앞날의 어느 한순간을 공유하는 재미는 컸다. 차 안에서의 시간이 오롯이 자신만의 것이라는 걸 은재는 알았다. 즐거움으로 압축된 시간이었다.

콘도형 5층짜리 건물 앞이 가까이 다가왔다. 은재는 안전벨트를 풀었다. 조심히 들어가세요. 가볍게 고갯짓한 후, 차 문을 열었다. 은재는 스시가 든 쇼핑백을 두 손으로 잡고 멀어지는 차를 바라보았다. 두 블록 더 가면 사장도 집에 들어갈 것이다. 현관문을 열면 아들 둘이 그 누구보다 앞서 달려 나올 집으로.

식탁에 밥상이 차려졌다. 불고기와 달걀말이, 김치와 오이무침이 정갈했다. 불고기와 오이는 냉장고에 없던 재료였다. 은재는 연어 회와 스시를 풀어놓았다. 환은 황홀한 표정으로 수저를 들었다. 오랜만에 보는 제대로 밥상이라 반가울 터였다. 시금치국을 퍼주며 배고플 텐데 어서 먹으라고 그녀가 권했다. 은재는 허기졌지만 먹고 왔다고 둘러댔다. 환의 눈길이 느껴졌다. 믿기 힘들다는 눈빛이었다. 퇴근이 이른 환은 언제나 은재를 기다렸다가 같이 저녁을 먹었다.

국이 입에 맞으려나 모르겠네. 그녀가 수저를 들며 말했다. 아주 맛있습니다. 이건 은재가 만들었어요. 맛보세요. 환이 연어 회와 스시를 그녀 쪽으로 밀며 은재의 눈치를 살폈다. 롤을 말 순 있지만 스시를 요리할 수준이 아니라는 걸 환도 알고 있었다. 은재는 마지못

들리지 않는 소리

해 수저를 들었다. 그녀와 은재 사이에서 쩔쩔매는 환을 위해서였다. 분위기는 미적지근한데 밥은 따듯했다. 연어가 탱글탱글 맛있네. 대단한 솜씨야. 언제 이런 걸 배웠대? 그녀가 호들갑스럽게 물었다. 은재는 눈짓으로 환에게 대답을 넘겼다. 환은 음식이 입안에 가득해 말을 할 수 없다는 듯 과장되게 음식을 씹었다. 알래스카가 가까워서 그런지 연어가 아주 탱글탱글하네. 그녀가 중얼거렸다.

방이 춥진 않으세요? 환이 물었다. 난방을 최고로 올리니까 잘 만하네. 그녀는 웃으며 말했다. 아침에 방에서 나올 때 두 팔을 엇갈려 팔뚝을 잡는 모양새가 춥게 잔 것 같아 은재는 방에 있는 이불을 챙겨 환에게 주며 그녀에게 건네라고 했던 것이었다. 진작 챙겨 드릴 걸 그랬나 봐요. 환이 말했다. 그녀는 괜찮다고 하면서도 환이 건네는 이불을 받았다. 이젠 이걸로 충분하다고 하며. 은재는 입술을 깨물었다. 여기는 침대 문화라 바닥에 온기가 없다는 말을 왜 하지 못하는지, 환이 답답했다. 여기 사람들은 실내에서도 신발을 신는다, 그나마 거실 바닥이 나무여서 냉기가 덜하다는 말도 보태면 좋으련만 환은 거기까지 생각하지 않는 것 같았다. 방에 두꺼운 카펫이 깔려 있고, 난방으로 온도 조절이 가능한 데다 시댁에서 가져온 두꺼운 이불이 있어 은재는 추위쯤은 괜찮을 줄 알았다. 6월이지만 아침저녁으론 이른 봄 정도의 쌀쌀함이 느껴졌다. 비가 잦은 것에 비해 습기가 거의 없어 해가 쨍쨍 나도 살에 달라붙는 온기를 느끼기 힘들었다. 시간이 흐르면서 투명하고 건조함에 익숙해졌다. 호텔 알아봐요. 은재는 환에게 말했다. 이틀이면 가는 데 뭘. 그녀는 손사래를 쳤다.

펍에 사람이 많았다. 예약하지 않았더라면 빈자리가 없을 정도였다. 캐나다 정취가 물씬 풍기는 음식점으로 모셔야 한다며 시어머니가 정한 장소였다. 시아버지는 안사돈이 불편할 거라며 참석하지 않았다. 메뉴는 시어머니와 환이 선택했다. 캐나다에서 반드시 맛봐야 하는 음식은 스테이크와 햄버거라고 했다. 웨이터가 굽기 정도와 소스를 구체적으로 물었고, 환이 한국말로 되물었다. 겨우 네 사람인데도 취향이 제각각이라 주문하는 과정이 어수선하고 복잡했다. 은재는 앉은 자리가 불편해 정신이 혼미했다. 시어머니가 환을 옆에 앉히는 바람에 어쩔 수 없이 그녀와 나란히 앉았다. 음식이 순차적으로 나오기까지 긴 시간 동안 억지웃음으로 버틸 생각을 하니 끔찍했다. 결혼식을 앞두고 양쪽 어른들이 인사하는 자리가 오히려 편안했다. 아빠와 새엄마는 형식적이었으므로. 은재는 그녀와 함께하는 자리를 피하고 싶었으나 낳아주신 분이라 대접하는 게 도리라는 시어머니의 뜻을 거스를 순 없었다.

먼 곳에 오셨는데, 혼자 계셔야 하니 갑갑하셨지요? 시어머니가 먼저 말문을 열었다. 애들이 열쇠를 줘서 산책도 했어요. 하루는 동쪽, 다음 날은 남쪽으로 쭉 걸어갔다가 그대로 되돌아오고 그랬어

들리지 않는 소리

요. 그녀가 자랑스럽게 말했다. 낯선 곳인데 대단하시네요. 시어머니의 호응에 신명 난 듯 그녀가 말을 이었다. 길가 화단이 잘 꾸며져 있어요. 잔디밭에 토끼도 뛰어다니는 걸 봤어요. 숲이 우거져 뱀이 나올 것 같던데 여기도 뱀이 사나요? 그녀는 두렵다는 조심스럽게 물었다. 시어머니는 당황한 기색으로 뱀을 본 적이 없다고 했다. 은재는 그녀가 점잖게 있기를 바랐다. 그런데 뜬금없이 뱀이라니, 은재는 분위기를 바꾸고 싶어 환에게 말을 걸었으나 별 대꾸가 없었다. 옆 테이블에서 또래로 보이는 사람들이 왁자지껄하게 떠들어 신경을 쓰는 눈치였다.

여행에 대해 말하는 그녀의 목소리를 들으며 은재는 음식이 빨리 나오길 간절히 바랐다. 그녀는 파리보다 베네치아가 훨씬 낭만적이었고, 여행 리스트에 캐나다는 들어 있지 않았는데 친구들이 강력하게 추천하는 바람에 오게 되었다고 했다. 이어 로키의 풍경을 늘어놓았다. 사계절 어느 때 가도 환상적일 거라며 어느 철에 가봤냐고 물었다. 우리는 아직 못 가봤어요. 서울 사람들이라고 다 남산을 가본 건 아닌 것처럼 말이에요. 시어머니는 멋쩍어하며 대답했다. 그렇죠. 저도 남산 케이블카를 우리 은재 유치원 다닐 때 타본 게 전부예요. 은재는 얼굴이 확 달아올라 몸을 곧추세웠다. 하마터면 고개를 틀어 노려볼 뻔했다. 우리 은재라니, 이제 와서.

이민 와서 고생한 이야기가 나오자 환이 끼어들었다. 제가 여덟 살 때였으니까 25년쯤 되었어요. 큰 의지가 된다는 듯 시어머니가 환의 어깨에 머리를 살짝 기대었다 뗐다. 그이는 영어를 잘했는데 저는 아니었거든요. 그래도 미용 기술이 큰 도움이 되었지요. 정신 없이 살다 보니 어느 순간 아들들이 자신들이 좋아하는 곳으로 날아가버리고 없지 뭐예요. 시애틀로, 한국으로.

환은 반에서 유일한 한국인이었다고 했다. 피부색이 다르다고 무시하는 것 같아 악착같이 공부했으나 취업은 쉽지 않았다고 했다. 한국으로 돌아가니 살 것 같았다며, 일을 마치고 동료들과 치맥하는 즐거움이 최고라고 했다. 하지만 빈집에 들어가는 건, 정말 싫었다고 했다. 그즈음 은재는 빈집에 들어가는 환이 무척 부러웠다. 이혼한 아빠는 2년이 채 되지 않아 첫사랑이었다는 동창생과 재혼했다. 세 살짜리 딸과 함께 새엄마가 들어왔다. 거실은 동생이 차지했고, 아빠의 웃음소리도 끊이지 않았다.

와인과 스테이크가 나왔다. 환이 와인을 잔에 따랐다. 은재는 건배만 하고 내려놓았다. 나이프로 스테이크를 썰기 시작했다. 귀를 닫기 위해 먹는 데 집중하려고 했다. 하지만 연약한 식욕으론 청각을 이길 수 없었다. 음식을 먹으면서도 두 어른이 끊임없이 주고받는 이야기가 귀로 스며들었다.

철없을 때 연애해서 여태 살고 있어요. 서로 지루할 틈도 없이 말이죠. 시어머니가 아차 싫었던지 말을 돌려 고기가 부드럽다고 했다. 그러곤 음식이 입에 맞는지 모르겠다고 했다. 한우보다 맛있어요. 어떤 말씀을 해도 다 이해해요. 저마다의 인생이 있는 거니까요.

들리지 않는 소리

제가 곁에 없었는데 우리 은재가 이렇게 좋은 남편을 만나 잘 사는 것을 보니 죽어도 여한이 없다는 말이 저절로 나오네요. 그녀는 와인 잔을 입에 댔다. 은재는 몸을 곧추세운 후 포크로 스테이크를 찍었다. 연한 살결 사이로 선홍빛 핏물이 흘러내렸다.

너 같은 애는 아빠랑 살아야 해. 깨진 유리 조각 같은 그녀의 목소리를 은재는 결코 잊을 수 없었다. 파편은 깊이 박혔고, 시시때때로 통증을 유발했다. 고통이 심한 날은 잘못 들었다고 애써 위안했다. 너 '같은 애'가 아니라 너'는'이었을 거라고.

보면 볼수록 은재가 사돈을 닮았네요, 눈매랑 코가. 시어머니가 덕담이라는 듯 말했다. 어머, 저 같은 거 닮아서 뭐에 쓰겠어요, 아빠를 닮아야지. 안 그러니, 은재야? 그녀가 웃으며 몸을 기울여 얼굴을 들이댔다. 은재는 본능적으로 옆으로 피했다. 닮았다니, 모멸감을 느꼈다. 와인 잔에 저절로 손이 갔다. 환이 잔을 채갔다. 오늘의 기사님이십니다.

손자보다 손녀가 낫겠다며 서로 키워주겠다던 두 어른은 재롱 보는 재미를 양보하겠다며 난리였다. 누가 했는지 모르지만, 교육 환경이 좋은 나라니까 둘은 있어야 한다는 말에 은재는 비명을 질렀다. 우린 애 안 낳을 거예요. 저에겐 엄마라는 존재가 없듯이 엄마라는 호칭도 없어요. 은재는 단호하게 말한 후 자리를 박차고 일어섰다. 몹시 놀란 환의 시선이 날아왔다. 아이에 대해서 환과 진지하게 논의한 적은 없었다. 아이를 낳는 건 경제적으로 무리여서 언젠가는 낳지 않을까, 막연하게 생각하고 있었다.

펍의 출입구는 어수선했다. 화장실을 오가는 사람들과 대기하는 사람들이 뒤섞여 있었다. 은재는 낯선 사람들이 쏟아놓는 알아들을 수 없는 언어를 뚫고 밖으로 나왔다. 정갈한 화단 주변으로 사람들이 서성거렸다. 그들 주변으로 담배 연기가 자욱했다. 은재는 몸을 옹송그렸다. 바람이 파고들었다. 홀로 우주를 떠도는 듯 쓸쓸함이 밀려왔다.

은재는 희멀건 어둠 속으로 걸음을 옮겼다. 돌계단 아래 학교 운동장보다 큰 주차장에 차들이 즐비했다. 펍은 외진 곳에 있어 차 없이 오기 힘들었다. 으스스 한기가 밀려와 양팔을 엇갈려 어깨에 올리고 가로등 아래 잠들어 있는 차들 사이로 걸어갔다. 파란 왜건 옆을 지나는데 앞자리에 사람들이 뒤엉켜 있는 게 보였다. 선팅이 금지되어 있어 차 안에서 키스하는 모습은 흔한 풍경이었다. 아니나 다를까 몇몇 차에서 같은 풍경이 보였다. 은재는 두 손으로 얼굴을 가리고 차와 차 사이를 빠져나갔다.

어둠 속으로 검은 승용차가 멈춰 있었다. 운전석의 남자가 옆자리 사람에게 얼굴을 들이대더니 겹쳐졌다. 엄마를 기다리던 은재는 가로등 기둥 뒤에 서서 힐끔힐끔 그 장면을 보았다. 차가 떠나자 엄마가 나타났다. 차 안에 있었던 사람이 엄마였다는 느낌을 간직한 채 수선스러운 엄마의 수다를 들으며 집으로 향했다.

들리지 않는 소리

환은 출근했다. 은재는 방에서 나가기가 싫었다. 평소 환의 일정에 맞춰 휴무를 정했다. 되도록이면 같은 날 일하고 같은 날 쉬었다. 이번엔 휴무 조정이 쉽지 않았다. 그녀를 배웅하기 위해 환이 쉬는 날을 정하다 보니 하루가 어긋났다. 그녀와 둘이 있어야 한다고 생각하니 짜증이 솟았다. 아침은 대충 지나갔으나 점심을 어찌해야 하느냐고 폰으로 환에게 투덜거렸다. 차 두고 왔어. 거기 베트남 쌀국수 어때? 쇼핑도 하고. 환의 메시지에 은재는 바로 답을 보냈다. 그건 무리야.

쌀국수집은 베트남 사람이 운영했다. 한국 식당은 내키지 않았다. 친근한 시선이 부담스러웠다. 그녀는 숙주를 듬뿍 넣었다. 은재는 숙주 대신 고수를 넣었다. 숙주를 좋아하나 그녀와 같은 행동을 하고 싶지 않았다. 그녀는 고수가 싫다고 하며 국물을 떠먹었다. 맛있네. 베트남에서 먹은 것보다 훨씬 좋네. 호치민보다 하노이가 더 맛이 좋았던 것 같아. 은재는 말없이 쌀국수를 삼켰다.

네가 서울 있으면 같이 여행도 다닐 텐데, 아쉽다. 은재는 거칠게 젓가락을 놓았다. 면이 반이나 남았다. 그녀가 말은 더 많이 했는데 그녀의 그릇은 비었다.

한국이라면 더욱 어림없어요. 여기니까 그나마 얼굴 보는 줄 아세요. 은재는 참을 수 없어 쏘아 붙였다. 영광이구나. 그녀가 웃었다.

여기서는 우리가 하는 말을 알아들을 사람이 없구나. 그녀가 주위를 둘러보며 말했다. 은재는 가만히 그녀를 따라 시선을 옮겼다. 빈 테이블은 보이지 않았다. 손님 중에 몇몇은 캐나다인이었고, 대부분 피부가 까무잡잡한 동양인들이었다.

내가 환에게 자리를 피해달라고 했어. 내일 가는데, 너랑 시간을 보내고 싶었거든. 은재는 시선을 피하지 않았다. 웨이브진 갈색 머리가 어깨 너머에서 찰랑거리는 그녀의 모습은 낯설었다. 자신과 무관한 어떤 손님 같았다. 어디든 뱀은 존재해. 숲을 거닐다가 나는 뱀의 매력에 빠졌고, 넌 뱀과 함께 있는 나를 보고 비명을 질렀을 뿐이야. 그 비명을 들은 사람이 하필 네 아빠인 게 문제였지. 네 아빠랑 나는 서로 맞지 않았던 거야. 그런 거야. 너에게 한번은 변명하고 싶었어. 뱀? 겨우 뱀이라고? 은재는 탁자 밑에서 두 손을 꽉 잡고 입술을 깨물었다.

엄마의 핸드폰 속으로 탐험을 떠나는 설렘은 컸다. 신기하고 재미있는 요술방망이였다. 게임에 빠지면 안 된다며 핸드폰을 빼앗으며 엄마는 약속했다. 중학생이 되면 사주겠다고. 그러나 그런 날은 오지 않았다. 602호, 암호 같은 숫자와 연애편지 같은 화려한 문자, 벗은 엄마의 신체 일부와 화사하게 웃는 엄마의 얼굴 등등 다음 날이면 사라져 잘못 보았다고 착각해버렸던 사진들.

그날은 아빠가 엄마보다 먼저 집에 들어왔다. 아빠가 사 온 아이스크림 케이크를 먹으며 은재는 아빠에게 말했다. 엄마에 대해서. 그러면 친구를 만나러 나간 엄마가 일찍 들어올 것 같았다. 오빠는 학원에서 돌아오지 않았고, 아빠가 귀가할 때까지 혼자 있는 지루한 시간도 사라지리라 믿었다.

너는 아빠가 불쌍하다고 생각했겠지? 누구나 뱀을 만날 수 있어. 그걸 어떻게 이용하느냐의 차이지. 그녀는 의미심장하게 미소 지었다.

아빠는 밤이 깊어야 들어왔다. 술 냄새를 풍기는 게 싫었으나 은재는 그래도 아빠를 기다렸다. 불쌍한 우리 딸이라고 안쓰러워하며 안아주는 순간이 좋았다. 그런 날은 오빠가 방에서 뛰어나왔다. 엄마를 내쫓은 애를 싸고돈다고 아빠에게 대들었다. 그러면 비난의 화살은 오빠에게 날아갔다. 지 에미를 닮아서 되바라졌다고, 싹수가 노란 놈이라고. 두 사람의 언성이 주먹다짐으로 이어질 듯 아슬아슬해지면 은재는 울면서 엄마를 불렀다. 나 좀 데려가. 연락하고 싶었으나 엄마의 핸드폰은 바뀌었고 새 번호는 알 수 없었다.

아빠가 재혼하자 오빠는 우등생이 되었다. 세상 모든 과외를 다 하고 싶어 했다. 새엄마와 아빠가 과외비 문제로 자주 다퉜다. 투자에 비하여 점수가 낮게 나왔다며 아빠는 속상해했다. 하지만 오빠는 즐겁게 지방에 있는 대학을 선택했다. 기숙사로 들어가기 위해 짐을 싸면서 오빠가 한 말을 은재는 온전히 이해하지 못했다. 넌 아직도 쟤를 새엄마가 데리고 들어온 자식이라고 생각하니? 절대 노다. 유전자 검사는 해보나 마나다. 쟤 민증 번호가 그 증거다. 그러니까 너도 공부하고 싶으면 원 없이 해. 양다리가 남녀 사이에서만 있는 건 아니야. 엄마 연락처 가르쳐줄까? 은재는 고개를 저었다. 그때 깨달았다. 자신의 핸드폰 번호를 충분히 알 수 있는데도 엄마가 연락하지 않았다는 것을. 그것은 자신이 뱀처럼 아빠에게 일러바쳤기 때문이라고.

한 무리의 한국 사람들이 들어와 옆 테이블에 앉았다. 은재는 돌아보지 않았다. 소리만으로도 알 수 있었다.

선물을 사가야 하는데, 쇼핑몰 좀 가줄래? 그녀가 그만 일어서자는 몸짓을 하며 말했다. 여기 건 거의 중국산이니까 그냥 가세요. 은재는 테이블 위에 팁을 올려놓고 계산대를 향해 성큼 걸어갔다.

은재는 주택가를 지났다. 한적하고 조용한 동네였다. 집들은 담 대신 측백나무처럼 생긴 아트로비렌스가 촘촘히 심어져 있었다. 가지런히 전지한 나무 위로 2층 창문이 보였다. 반쯤 열린 창문으로 커튼이 휘날렸다. 그림 같은 집에서 사는 유일한 생명체 같다는 생각이 들었다. 주택가를 지나면 공원이 나올 터였다. 햇살이 퍼질 때 눈여겨 봐두면 어둠이 장막처럼 그것들을 가린다 해도 두려울 게 무엇이랴. 은재는 밤길을 걷는 연습이라 여기며 주변을 꼼꼼히 살피며 걸었다. 집 앞 화단에 작약이 활짝 피었다. 겹쳐진 붉은 꽃잎 속에 노란 수술이 작은 꽃을 이루고 있었다. 꽃은 한국이나 여기나 같았다.

핸드폰이 울렸다. 은재는 에코 백에서 핸드폰을 꺼냈다. 환이었

들리지 않는 소리

다. 사무실 도착했다며 출근하는 길이냐고 물어 은재는 그렇다고 대답했다. 그녀가 출국장으로 들어가는 걸 보고 사무실로 가는 중이라고 통화한 지 한 시간이 지난 것이었다. 인천공항행 비행기는 밴쿠버 공항에서 아침 9시 20분에 출발이었다. 고맙게도 환은 공항에 같이 가겠느냐고 묻지 않았다. 그녀를 배웅하고 와도 출근 시간이 넉넉하다는 걸 알면서도 말이다.

어머니가 다음엔 퀘벡이랑 나이아가라 폭포를 보고 싶은데 당신이 허락해줄지 걱정이라고 하셨어. 환의 말에 은재는 잠시 머뭇거렸다. 나이아가라 폭포도 내 것은 아니지만 안 된다고 전해줘. 은재는 퉁명스럽게 말했다. 토론토는 여기서도 비행기 타고 몇 시간 가야 해서 다른 나라 같다고 말씀드렸어. 그렇지만 이번엔 제가 마중 나가겠다고 했더니 막 웃으시더라. 은재 몰래 나오라고 하시며. 이어 환이 호탕하게 웃었다.

비가 올 것 같아. 은재는 멀리 하늘로 시선을 던지며 말했다. 먼저 어른들이 말씀 중이라 끼어들기 뭣해 말하지 못했는데 여기는 뱀 없어. 환이 뜬금없이 뱀 얘기를 했다. 숲은 주로 산딸기 덩굴이고, 여름이 짧아 뱀이 살기엔 춥지 않겠냐고 환이 물었다. 은재는 고개를 주억거렸다. 그리고 이따 늦지 않게 데리러 오라고 했다.

비가 가늘게 내렸다. 키 큰 남자가 어깨를 움츠리고 지나갔다. 남자는 비를 고스란히 맞으며 걸었다. 우산이 없는데도 빨리 걷거나 뛰지 않았다. 은재는 비가 오거나 말거나 일정한 속도로 걷는 사람들 틈에서 비를 피하겠다고 달리곤 했다. 여기는 계절에 상관없이 비가 잦은 편인데도 우산 쓴 사람들을 보기 힘들었다. 왠지 그들은 젖지 않는 옷을 입은 것 같았다. 언젠가 그들의 옷차림, 일테면 옷의 재질이 우리와 다른 거 아니냐고 환에게 물은 적이 있었다. 오우, 대단한 발견! 캐나다인만 입는, 비에 젖지 않는 비법의 옷을 한 벌 사줄게요. 환이 몹시 짓궂은 표정으로 대꾸했다.

　멀리 숲이 비에 젖어가고 있었다. 은재는 비에 익숙한 사람처럼 느긋하게 걸었다. 마치 비법의 옷을 입은 듯.

들리지 않는 소리

행복한 돼지

행복한 돼지

연꽃이 활짝 피었다. 꽃잎은 납작하게 누운 흰 털로 뒤덮여 있었다. 꽃잎 여덟 장은 어느 하나 처지거나 빠지지 않고 탐스러웠다. 만개한 꽃들로 돈사는 풍요로웠다. 깔때기 모양의 사료통을 중심으로 빙 둘러선 녀석들을 볼 때마다 완수는 연꽃이 떠올랐다. 이유는 알수 없었다. 소독약을 수시로 분사해 녀석들의 등짝이 번들번들 빛난 탓인지도 몰랐다.

꽃잎마다 스프링처럼 돌돌 말린 꼬리가 달려 있다. 꼬리는 라디오에서 쏟아지는 경쾌한 음에 장단을 맞추듯 사정없이 흔들렸다. 녀석들의 호기심을 충족시키기 위해 매달아놓은 플라스틱 장난감들이 제멋에 겨워 빙글빙글 돌았다. 그중 신명 나게 움직이는 꼬리가 있었다. 검은 바둑돌 서너 알을 박아놓은 듯 등에 점이 있는 녀석의 그것이었다.

들리지 않는 소리

녀석이 주둥이를 들고 콧구멍을 벌름거렸다. 완수는 허허 웃었다. 발소리를 알아들어 기특해 등을 쓸어주듯 손을 흔들었다. 녀석은 보라는 듯 주둥이를 거칠게 사료통에 처박았다. 그래, 많이 먹어라. 덕담을 곁들였으나 소리는 마스크를 뚫고 나오지 못했다. 많이 먹으란 말을 듣지 못했다고 먹지 않을 녀석이 아니었다. 먹성이 좋은데도 녀석의 체중은 늘 그 타령이었다. 지난번 도축할 때도 체중 미달로 밀려났다. 스엉 앞에선 사료만 축내는 녀석이라고 타박했으나 속으로 안도했다. 목숨이 질긴 녀석이지 싶었다.

개나리가 별처럼 핀 밤, 어미 돼지의 신음이 축사를 흔들었다. 줄줄이 흰둥이가 나오더니 마지막으로 바둑무늬가 나왔다. 녀석은 다른 새끼들보다 작은 데다 걷는 것도 시원치 않아 살까 싶었다. 어미 젖꼭지조차 물지 못해 집으로 데려와 우유병을 들이대자 기운차게 꼭지를 빨았다. 아내와 손자 민은 손뼉을 치며 좋아했다. 녀석은 며칠 만에 튼실해졌다. 하여 어미 품에 넣어주었으나 새끼마다 젖꼭지를 정해놓고 빨아 녀석이 차지할 몫은 없었다. 별수 없이 사료를 먹을 수 있을 때까지 집 안에서 키우기로 했다. 돈사 일을 마치고 집 안에 들어서면 녀석이 가장 먼저 달려와 방이고 주방이고 화장실이고 어디든 졸졸 따라다녀 완수는 환대받는 기분이었다. 엄하게 대하지 않았는데도 쭈뼛쭈뼛 다가오지 못하던 민이가 녀석의 뒤를 따라다녔다. 덕분에 집 안에 웃음꽃이 피어 녀석이 돼지라는 생각이 들지 않았다.

"그래, 맛있게 먹고 건강해라. 너희들이 최고다."

완수는 목을 가다듬고 크게 말했다. 녀석들이 날개처럼 귀를 팔랑거렸다. 기분이 좋은 모양이었다. 암만, 칭찬이 고래도 춤추게 한다는데 돼지가 고래와 다를 게 뭐란 말인가. 완수는 고래를 키워본적 없으나 무릇 살아 움직이는 짐승들은 다 같은 것이라 믿었다. 더도 말고 도축까지 잘 버텨줘야 한다는 말을 꿀꺽 삼켰다. 폭염도 잘넘기고, 아프리카돼지열병(ASF)도 거뜬히 이겨내는 녀석들인데 뭘더 바라랴. 먹은 만큼 자라는 것은 밤이 가면 아침이 오듯 거역할 수없는 이치였다. 물이 아래로 흐르듯 당연한 일을 말로 뱉으면 부정탈 위험이 컸다. 간절할수록 수렁이 깊은 법, 예순아홉을 거저먹은건 아니었다.

완수는 완벽하기 위해 축사의 온도를 재확인했다. 아침저녁은선선하나 한낮의 볕은 뜨거웠다. 추위도 그렇지만 녀석들은 땀샘이없어 더위에 약했다. 온도가 조금이라도 올라가면 지쳐 헐떡거렸고사료를 먹지 못했다. 환기팬을 돌려 온도를 낮추고 물을 충분히 줘야 했다. 사료보다 물을 서너 배나 더 필요로 해 수압 체크는 필수였다. 계기판에 수압도 정상이었고 환기팬이 작동되어 온도도 적당했다. 사료와 물도 충분히 채워져 있었다. 라디오 볼륨을 조금 낮췄다. 녀석들은 먹었으니 잘 터였다. 잔잔히 흐르는 노래가 녀석들에게 포근한 이불이 될 것이다.

들리지 않는 소리

"사장님, 7번과 12번 어미가 잘 움직이지 않아요."

"사료는 잘 먹었고?"

방역복에 달린 모자를 벗으며 스엉이 고개를 끄덕였다. 2차 사료 배급이 끝나 창고 옆에 마련한 사무실 의자에 앉아 캔 음료를 마시던 중이었다.

"출산이 며칠 남지 않아서 그래."

완수는 눈을 감고 심호흡하듯 숨을 깊이 몰아쉬었다. 새끼 받는 것은 일도 아니었다. 긴장 후에 오는 기쁨이 컸다. 하지만 이즈음은 그렇지도 않았다. 마릿수가 느는 게 반갑지 않기는 처음이었다.

"그런데요, 사장님, 김포 친구가 전화했어요. 보라색 반점이 없는 돼지들도 다 같이 구덩이에 던져버렸대요."

완수는 눈을 치떴다.

"돼지들이 꽥꽥 울어서 친구도 슬퍼서 눈물이 났대요. 살려달라고 하는 것 같았대요. 우리도 그렇게 되는 거예요?"

"스엉, 눈으로 보고도 그런 소릴 하냐? 우리 애들은 멀쩡하잖아. 절대 그럴 일 없어, 절대로!"

완수는 언성을 높였다. 스엉에게 하는 말이라기보다 스스로 하는 다짐이 더 컸다.

보름 전, 시청 직원이 방문했다. 돈사 관리를 철저히 하시는 건 본받아야 한다고 추켜세우더니 죄송하다는 말끝에 살처분을 언급했다. 완수는 온몸에 총알이 박힌 듯 꼼짝할 수 없었다. 병에 걸린 녀석이 한 마리라도 있다면 몰라도 건강한 녀석들에게 감히 그런 소리를 하다니. 미친것들이라는 소리가 저절로 나왔다. 멀리서 와야 외부인인 것이 아니라 눈으로 녀석들을 보고도 그런 소릴 하는 당신들이야말로 외부인이라며 다시는 얼씬거리지 말라며 쫓아버렸다.

그러나 며칠이 지나 다시 온 시청 직원은 설득하던 첫날과 달리 강압적이었다. 파주시 전체 농장 돼지들을 모두 처분해야 한다고 했다. 바이러스가 전국으로 퍼지기 전에 막아야 한다며, 백신과 치료약이 없는 상황이라 이게 최선이라며 살처분 동의서를 내밀었다. 완수는 분통이 터졌다. 자신의 눈에 흙이 들어가기 전엔 녀석들에게 털끝 하나 건드릴 수 없다고 꼿꼿이 맞섰다. 한참 실랑이가 이어졌다. 기세에 놀란 듯 그들은 순순히 물러갔다. 하지만 책상 위에 동의서가 남아 있었다.

"돼지들이 다 죽으니까 할 일이 없어져 농장에서 쫓겨났대요. 돈 벌어야 하는데 갈 곳이 없어 큰일이라고 했어요. 나도 그렇게 될까 봐 걱정되어서 일하기가 힘들어요."

"스엉아, 내 말 똑바로 들어라. 녀석들은 자식이나 다름없어. 나는 자식을 구덩이에 몰아넣는 사람이 아니야. 내 눈에 흙이 들어가기 전에는 어림없어. 그러니까 쓸데없는 걱정 하지 말고 소독약을 챙겨놔. 해 지기 전에 소독 한 번 더 해."

스엉이 눈을 껌벅거렸다. 믿어야 할지 말아야 할지 알 수 없다는 표정이었다. 나는 더 죽을 맛이다, 나라고 너를 보내고 싶겠냐, 녀석들만 키워온 내 평생이 지금 위태롭게 흔들리고 있단다, 완수는 혼잣말로도 차마 뱉을 수 없는 속마음을 꾹꾹 욱여넣으며 동의서를 찢었다. 스엉의 얼굴이 조금 환해졌다.

파주에서 첫 확진이 발생했다는 뉴스는 전쟁의 시작이었다. 축사 앞에 초소가 설치되고 방역관과 경찰이 배치되어 농장을 방역하는 동시에 가축이나 사람들의 이동을 제한하기 위해 감시에 들어갔다. 북한과 지리적으로 가까워 수시로 있었던 통제와 사뭇 다른 상황이었다. 형체 없는 적이 사방에서 포진하고 있었다. 완수는 바이러스를 원천 봉쇄할 자신이 있었다. 물 샐 틈 없는 방역, 유비무환이 답이었다.

완수는 평소 빈틈없이 돈사를 관리했다. 녀석들에게 기본 예방주사를 빠짐없이 맞혔고, 돈사를 청결히 했다. 오래전부터 잔반을 사료로 쓰지 않았다. 친환경 사료에 물도 언제나 신선하게 공급되도록 정수 시설도 갖췄고 톱밥 교체의 주기도 3일로 단축했다. 게다가 열댓 마리를 넣어도 될 방에 여덟 마리만 넣어 녀석들이 편히 쉴 수 있게 해주었다. 녀석들이 나름 변을 보는 공간을 따로 정하는 걸 보니 여간 흐뭇한 게 아니었다.

6월, 북한에서 아프리카돼지열병이 발생했을 때, 더 이전 중국에서 열병이 발생했을 때부터 완수는 외출을 자제하고 축사에 관련된 업무는 전화로 해결했다. 사료를 들여오거나 분뇨를 처리해주는 업체에서 출입하는 차량도 필수로 소독해 완벽을 추구했다.

스엉도 예외일 순 없었다. 봄부터 친구들과의 만남을 자제시켰고 물건도 주고받지 말라고 했다. 그들이 제 나라에 온 거라며 주는 물건 중에 돼지고기 성분이 들어 있는지 어찌 안단 말인가. 본인들이 모를 수도 있지만 알면서도 아니라고 할 수도 있었다.

아내는 동창 모임에서 가기로 한 중국 여행을 포기했다. 일꾼의 식사를 챙기고 손자 민을 키우느라 몇 해 동안 꼼짝 못 했던 터라 기대만큼 실망도 컸을 터였다. 그런 아내를 위로한 것은 딸 해주였다. 내년에 유럽으로 모시겠다고 단단히 약속한 모양이었다. 민이를 키워주는 보답을 몇 배로 할 거라고 큰소리치는 딸을 믿는 아내를 보며 완수는 속으로 혀를 찼다. 돼지 머리에 뿔이 나는 게 빠르지, 딸이 무슨 재주로 유럽을 데려가겠느냐 말이다. 저 한 몸 챙기는 게 뭐가 힘들다고, 어린 자식을 맡겨놓고 한 달에 한두 번도 오지 못하는 주변머리를 보고도 모르는지, 딸에게 기대를 거는 아내가 한심했지만 내색하지 않았다.

"어르신, 잘 지내셨지요?"

먼저 왔던 시청 직원이었다. 이번엔 혼자가 아니라 둘이었다. 완수는 눈을 부릅뜨고 그들을 노려보았다. 또 무슨 어깃장을 놓으려고 왔나 싶어 고개를 틀었다.

처음에 그들은 진드기가 바이러스를 옮겼을 수도 있다고 했다. 이번에는 북한에서 넘어온 멧돼지가 의심스럽다며 아직 확인된 것

들리지 않는 소리

은 아니라고 말을 아꼈다. 이내 원인이 무엇이든 살처분밖에 달리 방법이 없다는 걸 강조했다. 만일 멧돼지라면, 완수는 더욱 자신만만했다. 멧돼지 아니라 코뿔소가 들이박아도 거뜬히 버틸 만큼 축사는 단단했다. 아니, 탱크도 견딜 만큼 견고했다.

"저희도 어쩔 수 없습니다. 발병한 지 한 달이 가까워지는데 그 기세가 수그러들지 않고 있습니다. 백신 개발은 요원하고, 그렇다고 돼지한테 마스크를 씌울 순 없지 않습니까? 어르신!"

"다 알아, 알고 있다고. 하지만 내가 괜히 그러는 거 아니잖아? 김 과장도 알다시피 잘 먹고 잘 자고, 저렇게 무탈한 녀석들을 어떻게 그러냐고. 제발 봐주게나."

완수는 애원했다. 선 채 두 손 모아 빌었다. 고압적인 자세보다 효과적일 것 같았다. 그들이 내민 살처분 동의서가 저승사자보다 더 끔찍했다.

"이러다간 우리나라 돼지들이 씨가 마르는 상황이 될 수도 있습니다. 더 확산되기 전에 차단하지 않으면 말입니다. 이건 어르신만의 문제가 아니라 나라를 위한 일입니다."

완수는 털썩 주저앉았다. 발가벗긴 채 눈밭에 던져진 듯 온몸이 떨렸다. 이 나라에 돼지들이 씨가 마른다니, 꿈에도 상상하지 않은 상황이었다. 돼지를 키우며 살아온 평생이 사라지는 것이었다.

말끝에 직원이 살처분에 대한 보상금을 언급했다.

"이 사람들이 정말?"

완수는 벌떡 일어나 행정명령 동의서를 움켜쥐었다. 그들의 멱살을 잡는 대신이었다. 보상금을 더 받으려고 버티는 건 절대 아니었다. 자신이 공들여 만들어온 세계가 부정당해 자존심이 무너진 것이었다.

9년 전, 돼지 몇 마리가 몸이 뜨거웠다. 몸을 시원하게 해주고 해열제를 먹였으나 주둥이 언저리에 수포가 보이더니 침을 질질 흘렸고, 몇은 발굽이 갈라져 절뚝거렸다. 구제역이었다. 농장 뒤에 언 땅을 파고 돼지들을 전부 묻으면서 완수는 피눈물을 흘렸다. 스무 마리로 시작해 천 마리가 되기까지 아내와 딸과 함께 애쓴 보람이 순식간에 사라졌다. 서울 가서 기술을 배워 취직하겠다는 딸을 붙들어 앉혔던 게 부끄러웠다. 양돈을 물려주려 하다니, 개뿔이었다. 다시는 돼지 같은 건 키우지 않겠다고 맹세했다. 다시 또 양돈업을 하면 김완수가 아니라 완수 새끼라고 부르라고 아내와 딸에게 말했다.

어느 날 완수는 으스스한 한기에 눈을 떴다. 목이 말랐다. 잡초처럼 무성한 빈 술병 사이를 기어가 방문을 열었다. 눈이 부셔 눈을 뜰 수 없었다. 마당에 쌓여 있는 눈 때문이 아니었다. 날 선 창처럼 파고드는 돼지들의 비명을 막기 위해 술을 방패 삼다 보니 해가 뜨는지 지는지 알 수 없었다. 술이라면 진저리가 난다며 아내가 딸이 있는 서울로 가버렸다는 게 기억났다. 어지러이 널브러져 있는 빈 술병들을 보면서 구덩이에 빠진 건 돼지가 아니라 자신이라는 생각이 들었다. 이대로 죽어버리기엔 억울했다. 자신이 이럴진대 돼지들

들리지 않는 소리

은 오죽했을까. 억울함을 풀어주고 싶었다.

돈사를 새로 지으면서 완수는 행복한 돼지로 키우기로 굳게 결심했다. 우선 구제역에 걸린 상황을 꼼꼼하게 검토했다. 원인을 따져 변화를 주지 않으면 상황이 반복될 터였다. 제일 마음에 걸렸던 건 좁은 우리 안에 돼지들을 몰아넣어 살과 살이 닿은 채 여름을 견디게 했던 것이었다. 행복은 공장에서 완벽하게 찍어내는 게 아니라 녀석들에게 불편한 것들을 하나둘 없애는 과정에서 나왔다.

완수는 절미도 고민했다. 태어나서 며칠이 지나면 녀석들의 꼬리를 자르고 항생제를 맞혔으나 녀석들은 상처가 아물 때까지 먹지도 못하고 눕지도 못하고 서서 우리 안을 빙빙 돌았다. 짧게 150일에서 길면 180일 동안 사는 녀석들한테 인위적으로 고통을 주면서 행복 운운하는 건 어불성설이었다. 절미하지 않기, 과감하게 실행했다. 문제는 녀석들의 왕성한 호기심이었다. 움직이는 꼬리에 보이는 관심은 대단했다. 남의 꼬리에 눈독 들이지 말라, 아니면 꼬리를 움직이지 말라는 말을 알아들으면 얼마나 좋을까. 사슬에 플라스틱 원반 고리가 달린 놀이 기구를 곳곳에 걸어두자 호기심에 끌린 녀석들은 그것을 씹으며 장난을 쳤다. 음악방송을 틀어놓고, 사료의 염도를 조금 높여 수분 공급을 충분히 해줬다. 같은 방에서 꼬리를 무는 녀석들이 있으면 바로 분리했다. 어느 정도 시간이 흐르자 녀석들의 관심은 꼬리에서 점점 멀어졌다.

연꽃은 여전히 탐스러웠다. 꽃잎은 곧 짓밟히고 사료통만 연밥처럼 앙상하게 남을 것이다. 죄송하다고 머리를 조아리던 시청 직원이 정해진 살처분 날짜를 언급했을 때 귀싸대기를 올려붙이지 못한 게 완수는 한스러웠다. 그랬다면 속이라도 후련할 것 같았다. 이렇게 동의서에 도장을 찍을 바에는 말이다.

완수는 귀를 팔랑이는 녀석을 보자 가슴이 미어졌다. 녀석의 몸은 73킬로그램에 머문 상태였다. 그나마 다행인 것은 살처분 전에 도축이 있을 거라는 것이었다. 군부대가 가까이 있어 이동 제한과 무관하여 가능한 일이었다. 하지만 녀석은 기준 미달이었다. 남은 건 생매장이었다. 완수는 녀석만큼은 그렇게 보내고 싶지 않았다.

돈방의 고리를 풀었다. 녀석이 달려와 반갑다는 듯 주둥이로 종아리를 들이받았다. 완수는 휘청거리며 황급히 돈방의 문을 닫았다. 나오려는 다른 녀석들을 막기 위해서였다.

돈사를 나온 완수는 사료 창고로 들어갔다. 녀석이 코를 킁킁거리며 따라왔다. 녀석을 위해 녀석의 멱을 따고 싶었다. 그러나 혼자 힘으론 무리였다. 스엉을 끌어들이고 싶지는 않았다. 문득 사람처럼 목을 조이는 게 낫다는 생각이 들었다. 무작정 목과 앞다리에 걸쳐 밧줄을 묶었다. 어디가 목인지 가슴인지 구별이 되지 않으나 멈출 수가 없었다. 들끓는 속을 아는지 모르는지 녀석이 주둥이를 몸에 비비적대 완수는 짠했다. 녀석의 웃는 눈과 마주쳤다. 우유병을 물리며 키운 정이 새삼 솟구쳤다.

들리지 않는 소리

완수는 사다리에 올라섰다. 서까래 틈새로 녀석을 묶은 밧줄을 걸었다. 이제 아래로 내려가 밧줄을 당기면 될 터였다. 순간 완수는 제 목에 밧줄을 감고, 딛고 선 사다리를 발로 차버리고 싶은 충동을 느꼈다. 더 구덩이를 팔 땅도 없을뿐더러 생매장할 때 녀석들이 울부짖는 비명을 또 어찌 듣는단 말인가. 밧줄 끝에 고리를 만들어 슬그머니 머리를 디밀어보았다. 잠시 민이 눈앞에 어른거렸다. 손자한테 부끄러운 짓이지 싶었다.

완수는 녀석을 내려다보았다. 녀석이 꿀꿀거리며 바닥을 훑다가 고개를 쳐들었다. 자신을 찾는 것 같다는 생각이 들었다. 하지만 녀석들은 생래적으로 하늘을 볼 수 없었다. 바로 그때 녀석이 내려오라는 듯 주둥이로 사다리를 들이박았다. 그러지 말라고 소리를 지르려는 찰나, 목이 옥죄었다. 숨이 컥 막히면서 다리가 허공에 떴다. 사다리를 밟으려고 발버둥쳤지만 걸리는 게 없었다. 무엇인가 잡으려고 두 팔을 휘저었다. 어쩐 일인지 녀석이 허공에서 버둥거리는 게 눈에 들어왔다. 같은 줄에 묶여 녀석이 딸려 온 모양이었다. 체중이 비슷하여 나란히 매달린 꼴이었다. 녀석과 함께라니, 그 와중에도 헛웃음이 나왔다.

목이 더욱 조여들었다. 이제 어떻게 될 것인가, 상상하는 순간 이것도 나쁘지 않다는 생각이 들었다. 녀석이 내지르는, 말 그대로 돼지 멱따는 소리가 아득히 들렸다.

*

해주는 몸을 뒤척였다. 어깨가 결리고 무릎 관절은 저릿했다. 진동으로 울리는 핸드폰 알람을 끄고 돌아누운 지 제법 되었으나 일어나고 싶지 않았다. 주말이 아닌데도 어제는 늦도록 술자리가 이어진 테이블이 많았다. 돼지 대신 닭을 먹던 사람들이 질릴 때가 되었다고 주방 직원들과 주고받던 농담을 누군가 퍼뜨린 듯 손님들이 몰려와 여간 분주한 게 아니었다. 불금이 아니라 불목이냐며 숯불 담당이 비명을 지르며 뛰어다녔다. 돼지 값은 올랐는데 양념갈비 가격을 올리지 못한다며 죽는소리를 하던 사장이 택시비를 줄 정도였다. 손님이 많아지는 건 아프리카돼지열병의 충격이 가셨다는 뜻일 것이다. 한동안 가게 일이 한가해 편했던 몸이라 그런지 곱으로 고단했다. 예전처럼 손님이 많아져 일이 늘면 몸이 견디지 못할 것 같았다. 오래 누워 있는데도 가뿐해지지 않는 몸을 보면 그랬다. 이참에 때려치울까, 단타만 잘 해도 하루에 한 달 수입을 거뜬히 버는데, 해주는 옆에 누군가가 있어 의논이라도 한다는 듯 중얼거리며 이불 위를 더듬었다. 핸드폰이 손에 잡혔다.

개장 시간, 25분 전이었다. 엄마 나 하교 가. 민이가 보낸 아침 인사였다. 학교를 하교라고 쓴 걸 보니 늦잠을 잤다는 짐작이 들었다. 엄마가 바빠 통화보다는 문자로 연락하는 게 좋다고 하자 민이는 한글을 빨리 배웠다. 폰을 사주기엔 아직 어려 어른들 폰을 사용하는

들리지 않는 소리

터라 하루에 세 번만 연락하라고 정해주었다. 등교와 하교 그리고 잠자기 전.

해주는 침대 위에 무릎을 접고 몸을 세워 창문을 열었다. 먼지로 뒤덮인 방충망 사이로 바람이 들어왔다. 숨을 깊이 들이마셨다. 식빵만 한 창문의 쓸모는 빛이나 풍경이 아니라 환기였다. 미세먼지가 심한 날은 그나마도 열지 못했다. 칙칙한 건물 벽을 보자고 창문이 있는 방을 택한 건 아니었다. 해가 떴는지 기울었는지는 핸드폰 시계로 충분히 알 수 있다. 침대와 책상이 겨우 놓여 있는 방에 창마저 없으면 왠지 숨이 막힐 것 같았다. 돈사에도 창이 있는데 하물며, 월 5만 원이 비싼 방을 택한 건 괜한 자존심이었다.

몸이 빠져나온 침대는 어수선했다. 이런 난장판에서 근무할 순 없지, 해주는 중얼거리며 이불을 갰다. 베개를 이불 위로 올려 탑을 쌓았다. 침대는 말끔해졌으나 책상 위에 처덕처덕 쌓여 있는 옷들이 눈에 거슬렸다. 옷가지들 사이로 노트북 모서리가 삐죽 보였다. 웬만한 건 다 버리고 자주 입는 옷들만 챙겼는데도 부피감은 줄지 않았다. 동남아처럼 한 계절만 있으면 좋으련만, 뚜렷한 사계절이 좋긴, 개뿔, 한 달 쓰자고 그 비싼 에어컨을 거실에 세워두는 게 낭비가 아니면 뭐냐고. 그래도 오리털은 석 달은 입지. 책상 위의 옷가지를 침대 발치께로 던지며 중얼거렸다. 문득 흉봤던 엄마를 닮아가고 있다는 생각이 들어 입술을 깨물었다.

해주는 진하게 탄 믹스커피를 들고 책상 앞에 앉았다. 노트북 모니터에는 붉은 삼각형과 파란 삼각형이 번갈아 보였다. 돼지 대체육 관련주는 하락을 멈추고 반등하는 기미가 보였다. 열병이 발생한 지 한 달이 되었으니 그럴 만했다. 어제 상한가를 친 사료주는 오름폭이 낮았다. 자신이 보유한 주식은 그래도 오름폭이 컸다. 계열사가 동물의약품과 사료 생산에 관련 있다고 하더니 맞는 모양이었다. 주식을 매수할 때 기업의 재무나 개요는 따지지 않았다. 정보방의 추천이 중요했다. 진드기가 열병을 옮겨 동물의약품의 수요 급증이 예상된다는 추천에 매수한 종목이었다. 동물의약품들은 빨간색 일색이었다. 이번에도 상을 칠까, 해주는 계산기를 두드렸다. 더도 말고 내일모레 글피, 세 번만 상한가를 치면 아파트 전세는 거뜬했다. 어쩌면 며칠 더 상이 이어질 수도 있다, 아프리카돼지열병(ASF)이 전국적으로 번진다면.

중국에서 ASF가 발병했다는 기사를 보았을 때 해주는 이 땅에선 어림없다고 생각했다. 아버지가 돈사를 어떻게 관리하는 줄 잘 알기 때문이었다. 하지만 제아무리 단속해도 중국과 교류가 잦아 바이러스가 넘어오는 건 순간이라며 관련주를 정보방에서 추천했을 때는 솔깃했다. 발병하기를 바라서가 아니었다. 호재에 굶주렸다.

영원한 건 없다, 해주가 금과옥조로 여기는 말이었다. 주식시장에선 더욱 그랬다. 정보방에 의지하기보다 스스로 우량주를 찾고 싶었다. 정보방 회비도 만만치 않았다. 하여 뉴스를 꼼꼼히 챙기고 증권 방송의 정보를 분석해 신중하게 투자했다. 수익은 미미했고 엄청

　　　　　　　　　　　　　들리지 않는 소리

난 손실도 봤다. 가치주나 성장주에 투자해 묵혀두면 수익이 날 가능성이 컸지만 그럴 여유가 없었다. 민이가 학교에 입학하기 전에 데려올 계획을 세웠던 터라 조급했다. 매수한 주식이 바로 오르지 않으면 피가 말랐다. 눈여겨본 주식이 상승세를 타면 자신의 박복함에 가슴이 쓰렸다. 평일 내내 주식 창 앞에서 옥죄었던 심장은 주말이 반가웠다. 물론 돼지갈비를 굽느라 몸이 고되었지만 말이다.

한동안 해주는 사면 빠지고 팔면 오르는 사이클에 갇혀 있었다. 주식을 그만둬야 한다고 생각했으나 실천이 쉽지 않았다. 돌아보면 이혼하기 전 심정과 같았다. 주식을 매수하지 않으면 불안했다. 자고 나면 남편의 태도가 나아질지도 모른다고 기대하듯 주식이 하락세를 멈추고 돌아설 것 같아 매도를 망설였다. 서로의 허물을 헤집을 바에는 과감하게 손절해야 한다는 생각이 들었으나 미련을 버릴 수 없었다. 전날과 같은 오늘이 반복적으로 이어졌다. 살금살금 올랐다가 확 내리면 피가 말랐다. 하한가를 맞으면 공포에 휩싸여 투매하듯 서로의 감정이 극에 달해서야 헤어질 용기가 솟았다. 시답지 않은 사업을 접고 차라리 일용직이라도 좋으니 다른 일을 하라고 할라치면 조금만 기다려라, 한 건만 잘하면 돈방석에 깔려 죽게 만들어준다며 큰소리치던 남편, 죽이고 싶거나 죽고 싶은 심정으로 3년 동안 전쟁하느라 어찌나 탈진했던지 이혼하자 날아갈 듯 홀가분했다. 그래도 이혼 서류를 정리하면서 남편과 잠시 같은 마음이었다. 결혼하니 이혼이라는 것도 해보네.

민이는 아빠를 찾지 않았다. 다섯 살이 되도록 함께한 시간이 많지 않아서 그럴지도 몰랐다. 해주는 민이가 커서 아빠에 관해 물으면 어떻게 말해야 할지 가끔 고민했다. 세상엔 제멋대로 살고 싶은 사람이 있단다. 하필 그런 사람이 아빠라고 생각하렴. 민이가 이해하거나 말거나 그런대로 괜찮은 말이라고 해주는 생각했다. 상대는 달리 말하겠지만 민이가 그 말을 들을 기회가 있을까 싶었다. 양육비를 대지 않으면 아들을 만날 수 없다고 딱 잘랐으니까.

파주에 발생한 열병(ASF)은 대단한 호재였다. 해주는 그때를 생각하면 행복했다. 매수한 돼지 대체육 관련주가 연이틀 상한가를 달려 심장이 터질 뻔했다. 하지만 기대했던 만큼 마니커와 하림의 상승이 길게 이어지지는 않았다. 그래도 재미가 쏠쏠했다. 닭에 질려 소고기를 찾을 거라며 소고기 수입업체가 오를 거라는 정보를 접하자 망설이지 않았다. 하루 일당만큼만 벌어도 어딘가 싶었다. 용기는 보답을 안겼다. 믹스커피를 마시는 동안 한 달 월급을 벌었다.

쇼핑몰 물류센터에서 근무할 때, 동료의 권유로 주식 투자에 입문했다. 동료는 북미와 남북 정상회담을 한다는 뉴스에 주가가 요동쳐 엄청난 재미를 봤다는 것이었다. 있는 돈 없는 돈 긁어모아 동료가 시키는 대로 주식을 매수하여 뒤늦게나마 신세계를 맛봤다. 파란 도보다리에서 두 정상이 만나거나 말거나 관심 없던 지난날들이 아쉬웠다. 진작 주식을 알았더라면 빌딩을 사고도 남았을 것 같았다. 민이와 같이 살려면 적어도 방 두 칸에 주방도 있어야 했다. 월급을

들리지 않는 소리

모아봤자 치솟는 주거비를 따라잡기란 어림 반 푼어치도 없는 일이었다. 엄마의 비자금을 빌려왔다. 매입금이 커지자 주가 변동이 궁금했다. 근무하는 내내 시세 변동을 살펴볼 수 없어 조바심이 일었다. 잘하면 하루에 한 달 월급을 벌 수 있는데 전철을 타고 출근하여 쉴 틈 없이 몸을 움직이는 일을 하는 건 시간 낭비였다. 직장을 그만두었다. 투자를 많이 할수록 수익도 클 터였다. 전세금을 활용하기 위해 고시원으로 옮겼다. 연봉 높은 곳으로 이직한 듯 평일 아침 9시면 노트북 앞에 앉았다. 장이 끝나는 3시 30분이 퇴근 시간이었다.

투자금에서 생활비를 빼 쓰자니 부담스러웠다. 돼지갈비가 유명한 식당에서 일할 사람을 구한다는 정보를 보고 한걸음에 달려갔다. 걸어서 다닐 수 있고, 오후 5시부터 10시 반까지 홀 서빙, 나무랄 데 없는 일자리였다. 면접 볼 때 경험자를 뽑는다는 사장에게 해주는 경험자로 태어난 사람은 없기에 열심히 일해서 확실한 경험자로 근무하겠다며 마흔은 지났지만 쉰은 아직 멀었기에 오래오래 일하고 싶다고 넉살을 부렸다. 사장은 센스가 경험만큼이나 중요한 덕목이라며 흡족해했다. 휴무가 평일이다 보니 민이를 보러 가는 날이 줄었다.

"아이고, 내가 아직도 심장이 벌렁거린다."
"엄마, 무슨 일이에요?"
해주는 화들짝 놀랐다. 핸드폰이 진동으로 울려 통화를 누르자마자 엄마의 다급한 목소리가 들린 것이었다. 시선을 모니터에 꽂고 있던 터라 시간이 눈에 들어왔다. 민이 학교에서 돌아오기 전이었다. 적어도 민에게 큰일이 생긴 건 아니었다.

"글쎄 네 아버지가 죽을 뻔했다."

해주는 엄마의 말을 이해하는 데 시간이 걸렸다. 두서없는 엄마의 말에 되묻고 다시 듣기를 몇 번 하자 상황이 이해되었다. 살처분 동의서에 서명하곤 그길로 돈사로 간 아버지가 목을 맸다는 것이었다. 돼지 멱따는 소리에 스엉이 달려가지 않았더라면 큰일 날 뻔했다며 엄마는 울먹였다.

"내가 울고불고하니까 뭐래는 줄 아나? 호들갑 떨지 말라니 얼마나 기막히냐. 나는 애간장이 다 녹았는데."

"별일 없으니 얼마나 다행이에요. 아버지는 지금 어쩌고 계셔요?"

"어쩌긴 뭘 어째, 냉수 한 그릇 들이키곤 돈사로 갔지. 기껏 키워 또 땅에 묻어야 하니, 그 심정이야 오죽하겠느냐만 또 어찌 살아가야 할지 이제 나는 통 모르겠다."

"제가 가봐야 하는데……."

"와도 소용없어. 동네 입구에서 외부 사람들을 못 들어오게 막고 있다."

갑자기 벽이 툭툭 울렸다. 옆방에서 벽을 치는 소리였다. 조용히 하라는 뜻이었다. 평소 통화할 때는 세면실로 가거나 고시원 밖으로 나갔는데 방심한 것이었다. 통화가 긴 것도 아닌데 예민하게 굴다니, 해주는 순간 짜증이 일어 노크하듯 벽을 주먹으로 세 번 쳤다. 그래도 엄마에게 급히 할 일이 있어 이따가 다시 하겠다고 하곤 일방적으로 전화를 끊었다.

모니터의 삼각형은 여전히 붉은색이었다. 상승 폭은 줄고 거래량이 많았다. 웬만해선 하락으로 돌아설 것 같진 않았다. 30분 동안 별일이야 있을까 싶어 해주는 핸드폰과 수건을 챙겨 방에서 나왔다. 엄마와 통화를 마무리하기 위해서였다.

해주는 살처분 날짜를 물었다. 엄마는 아버지를 걱정하다가 원망하다가 일부는 도축할 수 있어 다행이지만 그 많은 돼지를 어디다 묻으란 말인지, 남의 땅에 묻을 수도 없고 동의서는 받아 가면서 묻을 데를 정해주지 않아 여간 큰일이 아니라고 한탄했다. 이어 민이를 어찌 키울지 모르겠다며 말끝을 흐렸다.

"곧 데려올 테니 민이 걱정은 하지 마세요."

"언제는 안 데려간다고 했니?"

"이번엔 틀림없어요, 맹세해요, 엄마."

"내 앞에선 맹세라는 말 다신 하지 마라."

엄마의 단호한 말에 해주는 뜨끔했다. 민이를 키워주면 학교 들어가기 전엔 데려가겠다고 맹세했던 걸 엄마가 기억하고 있었다. 그때도 맹세는 함부로 하는 게 아니라고 했다. 어린아이를 맡기는 게 미안해서 한 말이었는데 엄마가 정색하는 바람에 머쓱했다. 하지만

발끈하는 마음에 그럼 될 수 있는 한 그전에 민이를 데려가겠다고
큰소리쳤으니 다 헛맹세가 되어버렸다.

"그때 아버지가 얼마나 통곡했는지 너도 봐서 알 거다. 나중에
생각하니 부모 묻을 때보다 더하면 더했지 덜하진 않았어. 다시는
돼지를 키우지 않겠다고 곱씹어 맹세했는데 다 소용없더라. 지키지
도 못할 맹세를 해서 또 이런 일을 겪나 싶은 게……."

"죄송해요."

해주는 달리 할 말이 없었다. 걱정하지 말라, 죄송하다는 말을
몇 번 더 하고 통화를 끝냈다. 그래서 반대하지 않았느냐고 해봤자
염장만 지를 터였다.

아버지가 다시 양돈 사업을 하겠다며 남다른 각오로 엄마를 설
득했다. 세상에 행복한 돼지로 기르겠다니! 해주는 비웃음을 참았
다. 행여 자신을 불러들일까 봐 서둘러 결혼하고, 그리고 민이를 낳
았다.

돼지를 생매장하는 날, 해주는 가방을 쌌다. 침을 질질 흘리는 돼
지는 일부일 뿐, 돼지들 대부분은 건강했다. 사료통으로 꿀꿀거리며
몰려드는 꽃잎 같은 돼지들을 포클레인이 구덩이로 밀어 던지고 흙으
로 덮는 걸 두 눈으로 똑똑히 지켜보았다. 객지에서 고생하지 말고 자
신의 그늘에서 자신이 하는 일을 이어가길 아버지는 바랐다. 돼지만큼
솔직한 게 없다며 정성을 기울인 만큼 보람을 준다고 했다. 서울에서
취직하고 싶었던 옷깃을 아버지에게 잡힌 바람에 해주는 사료를 주고

들리지 않는 소리

톱밥을 깔아주고 분변을 치웠다. 절미할 때 돼지들이 내지르는 비명에 가슴이 아픈 순간만 빼면 할 만했다. 시간이 흐르면서 돼지들이 찬란하게 핀 연꽃으로 보였다. 아버지, 연꽃이 피었어요. 토실토실한 등이 마치 꽃잎 같아요.

통화를 끝낸 해주는 눈살을 찌푸렸다. 세면장 바닥에 물기가 흥건했다. 세 개나 되는 수도꼭지 주변으로 비누와 세면도구들이 어수선하게 흩어져 있었다. 도대체가 난장판이네, 출근하거나 등교하는 사람들이 한차례 북새통을 떨고 가면 정리를 해놔야 하는 게 아닌가, 돼지우리도 이보다 낫지, 방값이 얼만데, 한참을 투덜거린 해주는 바닥에 널브러져 있는 플라스틱 대야를 포개 옆으로 밀어놓았다. 이내 물을 틀어 요란하게 세수했다. 젖은 손으로 머리를 쓸어 넘기자 낯선 얼굴이 거울 속에 서 있었다. 술을 마시지 않았는데도 얼굴은 부석부석했고 눈 밑이 불룩해 꼴사나웠다. 목에 걸었던 수건을 황급히 풀어 얼굴을 가렸다.

복도는 조용했다. 맞은편 방문이 열려 있었다. 침대와 책상에 짐이 없이 말끔히 정리되어 있었다. 오전에 퇴실한 모양이었다. 좌우 옆방은 방문이 닫혀 있었다.

갑자기 왼쪽 방문이 열렸다. 젊은 여자가 나왔다. 해주는 어색했지만 가볍게 고개를 끄덕여 인사를 했다. 식당에서 몇 번 마주친 적이 있는데도 여자는 외면하듯 고개를 숙인 채 지나갔다. 긴 머리를 뒤로 묶은 앳된 얼굴에 허름한 옷차림으로 미루어 공무원이나 임용

고시를 준비하고 있겠다는 짐작이 들었다.

고시원 복도를 보면 해주는 씨돼지가 떠올랐다. 칸칸이 들어앉은 어미 돼지들. 그들은 함께 키우지 않았다. 각각의 칸에서 수태되고 배를 불리고 그러다 달이 차면 산방에 가서 새끼를 낳았다. 일정한 간격으로 붙어 있는 방문은 똑같은 모양에 숫자만 달랐다. 각각의 방에서 사람들은 잉태한 꿈을 위해 이루기 위해 몸부림치고 있을 것이다. 고시원이 돈사보다 나을 게 없다는 생각이 들었다. 그러나 해주는 경쾌하게 방문을 닫았다. 자신은 곧 고시원에서 벗어날 것이므로.

모니터에 파란 삼각형이 등장했다. 매도가 쌓이기 시작했고 매수하려는 세력은 미미했다. 통화를 할 게 아니라 주식 창을 지켜봤어야 했다는 후회가 스쳤다. 황급히 정보방으로 들어갔다. 열병의 매개체가 멧돼지라며 화약과 사냥 관련 주를 추천했다. 해주는 서둘러 매도를 눌렀다. 수익은 예상에 못 미쳤다.

정보방에서 상하수 배관 관련 업체를 주목하라고 했다. 참으로 의아했다. 살처분을 명령할 뿐 어느 누구도 생매장할 장소를 제공하거나 지정해주지 않았다. 구제역 때 아버지는 돈사 옆 마늘밭을 팠다. 그 위에 선진국형 돈사를 새로 지었다. 이번에는 집을 헐고 묻어야 하나, 그것은 아버지가 해결할 몫이었다. 해주는 망설이지 않았다. 실낱같은 연결고리만 있어도 주가는 상승할 것이다. 매몰지의 침출수가 문제가 되어 상하수 배관이 필요하다는데 어쩔 것인가. 수

천 마리 돼지를 통에 담은 것도 아니고 생으로 땅에 묻을 테니 어찌 문제가 발생하지 않으랴.

　정보 덕인지 해당 주식은 저가에서 제법 올랐다. 이번에도 붉은 화살표가 나오면 최상의 가격에 매도하여 이사하는 걸로 하자. 앞으로 돼지에게 치명적인 아프리카 열병 같은 바이러스가 인간에게 퍼진다면, 그땐 또 얼마나 많은 테마주가 줄지어 상승할 것인가. 해주는 언제든 기회를 잡을 자신이 있었다. 대형 사건은 기다렸다는 듯 계속 터질 것이다. 전세가 아니라 아파트도 거뜬히 살 수 있다. 해주의 어깨에 힘이 실렸다.

섬은 기다린다

섬은 기다린다

수인은 내키지 않은 걸음으로 집을 나섰다. 괜히 약속했다는 후회가 밀려왔다. 만날 수 있는 친정 식구가 있어서 얼마나 좋으냐는 시모의 말도 듣기 거북했다. 언제나처럼 동생 수희가 전화를 걸어 별일 없냐고 대뜸 물어 수인은 별일 없다고 했다. 그때만 해도 심각해진 남편의 사업을 걱정하는 정도였다. 그럼 시간 낼 수 있겠네. 엄마가 만두전골을 먹고 싶대. 그런 건 여럿이 먹어야 맛있다며 언니를 꼭 부르라고 하네. 아무리 에미가 밉기로서니 이렇게 얼굴을 내밀지 않는 건 무슨 일이 있는 게 분명하다며, 얼마나 성화해대는지 내가 지레 죽을 것 같아. 절반은 자신을 불러내기 위해서 꾸민 말이라는 짐작이 들었지만, 수인은 알았다고 했다. 수희의 말을 그대로 믿어서가 아니라 마침 가게를 나가지 않아도 되는 날이어서 한 약속이었다. 수희는 엄마를 모시고 맛집을 가는 걸 효도라 여겼다. 주말

들리지 않는 소리

엔 교통 체증이 심해 다니기 불편하다며 엄마를 챙기기 위해 연차를 낼 정도였다. 수인은 그런 수희를 이해할 수 없었다. 가게에 매여 있기도 했지만 내키지 않아 동행을 몇 번 거절했다. 그 후로 엄마와 다녀온 행적을 보고하듯 말하며 언니는 바쁘니까, 라며 수희 스스로 정리해줘 수인은 부담을 느끼지는 않았다. 그러나 꼭 필요하다 싶은 날은 어떻게든 불러내는 수희였다.

흰 승용차가 비상등을 깜박이며 멈춰 섰다. 차 창문이 열리고 수희의 목소리가 날아왔다. 수인은 차에 타자마자 몸을 외로 틀어 뒷좌석의 엄마를 보았다. 베이지색 벙거지 모자에 빨간 양귀비가 피어 있고, 쑥 내민 입술은 꽃보다 붉었다. 수인은 인사말 대신 눈동자를 위아래로 굴렸다. 엄마는 몸매가 드러나는 초록 니트 차림이었다. 숨기려는 노력이 무색하게 선명한 팔자 주름과 먹을 흠뻑 묻혀 그린 듯 눈썹이 굵고 짙은 엄마는 입꼬리를 씰룩거리며 시선을 피했다.

수인은 절레절레 고개를 저으며 몸을 바로했다. 핸들을 잡은 수희는 청바지에 베이지색 재킷을 걸치고 있었다. 칠십이 넘은 엄마보다 수수한 차림이었다.

"저 저, 낳아준 에미한테 눈을 부라리는 건 어디서 배웠는지, 원."

"죄송합니다. 차림이 휘황찬란해 눈이 저절로 돌아간 걸 어쩌겠어요."

수인은 탁구공 넘기듯 엄마의 말을 받아쳤다. 엄마가 '에미'를 내세우면 참기 힘들었다.

"두 어르신들, 차창 밖을 보세요. 정말 환상적인 날씨인데, 특별히 가고 싶은 곳 있으시면 말씀하세요. 안전하게 모시겠습니다."

수희가 말꼬리를 길게 뺐다. 분위기를 돋우려는 말투였다. 수희의 노력은 언제나 통했다.

"모처럼 모였으니 서울을 벗어나볼까."

엄마의 말에 수인은 정신이 번쩍 들었다.

"저녁에 가게 나가봐야 해, 멀리 가면 안 돼."

수인은 얼른 가림막을 쳤다. 조용히 있다간 바다를 보겠다고 양양고속도로를 탈 수도 있었다. 한 번으로 족하지 두 번 당하고 싶지 않았다.

언제나처럼 마곡에 사는 수희가 가양동에서 엄마를 모시고 와 수인은 합류했다. 벚꽃을 보러 가기로 했는데도 강물에 반사된 햇빛이 찬란하다며 낙산에서 바다만 보고 돌아오자고 했다. 막상 바다를 보자 수희가 분위기에 휩쓸려 소주를 마시는 바람에 하룻밤을 묵을 수밖에 없었다. 아침에 눈을 뜬 수희는 혼비백산하여 아들을 못 깨워서 어쩌면 좋으냐부터 출근하지 못하게 된 상황을 변명하느라 핸드폰을 귀에 대고 북새통을 떨었던 기억이 엊그제인 듯 생생했다.

"그럼 기사 맘대로, 바퀴 굴러가는 대로, 지금부터 달려서 딱 한 시간 거리에 있는 만둣집으로 가겠습니다. 반대 없죠?"

수희가 명쾌하게 정리했다.

들리지 않는 소리

차는 강과 나란히 달렸다. 노랗게 물든 나뭇잎 몇 장이 휘날리더니 강으로 날아갔다. 대학생인 아들의 먹성과 술을 즐기는 남편과의 사소한 일상을 수희는 라디오 사연처럼 풀어놓았다. 거슬릴 것 없는, 평안한 풍경화 같은 삶이었다. 이따금 엄마가 거친 붓질을 입히듯 깊숙이 참견했으나, 수희는 적당히 웃어넘기며 자신의 풍경화를 지켰다. 수인은 그런 두 사람의 대화를 묵묵히 듣고만 있었다.

오른편으로 낯선 풍경이 눈에 들어왔다. 나지막했던 아파트들이 쑥 자란 듯 높아졌다. 반포 근처라 짐작되는데 언제 저런 건물을 지었나 싶어 수인은 고개를 갸웃거렸다. 올림픽대로를 지나간 게 아파트를 헐고 새로 건축했을 정도로 오래된 것 같지는 않았다. 리모델링 했네, 수희가 불쑥 말했다. 입 밖으로 내놓지 않은 물음에도 귀신같이 답을 하는 수희를 수인은 새삼스러운 눈으로 쳐다보았다. 전방을 주시하고 있는 수희는 환한 표정이었다. 마냥 돌봐줘야 할 것 같은 동생이었는데 어느 순간부터 자신이 돌봄을 받고 있다는 느낌이 들어 멋쩍었다. 이내 자신의 어두운 속내를 들킬까 싶어 입꼬리를 끌어 올렸다.

부부로 있어봤자 좋을 게 없다며 남편이 이혼 서류를 내밀었다. 어머니는 어쩌고. 그 순간 불쑥 나온 말이었다. 돌이켜 생각하면 꼭 어머니가 걱정되었다고 할 순 없었다. 사업이 벼랑 끝이라 이혼이라도 해야 그나마 건질 것이 있다고 넌지시 흘리던 말에 쐐기를 박은 터라 수인은 몹시 당혹스러웠다. 엄마는 형이 모셔 가기로 했어.

그보다 당신은 어디로 갈 거야? 남편은 진지하게 물었다. 글쎄 어디로 가지? 수인은 중얼거렸다. 갈 데가 없다는 생각이 들었다. 도장 찍고 한집에 살 순 없어. 의심받지 않게 해야 해. 딱 3년, 길면 5년만 기다려. 그 안에라도 일이 잘 풀리면 합칠 수 있고. 미안한 듯 남편의 목소리는 잦아들었다.

올림픽대로를 벗어난 차는 미사리로 진입했다. 지식산업센터라는 건물들이 웅장하게 길가를 점령했다. 즐비한 음식점 뒤로 쭉쭉 뻗은 아파트가 숲인 양 울창했다. 변하지 않고는 살 수 없는 세상이었다. 수인은 습관적으로 한숨을 쉬었다. 라이브 카페 간판이 눈에 익었다. 수희가 차를 뽑은 기념이라고 밥과 커피를 사겠다며 미사리를 왔었다. 엄마가 원해서 들어간 라이브 카페인데 밥보다 커피가 비싸 몹시 놀랐다. 그때 우리도 이런 커피 마실 자격이 있다며 수희가 환히 웃었다.

멀리 팔당댐을 보며 강을 건너자 터널이 나타났다. 반복적으로 들고나는 터널의 끝에서 강이 보였다. 강은 한강과 달리 잔잔했다. 입안에 쓸쓸함이 고여 수인은 고개를 꼿꼿이 세웠다. 수희에게 어떤 기분도 들키고 싶지 않았다. 언니가 지리에 밝다는 걸 수희가 잊었으면 싶은 순간이 있는데 지금이 그랬다. 수인은 한 번 갔던 길은 눈 감고도 찾아갈 수 있어 살아 있는 내비게이션이라고 자부했다. 그런 자부심에 찬물을 끼얹은 건 수희였다. 국토 지리에 밝으면 뭘 해. 제 앞길을 찾는 건 영 서툰데.

들리지 않는 소리

만두가 전문이라는 음식점은 빈자리가 없었다. 신발을 벗고 예약된 방으로 들어갔다. 좌식이라 불편했으나 홀이 아니라 좋았다. 예약해놓고도 가고 싶은 곳을 물어본 수희의 깜찍함을 놀리며 수인은 엄마와 마주 앉았다. 엄마와 나란히 앉고 싶지는 않았다. 이렇게 저렇게 앉아도 불편하긴 마찬가지였다. 애초 나온 게 잘못이지 싶어 애꿎은 물만 들이켰다.

　"내가 만두를 무척 좋아하는 건 너희들도 잘 알 거다. 그런데 시집와서 처음 만둣국을 먹다가 구역질을 하고 말았지 뭐니. 만두소가 어찌나 시뻘겋던지, 다른 건 하나도 안 넣고 묵은김치로만 만든 만두는 처음이었어."

　만두전골과 밑반찬이 차려지자 엄마는 새삼스럽다는 듯 진저리를 쳤다.

　"너희들 할머닌 돼지고기는 당연하고, 그 흔한 두부나 숙주도 넣을 줄 모르더라."

　"할머니가 몰라서가 아니라 재료 살 여유가 없어서 그랬을 거라는 생각은 안 들어?"

　수인은 퉁명스럽게 쏘아붙였다.

　"그건 네가 몰라서 하는 소리야. 네 아버진 가난하지 않았어. 평소 두부 한 모도 못 사 먹을 정도면 내가 시집이라는 걸 갔겠니? 너희들 할머니는 음식 솜씨가 형편없었어. 겨우 밥이나 하지 제대로 된 음식이 있는 줄도 모르는 양반이야."

엄마는 허공에서 숟가락을 휘두르며 부인했다.

"네, 형편없는 밥을 먹고 자라서 말본새도 없네요."

수인은 입을 삐죽인 후 벨을 눌렀다. 소주가 필요했다. 엄마가 어떤 말을 해도 상관없으나 할머니에 대해선 결코 그럴 수 없었다. 엄마는 할머니를 비난할 자격이 없었다. 사고로 하반신을 못 쓰는 남편과 자식을 버리고 떠난 사람이었다.

"만두가 익었어요. 맛있게 드세요."

수희가 채소와 만두를 퍼 엄마에게 건넸다. 수인은 펄펄 끓고 있는 만두 옆에서 시르죽어 흔들리는 팽이버섯을 노려보았다. 매가리 없는 게 자신처럼 느껴졌다. 엄마와 단둘이 있을 땐 입을 다물었다. 수희가 있어야 엄마에게 대들 수 있었다.

깨작거리는 게 저래 닮았으니 어디다 쓰나. 할머니가 중얼거렸다. 수인은 주눅이 들어 왠지 눈치가 보였다. 설거지를 할 요량으로 둥근 밥상을 들어 부엌으로 내갔다. 부엌 문턱이 높았던가, 밥상이 기울어지면서 그릇들이 요란한 소리를 내며 바닥으로 떨어졌다. 저 봐라, 나는 절대 틀린 말 하는 사람이 아니다, 일머리라곤 약에 쓸래도 없는 게 영판 제 어미야, 쯧. 할머니는 기세등등하여 큰소리를 쳤다. 평소 엄마를 험담할라치면 아버지가 난리를 쳤던 터라 기회를 놓칠 리 없었다. 수인은 서러워 눈물을 훔쳤다. 수희가 눈치 빠르게 깨진 그릇을 챙겼다. 그때 수인은 열두 살이었고, 동생은 일곱 살이 었다.

들리지 않는 소리

엄마는 결코 그럴 사람이 아니다, 두고 봐라, 반드시 돌아온다. 아랫목에 누워 지내는 아버지는 문소리에 예민했다. 잔바람에도 내다보라고 할 정도였다. 수인은 아버지의 말을 철석같이 믿었다.

엄마의 옷차림은 세월이 흐를수록 또렷했다. 연분홍 블라우스에 나풀거리는 꽃무늬 치마를 입은 엄마는 장 구경 가자며 손을 내밀었다. 수인은 엄마의 손을 뿌리쳤다. 어린 걸음으로 수희를 챙기며 걸어가기에 시장은 꽤 멀었다. 게다가 가봤자 볼거리가 없었다. 장날이라 해도 서울의 시장보다 초라했다. 수인은 따라가겠다는 수희의 옷자락을 움켜쥐고, 대문을 나서는 엄마에게 얼른 가라고 손을 흔들었다. 수희가 엄마를 따라가면 수인은 자연스레 동행해야 했다.

대문 틈으로 나오라는 손짓이 보였다. 옆집 언니였다. 할머니와 동생 몰래 빠져나온 수인은 언니를 따라 배를 탔다. 동네 오빠가 노를 저은 배는 강 한가운데 있는 섬에 닿았다. 섬은 학교 운동장처럼 드넓은 모래밭에 키 낮은 수양버들이 울타리를 두르고 있었다. 수인은 반짝반짝 빛나는 모래를 만지며 놀았다. 마음껏 뒹굴어도 간섭이나 꾸중이 없었다. 그러다 지치면 수양버들 아래서 그들이 가져온 만화책을 읽었다. 먼저 눈이 큰 아이가 주인공인 순정만화를, 이어 머리가 짧은 독고탁 시리즈의 명랑만화를, 나중에는 더 빌려올 만화가 없다는 바람에 무협만화까지 읽으며 그들이 나타나기를 기다렸다. 숨을 만한 곳이 없는데도 그들은 보이지 않았다. 돌이켜 생각해보면 옆집 언니가 저 혼자 동네 오빠를 따라다니기 뭐하니까 데리고 갔던 것 같았다. 그들의 연애가 길었던지 섬에 꽤 여러 번 갔다.

소주 한 병이 금세 비워졌다. 엄마와 나눠 마시니 성에 차지 않았다. 수인은 한 병 더 마시고 싶었다. 술 냄새 풍기는 두 어른을 모시고 다니기엔 너무 연약하다고 수희가 너스레를 떠는 바람에 참기로했다. 셋이 만나 술이 들어가면 분위기가 나긋했다. 보통 취할수록 살벌해진다는데 우리는 그렇지 않으니 술로 뭉친 주술모녀들이라며 수희가 깔깔 웃은 적이 있었다. 그렇다고 술자리가 잦은 건 아니었다. 술에서 깨면 헤어진 연인들이 우연히 만난 것처럼 어색하고 불편했다. 우연을 즐길 만큼 단단한 심장들은 아니었다.

"다음 코스는 산책!"

음식점에서 나와 차를 타자 수희가 호기롭게 외쳤다. 배를 채웠으니 느긋하게 산책이나 하자는 엄마의 뜻에 따라 정한 장소였다. 수인은 분위기 좋은 카페로 가서 앉아 있고 싶었다. 다리를 건너 삼거리에서 우회전한 차는 교각 밑에서 멈췄다. 두물머리 주차장이라는 푯말이 보였다. 가슴 깊은 곳에서 묘한 떨림이 일었다.

엄마는 어느새 선글라스를 쓰고 차에서 내렸다. 수희는 느티나무까지 걷는 길이 좋다며 앞장섰다. 엄마는 종종걸음으로 수희에게 다가가 팔짱을 꼈다. 수인은 가냘픈 엄마의 허리와 튼실한 수희의 엉덩이에 시선을 꽂으며 터덜터덜 걸었다.

키 낮은 담장을 따라 조붓한 길이 이어졌다. 평일인데도 오가는

들리지 않는 소리

사람들이 제법 많았다. 기와 얹은 담 너머로 강물이 넘실댔다. 강은 드넓었고, 저편이 아득히 멀었다. 강 가운데 섬이라 부르기엔 작은, 나무 둔치 같은 것이 조각배처럼 떠 있었다. 그것은 흔들릴 뿐 떠내려가지 않았다. 수인은 핸드폰의 카메라로 푸른 강 위에 무심히 떠 있는 초록 덩어리를 찍었다.

"엄마는 여기가 기억나?"

수희의 물음은 뜬금없었다. 느티나무 아래 긴 의자에 엄마를 가운데 두고 셋이 나란히 앉아 숨을 고르는 참이었다. 그늘 한 점 없어 걸음을 재촉했더니 숨이 차올랐다.

"여기? 여기가 어딘데?"

엄마가 보물찾기하듯 두리번거렸다. 수인은 햇살이 내려앉아 찬란하게 빛나는 물결을 바라보았다. 한강과 사뭇 다른 익숙한 강이었다.

"여기만 와도 꼭 고향에 온 것 같아."

"난데없이 고향은 무슨, 너희들은 서울서 태어났으니까 서울 사람이다."

엄마는 단호했다. 수인은 수희의 말에 반감이 일었다. 여기가 니들 고향이니, 절대 잊지 말아라. 용담리를 뜨면서 할머니가 한 말이었다.

"태어난 곳만 고향인가, 뭐. 나는 여기를 고향이라고 생각해."

수희의 표정은 단호했다.

"너도 그러냐?"

엄마가 툭 치며 물었다. 수인은 못 들은 척 가만히 있었다. 고향이 아니라고 바득바득 우기는 엄마나 겨우 5년 남짓 살았을 뿐 좋은 추억이 남은 것도 아닐 텐데 고향이라고 하는 수희를 이해할 수 없었다. 아니, 이해하고 싶지 않았다. 할머니와 살던 동네와 두물머리는 제법 떨어진, 도로가 늪 위에 있어 늪인 줄도 몰랐던, 늪을 사이에 두고 나뉜 동네였다. 굳이 공통점을 찾자면 같은 면사무소와 시장을 이용하고, 아이들이 같은 초등학교에 다니는 이웃 마을이었다.

"나는 그 집이 아주 싫었다."

엄마는 진저리를 치며 말했다. 수인은 엄마를 힐끗 쳐다보았다. 우리는, 아니 나는 더했어, 나오려는 말을 얼른 삼켰다. 엄마와 같은 마음일 수 없었다.

서울서 온 아이라고 힐끗힐끗 쳐다보기만 해 서먹했던 반 아이들과 친해질 만하니까 엄마가 가버렸다. 쟤네 엄마 도망갔대, 바람난 거래, 수군거리는 소리에 수인은 달팽이처럼 잠깐 내밀었던 고개를 도로 집어넣었다.

수인은 대문 앞에 이르러서야 엄마가 와 있을지도 모른다는 기대를 접었다. 집 안에 엄마가 질색하던 냄새가 진동했기 때문이었다. 마당을 차지한 가마솥에서 몸에 좋다는 열매와 뿌리들이 진을 빼고 있었다. 할머니는 어떻게든 아버지를 벌떡 일으켜 세워 새 장가를 들이고, 손자를 보겠다는 야무진 꿈을 꾸었다. 창고에는 술에

들리지 않는 소리

취한 뱀이 갇혀 있는 유리병과 기기묘묘한 뿌리들이 유령처럼 서 있는 병들이 즐비했다. 진달래술은 그나마 보기 좋았다. 불기운이 가시지 않은 아궁이에서 노릇노릇 구워진 지네와 굼벵이들은 가루가 되었다. 할머니는 초록색 자라의 목을 칼로 베어 뚝뚝 떨어지는 붉은 피를 흰 사발에 받았다. 아버지는 이상하고 고약한 것들을 순순히 목으로 넘겼다. 엄마는 반드시 돌아올 거라 믿었으므로.

온갖 보양식으로도 아버지의 명줄은 어찌지 못했다. 뱀과 자라들의 희생은 거기까지였다. 해가 기울어 어스름해지자 할머니는 강으로 가자고 했다. 수몰만 되지 않았어도 농사짓고 잘살고 있을 아들인데. 원수 같은 강이지만 어쩌겠어. 남의 집 귀신이 될 것들만 남았으니 제삿밥은커녕 성묘도 언감생심이지. 수인은 유골함을 끌어안고 중얼거리는 할머니의 뒤를 따랐다. 강가에 이르자, 할머니가 시키는 대로 강에 재를 뿌렸다. 손아귀에서 흘러내려 강바닥에 가만히 내려앉는 흰 가루를 오래오래 지켜보았다. 수희는 입술을 앙다물고 주먹을 꼭 쥐고 꼿꼿하게 서 있었다. 할머니는 손전등을 멀리 비추며 말했다. 저기 봐라, 반짝반짝 빛나는 물결은 니들 애비가 강을 따라 흐르는 것이다. 애비가 생각나면, 아니다 바다를 보면 애비를 생각하거라.

겨우내 할머니는 머리가 깨질 것 같다며 이마에 검은 띠 동여매고, 먹은 것도 없는데 트림이 올라온다며 까스명수를 달고 살았다. 봄이 되자 집과 밭을 정리해 친척이 산다는 인천으로 삶의 터전을 옮겼다. 이젠 대가 딱 끊어졌다, 그렇지만 너희들에게 내 아들의 피가 흐르니 이 할미가 대학까지 가르칠 거다, 그러니 쓸데없는 짓 하지 말고 죽기 살기로 공부만 해야 한다. 할머니는 매번 같은 말로 단잠을 깨웠다. 그러곤 채소 좌판을 벌이기 위해 새벽 장을 보러 나갔다.

"정확히 말하면 너희들이 살던 곳은 이 동네가 아니다."

"나도 알아, 엄마. 몇 해 전에 여길 처음 왔었어. 모임 사람들과 왔었는데, 강을 봐도 별생각이 없었어. 풍경이 좋아서 두 번 세 번 오다 보니 내가 여기 어디쯤 살았다는 게 기억났어. 그래서 우리가 살던 집을 찾아봤어. 헐린 건지 음식점으로 변한 건지, 잘 모르겠어. 옆집이라곤 그 언니네뿐이었던 것 같은데……."

그 집을 떠난 게 언제였던가, 수인은 속으로 손꼽았다. 강산이 세 번 변하고도 남을 시간이 흘렀다. 수희는 어떨지 몰라도 자신은 그 집이 고스란히 남아 있다고 해도 반가울 것 같진 않았다.

양양고속도로가 생기기 전이었을 것이다. 남편과 양평을 갈 일이 몇 번 있었다. 국도를 따라 달리며 저기 어디쯤에서 살았다는 게 기억났다. 한번은 남편이 가볼래, 하고 물었다. 수인은 졸린 척 가만히 눈을 감았다. 안방에 누워 있는 아버지와 마루 끝에 앉아 종아리를 흔들며 대문에 시선을 꽂고 있던 수희의 모습만이 아련했다. 마당과 부엌을 분주하게 오가던 할머니가 자신을 부르던 거친 음성이 귓가에 맴돌았다.

들리지 않는 소리

"그래, 좀 전에 지나온 삼거리가 거기였구나. 시골 동네치곤 어수선하니 복잡하다 싶었어. 거긴 예전부터 장날이면 사람들이 모여 난장판이었지. 그래서 옷가게를 하려고 했는데 니들 할머니가 기를 쓰고 반대하는 바람에 접었지. 내가 뭐 서울 가서 하겠다는 것도 아니고, 뭐든 먹고살 방도가 있어야 하잖아. 애초 서울서 살게 내버려두었으면 좀 좋았어? 아무짝에 쓸모없는 민간요법보다 병원 치료가 훨 낫지……."

수인은 벌떡 일어났다. 더 듣고 있다간 비명을 지를 것 같았다. 엄마는 떠날 수밖에 없었던 이유를 한 보따리 갖고 있었다. 너희들도 알다시피 네 아버지가 아랫도리를 못 쓰는데 아들을 낳으라는 게 말이 되느냐부터 풀 한 포기 뽑아본 적 없는데 농사가 가당키나 하냐는 말은 귀에 딱지가 앉도록 들었다.

엄마가 나타났을 때, 할머니는 기함할 듯 놀라 소리쳤다. 여기가 어디라고 뻔뻔스럽게 기어들어 오느냐며 당장 나가라고 했다. 자리보전한 게 아니라면 엄마를 끌어낼 기세였다. 하지만 엄마는 눈도 깜짝 안 했다. 부산인가 울산인가 지명을 대며 게서 살다 올라왔다고 했다. 수희가 반갑게 안겨 든든했을 것이다. 수인은 몹시 혼란스러웠다. 어떻게 이제 올 수 있느냐는 원망과 돌아온 게 어디냐는 안도감이 뒤엉켜 반기지도 내치지도 못하는 어정쩡한 태도를 보였다. 단지 수희가 결혼 날을 잡았던 터라 혼주 자리를 채울 걱정을 덜었을 뿐이었다.

엄마는 당당하게 드나들었다. 그럴수록 수인은 아버지가 간절히 그리웠다. 엄마를 기다리던 아버지가 눈에 선했다. 엄마가 온 기미가 보이면 집 언저리를 맴돌다 늦게 들어갔다. 엄마와 마주치고 싶지 않았다. 어느 순간부터 집 안에서 냄새가 진동했다. 엄마가 들고 온 먹거리들이 썩어가고 있었다.

할머니가 돌아가시자 엄마는 납골당에 모셔야 한다고 했다. 니들 아버지처럼 성묘할 곳 없어서 되겠냐며, 키워준 은공을 잊으면 안 된다는 것이었다. 수희도 적극적으로 나서는 바람에 수인은 아들을 만나게 바다에 뿌려달라는 할머니의 뜻을 언급조차 하지 못했다. 엄마는 서른이 훌쩍 넘은 딸을 혼자 살게 둘 수 없다며 같이 살자고 했다. 수인은 단호하게 고개를 저었다. 엄마는 혼자가 아니었다.

수인은 강을 따라 걷기 시작했다. 길은 조붓했고, 나무들이 성글어 그늘이 아쉬웠다. 수인은 엄마와 수희가 따라오나 싶어 뒤돌아보았다. 그들은 여전히 의자에 나란히 앉아 있었다. 정겨워 보이는 모양새로 미루어 엄마의 얘기가 끝나지 않았다는 짐작이 들었다. 이번에 엄마가 보따리에서 꺼낸 카드는 어떤 것일까. 장소가 장소니만큼 영순이가 아닐까. 시댁에서 처음 자는데 네 할머니가 영순이 밥은 줬냐고 하더라. 시누이가 있으면서 왜 얘기를 안 해주는지 의아해하면서 한참 찾다 보니 그게 개였어, 개한테 영순이가 뭐니? 촌스럽게. 엄마는 할머니와 연관된 일들은 모두 하찮거나 시시하게 풀어버리는 재주를 가졌다.

　수인은 수희에게 오라는 손짓을 하려다가 말았다. 엄마가 산책을 원했으니 어련히 따라올까 싶었다.

　우거진 물풀 사이로 배가 보였다. 나무배는 줄에 묶여 출렁거렸다. 낡은 잿빛의 배는 혼자 노를 저을 정도로 작았다. 노는 보이지 않았다. 노를 꽂는 쇠도 몹시 녹슬어 있었다. 사람이 타지 않은 지 오래되었다는 짐작이 들었다. 수인은 핸드폰을 꺼내 느티나무를 배경으로 물풀 사이의 잿빛 배를 담았다.

　멀리 섬들이 둥둥 떠 있다. 징검다리처럼 건너다닐 수 있을 정도로 자잘한 섬들이었다. 수인은 발돋움하여 주변을 살폈다. 아무리 눈을 씻고 보아도 드넓은 강 위에 웅장하게 떠 있던 섬은 보이지 않았다. 큰 섬이 사라질 리 없었다. 기억이 잘못된 것도 아닐 터라 수인은 고개가 갸웃거리며 걸음을 옮겼다. 그 섬은 어디 있는 것일까.

　수인은 두물경이라고 쓰여 있는 비석 앞에 섰다. 두 물이 만나는 곳, 남한강과 북한강이 만나 한강으로 흘러 바다에 닿는다, 모든 강은 흐른다…… 수인은 읽기를 멈췄다. 그러곤 고집스럽게 중얼거렸다. 강은 흐르지 않아. 마당의 장독대에 올라서면 아스라이 강이 보였다. 한낮의 강은 한결같은 모습이었다. 바람이 불면 숨이 가쁜 듯 출렁이고, 비가 오면 납작 엎드려 빗물을 밀어내고, 한겨울에 꽁꽁 얼었다 봄기운에 녹는 것만이 유일한 변화였다.

　잔잔하게 살자, 우리. 한강에서 유람선을 탔을 때 남편이 한 말이었다. 그 말을 듣는 순간 수인은 확신이 서지 않아 결혼을 머뭇거리던 마음을 접었다. 그날이 그날인 듯 잔잔하게 사는 삶, 그것으로 충분했다. 수인은 조명 업체에서 근무했고 남편은 건설 부품을 납품하는 가게에서 일했다. 가게가 나란히 있어 아침저녁으로 마주쳐 눈인사를 나누던 사이였다. 마흔이 된 수인은 결혼식이 부담스러웠다. 남편도 마찬가지라고 했다. 갯벌이 보이는 바닷가 펜션에서 어른들을 모셔놓고 삼겹살을 구우며 축배를 들었다. 수인은 그길로 남편의 집으로 들어갔다. 엄마는 질색했으나 시모는 반색했다. 어서 와라, 우리 아가. 밥상머리에서 이것저것 맛보라며 반찬을 밀어놓는 시모에게 받은 감동은 컸다. 환영해주고 보듬어주는 사람이 있는 집으로 들어가는 발걸음은 가벼웠다. 오로지 시모가 좋아하는 모습을 보기 위해 아이를 낳고 싶었다. 기다림이 깊어지는 만큼 아이의 소식이 늦어졌다.

"언니, 산책이 아니라 마라톤이라도 하고 온 거 같은데?"

수인은 수희가 건넨 일회용 용기의 뚜껑을 열고 벌컥벌컥 마셨다. 목으로 넘어가는 얼음덩이가 가슴 깊은 곳을 시원하게 훑었다. 수희가 어이없다는 듯 쳐다보며 말을 이었다. 따라가려고 했는데 언니가 보이지 않아 카페 가서 음료를 샀다고 했다.

"정작 걷고 싶었던 건 난데 편히 앉아 커피만 마시고, 수인이가 우리 몫까지 다 걸었어."

"고생하는 팔자는 따로 있다니까."

수인은 엄마에게 퉁명스럽게 대꾸했다. 힘들기는커녕 오히려 개운했는데도 말이 거칠게 나왔다. 민망함을 감추려고 벤치에 털썩 앉았다.

"언니, 이 근처에 섬이 있었던 거 알아? 학교 운동장만큼 큰 섬이었어."

"네가 그 섬을 어떻게 알아?"

수인은 깜짝 놀라 수희를 쳐다보았다. 수희는 멀리 강 위로 시선을 던지고 있었다.

"아빠가 돌아가실 때 난 열 살이었어, 언니."

"섬이라니? 설마 서울 사람이 만들었다는 그 섬을 말하는 거니?"

수인은 고개를 끄덕였다. 엄마도 그 섬을 알고 있다는 게 놀라웠다.

"나는 그 섬에 갔었어."

"거기를? 어떻게?……."

수인은 다그치듯 물었다. 그러나 이내 짐작이 갔다. 보나마나 그 언니가 수희를 데리고 갔을 것이다. 다시는 섬에 가지 않겠다고 결심한 후 언니를 피했으니까. 수인은 섬에 갈 수 없었다. 섬이 아니라 엄마를 따라 장에 갔어야 했다는 후회는 가슴을 짓누르는 큰 바위였다. 다시는 만화책을 읽지 않았다. 꿈도 사라졌다.

"저기 앞에 물에 떠 있는 수양버들이 보이지? 거기가 섬이 있던 자리일 거야."

엄마는 강 위에 떠 있는 나무 둔치를 가리켰다. 수희가 고개를 저으며 큰 섬이었다는 걸 재차 강조했다. 수인은 눈을 크게 뜨고 주변을 살펴보았다. 강은 물결을 드러내며 출렁거렸다.

"너희들은 어려서 잘 몰랐었겠지만 그 섬은 서울 부자가 별장 지으려고 만들었다고 해. 큰 돌을 갖다 쌓아 만든 인공 섬이지. 아무리 튼튼하게 조성했다고 해도 강 한가운데 있는 섬이라 물살을 견디지 못했을 거야. 댐이 막았다고 해도 강은 흐르는 법이니까. 아무튼 상수원이라 낚시도 금지인데 별장을 짓겠다는 발상부터가 잘못이었지. 좀 우스운 얘기지만 그때는 참 멋지게 들렸다. 저 푸른 강물 위에서 자욱한 안개 사이로 뜨는 해를 보고, 노을이 내려앉아 출렁이는 황금으로 물결과 밤이면 쏟아지는 별을 본다고 상상해봐라, 얼마나 낭만적이냐!"

"섬에 아버지가 기다리고 있어."

수희의 말에 수인은 터지려는 비명을 참기 위해 한숨을 몰아쉬었다. 엄마나 수희나 모두 제정신이 아니라는 생각이 스쳤다.

"나는 할머니 말에 어깃장이 일었어. 할머니가 뿌리라는 유골을 손에 꼭 움켜쥐고 있다가 집에 와서 작은 병에 담아 화단에 묻었어. 이사한다는 말에 옆집 언니를 졸라 배를 타고 아버지를 섬으로 데려갔어."

수인은 기분이 미묘했다. 아버지가 섬에 있다니, 위안이 되는 한

들리지 않는 소리

편으로 묘하게도 질투가 일었다.

"아버지는 엄마를 기다렸어. 아버지가 바다로 흘러가면 엄마가 와도 영영 만나지 못할 거 같았어. 어린 마음에 모래밭보다 나무 밑이 나을 것 같아 가장 큰 나무 골라 땅을 파고 꼭꼭 숨겼어. 커봤자 내 키보다 조금 높은 나무였지만 말이야."

"너는, 어떻게 그런 일을 감쪽같이 숨겼니?"

수인은 목소리를 높이지 않고 힘을 잔뜩 주었다. 화가 났다. 아버지와 수희만이 비밀을 공유하고 있었다.

"숨긴 건 아니야. 어려서는 혼날 것 같아 말 못 했고, 어느 순간 생각날 때도 있었지만 언니가 아빠를 잊은 것 같았어. 그러다 보니 나도 잊었지 뭐야."

"내가 아버지를 잊었다고? 그건 아냐. 나는 아버지처럼 엄마를 기다리고 싶지 않았던 거야."

수인은 언성을 높였다.

"어쨌든 아버지가 옳았어. 바란 대로 엄마가 돌아왔으니까."

"너무 늦게 온 건 돌아온 게 아니야."

수인은 비명처럼 외쳤다. 느티나무 아래 있던 사람들의 시선이 쏠리는 게 느껴졌다.

"너희들도 아빠를 잊지 않았구나……."

수인은 눈을 부릅뜨고 엄마를 보았다. 너희들도, 라니, 딸들의 감정에 묻어 가지 말라고 소리치고 싶었다. 하지만 장소가 장소니만큼 추태를 부릴 수 없었다. 누가 봐도 모녀 사이로 보일 터였다. 나이 든 엄마한테 못되게 구는 딸로 보이고 싶지 않았다. 숨을 깊이 몰아쉬고 돌아서는 등 뒤로 엄마의 목소리가 이어졌다.

"장날이라 사람들이 많았어. 버스터미널도 여간 번잡스러운 게 아니었어. 홍천 가는 버스와 서울행 파란 버스들이 뒤엉켜 있는데 청량리 가는 버스를 본 순간 눈이 번쩍 뜨였어. 저 버스만 타면 서울을 갔다 올 수 있다고 생각하니 가슴이 마구 뛰는 거야. 나는 홀리듯 버스를 탔지."

"나 이혼해."

수인은 차 안을 짓누르는 침묵을 깨고 싶었다. 수희처럼 적절하게 분위기를 바꿀 요량이었다. 초보 운전자처럼 등을 꼿꼿이 세운 채 정면을 주시하던 수희가 힐끗 쳐다보았다. 무슨 소리냐는 눈빛이었다. 등을 기대어 앉아 눈을 감고 있던 엄마가 몸을 곧추세워 등받이로 바싹 다가왔다. 잘못 들었나 싶은 표정이었다. 남편이 하는 사업이 망해 이혼하기로 했다고 간략하게 설명했다.

"내 이럴 줄 알았다. 식을 제대로 올려야 대접을 받는 건데, 내 말이라면 어깃장부터 놓더니……."

돌아오는 내내 어떤 감정도 내비치지 않던 엄마와 수희는 서로 경쟁하듯 이혼을 성토했다. 남편은 천하에 불량하고 무모한, 가족에 대한 배려라곤 손톱만큼도 없는 놈이 되어버렸다. 바람을 의심하

들리지 않는 소리

는 말도 나왔고, 힘든 내색 없다가 대출 운운하는 건 사기꾼 수법이라는 비난도 이어졌다. 평소 소원하게 지낸 사이가 아닌데도 비난의 수위가 높았다. 그래야 각자의 역할이 돋보인다고 생각하는 것 같았다. 수인은 점점 듣기 거북했다. 그런 남자를, 아니 놈을 선택한 건 자신이었으므로 모든 비난의 화살이 온몸을 뒤덮었다.

남편이 고향 후배와 자동차 부품 사업을 시작한 건 5년 전이었다. 나이 오십이 넘었으니 남의 밑에서 벗어날 적기라며 보란 듯이 성공하겠다고 남편은 큰소리쳤다. 사업이 순탄하게 흐르는 기미가 보여 수인은 다니던 조명 가게를 그만두고 프랜차이즈 도넛 가게를 차렸다. 자리를 잡을 때까지 매일 매장을 지켰다. 몸과 마음이 고생한 보람으로 아르바이트를 들일 수 있었다. 일주일에 이틀은 매장에서 벗어나 느긋한 시간을 보냈다.

얼마 전이었다. 남편은 물건 대금을 제때 받지 못해 부득이하게 은행에서 대출을 받았다고 했다. 그때까지는 별문제가 없었는데 이자가 밀렸다는 은행 통보를 받고 나서 확인하는 과정에서야 동업한 후배가 사고를 쳤다는 걸 알게 되었다고 했다. 대표이사였던 남편이 대출 보증을 섰기에 그 책임은 본인에게 있다는 것이었다. 후배가 사라졌는데 남편은 아직도 후배를 믿고 있었다. 피치 못할 사정이 있는 게 분명하다며 그놈은 그럴 놈이 아니라며 돌아올 거라고 했다. 후배가 돌아와봤자 뾰족한 수가 있는 것 같지 않은데도 그랬다. 그 때문에 이혼하게 된 상황인데도 말이다.

수인은 자신의 가게를 정리해서 부채를 갚으라고 남편에게 말했다. 깨진 독에 물 붓기라며, 몇 푼 되지도 않는 보증금으로 해결될 일이 아니라고, 남편은 딱 잘랐다. 그 순간 저 사람이 딴마음을 먹은 게 아닌지 의심이 스쳤다. 일이 일찍 끝났다며 가게로 와 도와주던 남편의 손길이 끊겨 바쁘다고 여겼는데 아닐 수도 있었다. 친구에게 잠시 숨어 있으라고 시킨 건 아닐까. 일을 꾸미자면 대출한 자금을 빼돌리는 건 일도 아닐 터였다. 귀가가 늦는 날이 잦았고, 종종 행선지를 밝히지 않았는데 혹시 여자가 있는 건 아닐까.

"위장 이혼이야."

수인은 다가오는 청담대교를 바라보며 덤덤히 말했다.

"애가 없어서 너를 쉽게 보는 거야. 그래서 여자는 애를 낳아야 한다고 하지 않던?"

"애? 애가 그렇게 중요해? 그래서 그랬어? 엄마는?"

수희가 몸을 곧추세워 백미러로 뒷좌석의 엄마를 보며 소리쳤다. 수인은 몹시 놀랐다. 수희가 엄마에게 큰소리치다니, 순하고 고분고분한 이면에 쌓인 게 많은 모양이었다.

"바로 돌아갈 생각이었어. 한데 막상 가려니까 두려워지는 거야. 어떤 말을 해도 믿어줄 것 같지 않았어……. 내일은 가야지, 모레는 꼭 가야지, 차일피일 미루다 보니 두렵기보다는 미움이 무성해졌어. 물론 너희들에게 제일 미안했으나 시간이 흐를수록 돌아갈 수 없는 이유가 수천 가지가 되더구나. 멀리멀리 가서 살면 더 확실한 핑계가 될 테니까."

엄마의 목소리는 떨렸다. 아니, 울먹였다.

수인은 엄마의 말을 정확하게 알아듣지 못했으니 되묻지 않았다. 수희 또한 마찬가지인지 가만히 있었다.

차는 에어컨을 켠 듯 냉랭한 공기를 싣고 조용히 올림픽대로를 달렸다.

수인은 몸을 뒤척였다. 잠은 진작 달아났다. 우유에 타트체리 원액을 평소보다 진하게 타 마셨는데도 소용없었다. 옆자리가 허전해서 그런 건 아니었다. 시모를 모시고 형님 댁으로 간 남편은 돌아오지 않았다. 술 한잔할 거라는 말에 술 냄새 풍기며 들어올 바엔 안 오는 게 낫다고 했더니 남편은 그 말을 찰떡같이 알아들었다. 남편은 시모에게 집을 줄여야 하는 형편이라 거처를 옮길 수밖에 없다고 둘러댔다. 긴가민가하면서 짐을 싸는 시모에게 수인은 회복되는 대로 다시 모시겠다고 말을 할까 망설였다. 빈말이 될지도 몰라 참았다. 당장 내일은 자신이 나갈 차례였다. 몸보다 주소부터 옮기라고 남편이 채근했다. 전세든 월세든 바로 구할 순 있지만 주소 이전은 시일이 걸렸다. 별수 없이 엄마에게 부탁했다. 엄마는 당장 주소를 옮기라며 몸도 같이 오라고 했다.

술 생각이 간절했다. 세상 시름에서 벗어나기엔 그보다 좋은 게 없었다. 하지만 순간 잊었다고 사라질 시름이라면 얼마나 좋을까.

정말 이혼만이 살길인지, 그리고 다시 합치길 기다리는 게 맞는지, 수인은 무엇 하나 자신할 수 없었다. 먹고살기 위한 선택이라면 기다림은 오롯이 자신의 몫이었다. 기다림의 시간이 어떤 물결인지 잘 알고 있었다. 흐르지 않는 강이 섬을 삼키는 시간이었다.

수인은 핸드폰으로 들어가 섬을 펼쳤다. 하늘빛 물 위에 섬은 초록빛 점으로 박혀 있다. 화면을 손으로 당겨 크기를 키웠다. 수양버들 가지들이 두 팔을 흔들어 존재를 드러냈다. 울타리처럼 섬에 띠를 둘렀던 수양버들, 자신보다 키가 작아 겨우 손바닥 크기의 그늘로 품어주던 나무 중 유일하게 남은 한 그루였다.

나룻배를 수인은 오래도록 쳐다보았다. 화면의 낡은 배는 노가 없어도 움직일 수 있었다. 수인은 배를 탔다. 두 손을 뻗어 뱃전을 허공으로 밀어냈다. 그때도 배를 타면 강에 손을 담갔다. 배가 나아갈 때마다 손가락 사이로 물살이 흘렀다. 물은 부드럽고 완곡한 힘으로 손을 간지럽혔다.

섬으로 가는 길은 눈에 훤했다. 섬에서 아버지가 기다리고 있다.

들리지 않는 소리

까치, 둥지를
옮기다

까치, 둥지를 옮기다

나는 초인종을 연거푸 누른다. 엄마의 응답을 기대한 건 아니다. 내가 들어간다는 신호이다. 주머니에서 열쇠를 꺼내 철제문을 열고 들어선다. 방문 틈으로 새어 나오는 빛이 없다. 숨을 깊이 들이마시며 심호흡을 한다. 어둠 속에서도 쇼핑 봉투를 싱크대 위에 올려놓으며 방 안의 동정에 귀를 기울인다. 텔레비전 소리가 들리지 않는다. 순간, 전율이 인다. 엄마가 소파 위에 반듯하게 누워 있다, 엄마의 팔목에서 흐른 피가 바닥에 흥건하다, 아니 장롱 모서리에 목을 매 축 늘어진 엄마의 모습이 눈앞을 스친다. 다른 날도 아니고 아버지의 기일이라 가능한 일이다. 나는 침착하게 전등 스위치를 올린다. 천천히 방문을 연다. 가죽 소파 위는 텅 비어 있다. 침대 위도 장롱 앞에도 엄마의 모습은 보이지 않는다. 별일 없다는 안도감과 기대가 빗나간 허탈감이 뒤엉킨다.

나는 옷을 갈아입으며 엄마가 갔을 만한 곳을 짐작해본다. 엄마는 사람들의 시선 때문에 외출을 꺼린다. 의족을 맞추러 갈 때와 인적이 끊기는 늦은 밤에 미루나무 아래 벤치에 앉아 담배를 태우고 오는 것이 유일한 외출이다. 시계를 본다. 9시, 엄마가 담배를 들고 나가기엔 이른 시간이다. 아버지의 기일인 걸 알고 자리를 피한 것이다.

주방으로 나왔으나 무엇부터 해야 할지 막막하다. 간단히 지내려고 했는데도 할 일이 많다. 나도 모르게 한숨이 나온다. 쇼핑 봉투에서 사과와 배를 꺼내 개수통에 담는다. 애견센터에서 산 통조림은 봉투째 방 안쪽 구석으로 밀어놓는다. 큰 냄비에 국을 안친다. 반찬 가게에서 사 온 동태전은 프라이팬에 데우기만 하면 된다.

장롱과 벽 사이에 박혀 있는 교자상을 꺼낸다. 상다리를 펴 벽에 기대어놓는다. 교자상 앞줄에 과일들을 줄지어 진설한다. 해마다 하는 일인데도 매번 헷갈린다. 홍동백서는 알겠는데 조율이시인가 조율시이인가, 나는 엄마가 곁에 있기라도 한 양 중얼거린다. 아버지가 엄마를 만류했으면 어땠을까, 부질없는 줄 알면서도 제사상을 차릴 때마다 해보는 생각이다. 없이 사는 건 지옥이야, 아버지보다 더 단호하고 강경한 엄마의 목소리가 귓전에 맴돈다.

준비한 음식들을 전부 상 위에 진설한 나는 가족사진을 꺼낼까 망설인다. 기일 따윈 챙기지도 말라고 하면서도 엄마는 영정을 쓰려면 가족사진을 올리라고 했다. 그날 우리는 다같이 죽은 거나 진배

없다. 나는 엄마의 손을 끌어당겨 내 가슴에 댔다. 엄마는 손을 뿌리치며 싸늘하게 말했다. 심장이 뛴다고 살아 있는 건 아니다. 너나 나나 살아도 산 게 아니야. 나는 머리를 절레절레 흔들며 악을 썼다. 엄마와 나는 이렇게 숨을 쉬고 있어.

아무튼 지방을 쓸 줄 모르니 별수 없다. 사진을 올릴 수밖에. 하지만 아버지와 동생이 함께 찍은 사진은 없다. 그렇다고 아버지 따로 동생 따로 사진을 올리는 건 내키지 않는다. 두 사람이 함께 있기를 바라는 마음이다. 나와 엄마가 함께 있듯. 서랍장에 눕혀둔 액자를 꺼낸다. 나무 액자 속에는 바다를 배경으로 네 식구가 환하게 웃고 있다.

사진은 엄마가 공장으로 출근을 하던 즈음의 초여름에 찍었다. 공장은 집에서 멀리 떨어진 허름한 창고였다. 종일 신발 밑창을 붙이고 돌아온 엄마의 몸에선 고약한 냄새가 났다. 손에는 본드가 뱀 허물처럼 지저분하게 말라붙어 있었다. 나는 엄마와 같이 밥을 먹고 싶지 않았다. 냄새 때문이었다. 식구들이 다 먹고 난 밥상을 차지한 엄마는 수저를 들고 오래 있었다. 그만 먹으라는 아버지의 잔소리가 없으면 밤새 앉아 있을 기세였다. 아버지는 식구들을 데리고 바닷가로 갔다. 지치고 힘들어하는 엄마를 위해서라고 했다. 바다를 본 엄마는 몸에 밴 본드 냄새를 우려내고 싶다며 옷을 입은 채 뛰어들었다. 나는 엄마를 따라 물속으로 들어갈 수 없었다. 바닷물은 차가웠다. 엄마가 나오기를 기다리면서 어린 동생과 모래성을 쌓았다 허물기를 반복했다. 저만치 떨어져 앉은 아버지는 소주를 들이켰다. 바다에서 나온 엄마는 바닷물이 든 것처럼 파랗게 얼어 있었다.

사진 속의 엄마는 밍크고래처럼 크다. 엄마가 가장 혐오하는 모습이다. 식구들만 아니면 찢어버리고 싶다고 했을 정도이다. 형편이 좋아지면 제일 먼저 살을 빼고, 스튜디오에서 우아하게 가족사진을 찍자고 별렀다. 그러나 엄마가 45평 아파트의 주인이 되고 날씬해졌을 때는 사진을 찍지 못했다. 엄마가 바빴기 때문이다.

상차림을 훑어본다. 상이 작아 그럭저럭 풍성해 보인다. 이제 장롱에서 의족을 꺼내 상 옆에 놓고 향불을 피우면 된다. 나는 장롱문을 열고 옷가지를 헤친다. 안쪽 구석에 세워둔 낡은 의족들이 전부 보이지 않는다. 순간, 심장이 멎는 것 같다. 이번엔 옷걸이에 걸린 옷들을 헤집는다. 머릿속이 하얗다. 하나도 아니고 서너 개나 되는 의족들 전부가 사라지다니. 혹시 다른 곳에 둔 건 아닐까, 나는 기억을 더듬어본다. 붉은 벽돌담에 박혀 있는 철제문을 열고 들어서면 바로 주방이고, 널찍한 방과 위층으로 올라가는 계단이 사선으로 놓여 천장마저 낮은 욕실이 전부인 집에서 오래된 의족을 넣어둘 곳이라곤 장롱뿐이다. 어떻게 된 영문인지 도무지 갈피를 잡을 수 없다. 방 안을 휘둘러본다. 안쪽 벽에 기대어놓은 3인용 가죽 소파가 보인다. 맞은편에 상차림이 끝난 제사상이 놓여 있다. 장롱과 소파 사이 구석에 나무로 된 목발이 세워져 있을 뿐 방 안 어디에도 의족들은 보이지 않는다. 며칠 전에 맞춘, 가볍고 부드럽다는 의족을 두고 무겁고 딱딱한 그것을 엄마가 착용한 걸까.

나는 황급히 외투를 걸친다. 차려놓은 제사상을 일별하고 방을 나선다. 제사는 의족을 찾은 다음에 지내도 늦지 않는다. 만일 의족을 찾지 못하면…… 피가 마른다. 철문을 열고 밖으로 나온다. 골목 깊숙이 자리 잡은 아파트 입구를 향해 걸음을 서두른다. 며칠 전에 엄마가 의족을 맞춰달라고 했을 때 냉정히 거절하지 못한 것이 후회된다.

의족을 맞출 때 엄마는 언제나 최고급품을 찾는다. 웬만한 것들은 아예 거들떠보지도 않는다. 이번 것도 실리콘 재질이라 가격이 만만치 않았으나 달리 선택할 여지가 없었다. 카드로 6개월 할부를 하면서 나는 엄마가 무척 야속했다. 엄마는 일자리를 구하지 못해 발을 동동 구르는 딸의 형편 따위 아랑곳하지 않았다. 그렇더라도 엄마가 의족을 착용해서 편안하다면 자식 된 도리로 무리를 할 수 있다. 외출이라고 해봤자 겨우 가벼운 산책 정도였지만 말이다. 정말 속상한 것은 매번 최상의 선택을 한 의족도 한 달이 채 못 가서 구석에 처박아두는 것이다. 왜 그러느냐고 물을라치면 내 살 같지 않아 불편하다는 불평이 끊임없이 이어졌다. 그럴 때마다 나는 엄마의 뭉툭한 무릎에서 도마뱀의 꼬리처럼 다리가 자라나길 간절히 바랐다.

멀리 아파트 10층 높이와 맞먹는 미루나무가 보인다. 나무는 어른 둘이 양팔을 벌려 안을 정도로 우람하다. 이파리가 다 떨어진 가

　　　　　　　　　　　　　들리지 않는 소리

지 끝에 아슬아슬하게 걸려 있는 까치집이 눈에 들어온다.

　지난겨울, 우연치 않게 미루나무에서 까치가 집을 짓는 걸 보았다. 달랑 하나뿐인 까치집에 이웃이 생긴다고 생각했다. 그러나 새 둥지가 완성될 즈음에 오래된 둥지는 절반으로 줄었다. 이웃이 생긴 게 아니라 새 둥지를 짓고 이사를 한 것이었다. 새 둥지는 바람이 불면 툭 떨어질 홍시처럼 나뭇가지 끝에 걸려 있었다. 넓고 넓은 나무에서 하필 가지 끝으로 옮겼는지, 엄마는 해답을 알고 있었다. 둥지를 튼 지 오래되면 나뭇가지가 우거져 드나들기가 불편해진다고 했다. 그리고 굵어진 나뭇가지를 타고 뱀이 알을 노리기도 해서 둥지를 가지 끝으로 옮기는 게 까치의 습성이라는 것이었다. 여름에 미루나무 이파리가 숲처럼 울창해진 것을 보곤 까치의 생존 방식에 깊은 매력을 느꼈다.

　벤치에 앉은 엄마의 실루엣은 담배를 피우고 있다. 외투 차림으로도 가냘픈 엄마의 몸체. 엄마는 자신의 몸에 살이 붙는 걸 못 견뎠다. 몸매를 위해 최소의 음식을 최상으로 먹길 원한다.

　"엄마, 혹시 장롱 안에 둔 의족 못 보았어요?"

　나는 다짜고짜 소리를 지른다. 엄마가 놀란 눈으로 쳐다본다.

　"제사 안 지내고 이 시간에 여길 왜 오니? 그깟 것이 뭐가 그렇게 중요하다고?"

　"버렸어요?"

　"아무 짝에 쓸모없는 의족을 장 안에 처박아둬서 뭐 할 건데? 아파트로 이사한다고 해서 내가 모처럼 치워봤다."

"버려요? 어디에? 그 속에 뭐가 들어 있는 줄도 모르면서 그걸 버려요?"

의기양양한 엄마를 향해 나는 악을 쓴다. 내가 아무리 힘들어해도 집안일에 손가락 까딱하지 않던 엄마였다. 그런데 아파트로 이사한다는 말에 그렇듯 달라지다니. 얄밉고 괘씸하다. 엄마가 허둥지둥 담뱃불을 땅에 던지곤 침을 뱉어 끈다. 그러곤 주위를 두리번거리며 남들이 보면 어쩌려고 이리 난리를 치냐며 구시렁거리더니 종이봉투에 담아 문 앞에 내놓았다고 한다. 나는 몸을 돌려 집으로 향한다. 아파트로 이사하기로 한 건 엄마를 생각해서가 아니라 그와의 결혼에 성공하기 위해서였다.

그는 바다를 보여주겠다고 큰소리를 쳤다. 도로 표지판은 강화를 가리켰다. 바다라는 말에 동해를 연상했던 터라 실망이 컸으나 나는 내색하지 않았다. 그는 맛 좋기로 유명한 장어집을 찾겠다며 간판 보기에 몰두했다. 그런 그에게서 아버지의 모습이 묻어났다. 자가용을 구매한 아버지는 자주는 아니었으나 나들이 가길 즐겼다. 윤기로 번들거리는 검은 승용차에 식구들을 태우고 음식에 맺힌 한을 풀어버리기로 작정한 사람처럼 음식점을 순례했다. 신문이나 잡지에서 보거나 혹은 주위에서 들었다는, 맛으로 소문난 음식점들이었다. 앞으로 우리는 좋은 것만 먹는 거야. 뿌듯한 표정을 한 아버지가 엄마 앞으로 음식을 밀어놓았다. 그러면 엄마는 그것을 아버

들리지 않는 소리

지 앞으로 도로 밀었다. 아버지가 다시 엄마 앞으로 밀어 나중엔 가벼운 실랑이가 일었다. 그럴 때마다 나는 동생에게 피자나 햄버거가 먹고 싶다고 속삭이곤 했다.

장어를 먹는 내내 그는 음식을 밀어놓지 않았다. 내가 장어를 먹거나 말거나 무심했다. 대신 장어엔 복분자가 최고라며 술을 권했다. 자신의 술잔 또한 기울이는 횟수가 잦았다. 결국 말이야, 그 젊은 놈이랑 식을 올렸어. 내가 나가란다고 집을 나갈 때부터 수상하다 했어. 남들은 그것도 모르고 말이야, 나 나쁘다고 했지. 그 잡년이 얼마나 잘 사는지 두고 볼 거야. 자식 버린 년치고 잘 되는 경우를 난 못 보았으니까. 다른 날과 달리 그가 지분거리지 않아 의아했는데 그 이유가 이혼한 전처가 재혼했기 때문이라니. 나는 달리 대꾸할 말이 없어서 음주 운전을 걱정했다. 이 정도는 까딱없다며 그가 호탕하게 웃었다. 그러나 막상 운전대를 잡자 그는 술이 깰 때까지 눈 좀 붙여야겠다고 했다. 그러곤 안전벨트를 풀고 좌석 밑의 손잡이를 작동하여 의자를 뒤로 밀었다. 공간이 넓어 편하다며 그가 몸을 기울여 내가 앉은 좌석도 그렇게 만들었다. 돌연 그가 얼굴을 쓰다듬더니 가슴속으로 불쑥 손을 들이밀었다. 나는 소스라치게 놀랐다. 질척하고 차디찬 갯벌에 몸을 누인 듯 등줄기에 소름이 쫙 돋았다. 그와의 관계를 예상했지만 이런 식은 아니었다. 나는 뿌리쳤다. 그러나 작정한 듯 그는 완강했다. 한 번은 거쳐야 할 과정이라면 그가 원할 때 하는 게 낫지 않을까. 체념과 거부가 팽팽하게 줄다리기를 했다. 나는 모텔을 가자고 했다. 창에 커튼을 내려 들어오는 빛을 막고 불도 켜지 않아 어스름한 침대 위에서 그의 무게에 짓눌린 내내 나는 동갑인 준을 다시 볼 수 없다는 생각에 눈물이 났다. 준은 서른셋을 바라보면서도 몇 년째 공무원 시험을 준비하느라고 결혼에 대한 청사진조차 품지 못했다.

강화대교를 건너면서 그는 입꼬리가 귀에 걸렸다. 보기보다 숙맥이네. 걱정하지 마라. 너는 내가 책임질 테니. 그의 말은 입사 시험에 합격했다는 통고였다. 나는 당연하다는 듯 아이들을 걱정했다. 그러자 그가 아이들과 정식으로 인사하자며 날짜를 잡았다. 하필 아버지의 기일과 겹쳤으나 다음으로 미루지 않았다. 단출하게 엄마와 둘이 산다는 것 외에는 집안에 대해 일절 말을 아낄 작정이었다.

나는 고민이 깊었다. 소파가 있는 단칸방은 아무리 보아도 누추했다. 빈한한 처갓집에 질렸다며 사는 정도를 은근히 떠보곤 하던 그였기에 집으로 초대할 수 없었다. 달랑 하나뿐 방 안에 덩그러니 놓인 소파를 어떻게 설명할 것인가. 의족을 찬 엄마라면 딸인 내가 책임질 수밖에 없다는 건 불을 보듯 뻔한 것이라 그는 부담을 느낄 것이다. 소파는 방바닥에서 생활하기 불편하다는 엄마를 위해 마련한 것이다. 엄마의 고집대로 마련한 가죽 소파에서 엄마는 거의 모든 일상을 해결한다. 엄마가 소파에서 내려올 경우란 방에서 나갈 때뿐이다. 나는 어떻게든 그와 결혼을 해서 시름의 나날에 마침표를 찍고 싶었다. 비록 그와 관계를 했는데도 불안했다. 그러기 위해선

들리지 않는 소리

엄마의 의족을 숨겨야 했다. 긴치마를 입은 엄마가 우아한 걸음으로 거실과 주방을 오고 간다면, 감쪽같을 것이었다.

집 앞에 주차된 차량 사이에 서 있는 전봇대에 쓰레기봉투들이 기대어 있다. 나는 허겁지겁 쓰레기봉투를 들춰본다. 대부분이 타는 쓰레기를 담은 비닐들일 뿐 엄마가 말한 종이봉투는 보이지 않는다. 혹시 엄마가 착각했을지도 모른다는 생각이 들어 쓰레기봉투들을 꾹꾹 눌러본다. 의족의 딱딱함이 만져지지 않는다. 눈물이 난다. 어디 가서 의족을 찾는단 말인가. 낡은 플라스틱 의족 따위를 누가 가져갔을까. 쓸모라곤 없을 텐데. 순간, 리어카 노인이 떠오른다. 신문지나 가전제품 등을 리어커에 잔뜩 싣고 다니는 노인을 몇 번 마주친 적이 있다.

나는 슈퍼에서 가르쳐준 골목으로 달려간다. 골목 끝자락에 고물상이 있다고 했다. 시간이 늦어 고물상이 문을 닫았을까 불안하다. 비슷한 형태의 다세대 주택들을 지나자 양철을 세워 울타리 삼은 고물상이 보인다. 오고 가는 사람들이 드문 탓인가 가로등 불빛조차 흐릿하다. 나는 가슴 언저리에 닿는 울타리 안쪽을 살피기 위해 발돋움을 한다. 갑자기 개가 요란하게 짖는다. 나는 몹시 놀라 주춤 물러선다. 개라니, 벌써 몇 번째 개 때문에 놀라는 날이다.

그의 집에 들어서자 가장 먼저 달려온 것은 애완견이었다. 개는 정신없이 짖어댔다. 여차하면 물 기세였다. 나는 그만 오금이 저려 꼼짝달싹할 수 없었다. 그가 발을 구르며 혼을 냈다. 파마머리처럼 곱슬곱슬한 밤색 털에 다리가 긴 애완견은 짧은 꼬리를 흔들며 거실로 달려갔다. 그러나 아이들이 방에서 나오자 응원군이라도 얻은 듯 다시 달려와 사납게 짖어댔다. 아이들이 애완견을 품에 안을 때까지 나는 정신을 차리기 힘들었다. 이혼 후에 아이들이 졸라서 사줬다는 애완견을 미처 염두에 두지 않은 것이다.

나는 화려하게 포장된 상자를 딸아이에게 내밀었다. 상자에는 여중생들에게 잘 어울리는 공주풍의 속옷이 들어 있었다. 시큰둥한 표정으로 포장을 뜯었던 딸의 표정이 아주 잠깐 환해졌다. 딸은 품에 안은 애완견에게 얼굴을 대듯 고개를 까딱거리고는 상자를 들고 제방으로 들어가 버렸다. 그러자 동생도 검정 백팩이 든 상자를 받아들고 누나를 따라 일어섰다. 그때서야 나는 집 안을 둘러볼 수 있었다. 짙은 밤색의 오크 가구들로 꾸민 거실은 오래된 성처럼 차분한 분위기를 풍겼다. 그의 딸에게 친근감을 주고 싶어 차려입은 가벼운 옷차림이 오히려 촌스러워 보일 지경이었다.

저녁 식사 준비가 다 되었다는 가정도우미의 부름에 그가 식탁으로 안내했다. 둥근 식탁에 네 사람이 빙 둘러앉았다. 아이들 방에서 문을 긁으며 애완견이 처량하게 울었다. 딸이 발딱 일어섰다. 제방으로 가서 애완견을 안고 나왔다. 그러자 그가 개를 안고 식탁에 앉지 말라고 나무랐다. 딸은 싫은 티를 내며 애완견을 소파에 내려놓았다. 잠시 후, 애완견이 쏜살같이 달려와 식탁 밑으로 들어가더니 다시 짖었다. 나는 얼굴이 후끈 달아올랐다. 그가 딸에게 애완견

들리지 않는 소리

을 방에 두라고 언성을 높였다.

"우리 맘은 좋은 사람 앞에선 안 그러는데 언니에겐 심하게 짖네, 이상하지?"

순간 나는 당황했다. 맘이라니, 그러나 그것이 애완견 이름이라는 걸 뒤늦게 눈치챘다. 하지만 딸의 눈빛은 날카로웠다. 맘이 스트레스받은 것만 걱정하며 제 방으로 들어가 문을 딱 닫았다.

"난 말이야, 애들이 반대하는 결혼은 하고 싶지 않아. 어디 가서 개와 친해지는 법이라도 배워둬라."

그의 핀잔에 나는 무안하고 머쓱했다. 식탁 위에 어색한 침묵이 흘렀다. 우스갯소리를 해서 분위기를 돋우고 싶었지만 무엇 하나 떠오르지 않았다.

지하철에서 내려 집으로 들어가는 길목에 애견센터가 보였다. 무심히 지나치곤 하여 있는 줄도 몰랐는데 반가웠다. 나는 유리에 바싹 얼굴을 대고 진열장을 들여다보았다. 진열대 안에는 털빛과 생김새가 비슷한 서너 마리의 애완견들이 솜뭉치처럼 잔뜩 웅크린 채 포개어져 있었다. 문득 진열대에 전시된 애완견들이, 영화에서 본 푸른 조명 아래 앉아 자태를 뽐내며 선택되길 기다리는 유곽 여자들의 모습과 오버랩되었다. 그러자 뭉툭하고 주름이 많은 그의 손이 닿은 듯 진저리가 쳐졌다. 나는 개를 잘 다루는 비법을 물어볼 요량으로 유리문을 밀었다.

"요즘은 애완견을 가족처럼 키워요. 개를 그 집의 식구라고 생각하고 보세요. 그러면 한결 정들이기가 쉽지요. 그리고 이런 말 있잖아요. 음식으로 정이 난다는 말. 마찬가지가 아닐까요? 사람이나 개나."

나는 애견센터 주인의 설명에 깊이 공감했다. 개들이 가장 잘 먹는 것을 달라고 했다. 그가 금빛으로 반짝거리는 네모난 캔을 꺼내 왔다. 개 먹이로는 최고급이라는 말에 나는 열 개를 샀다.

센터 주인이 작은 애완견 한 마리를 품에 안고 와 한번 안아보라며 나에게 내밀었다. 겁내지 말라는 센터 주인의 말에 힘입어 조심스럽게 털을 쓸어보았다. 검고 큰 눈이 자동인형처럼 스르르 감겼다. 나는 새삼 결심했다. 애완견 때문에 물러설 순 없노라고. 가족의 일원이라니까 맘과 사이좋게 지내는 것도 중요한 일이었다.

종이류와 철제품의 잡다한 물건들이 산처럼 쌓여 있는 안쪽의 허름한 집에서 사람이 나온다. 고물상 주인이 거친 목소리로 개의 이름을 부르며 조용히 하라고 한다. 개는 짖기를 멈추고 안쪽으로 어슬렁어슬렁 들어가 버린다. 나는 말을 잘 듣는 개가 신기하여 멀거니 쳐다본다. 어떻게 하면 개를 잘 다룰 수 있느냐고 묻고 싶다. 그러나 가까이 다가온 고물상 주인을 보자 나도 모르게 인상이 찌푸려진다. 때가 찌든 잠바 차림에 두피에 착 달라붙은 머리, 꾀죄죄한 얼굴. 하지만 나는 얼른 낯빛을 바꾸곤 집 주변에서 본 적 있는 리어카 노인의 인상착의를 말한다.

"그 영감을 왜 찾아? 무엇을 잃어버렸나 보군?"

들리지 않는 소리

나는 플라스틱 의족을 찾는다고 설명한다. 고물상 주인이 그런 하찮은 걸 찾느냐는 표정으로 고개를 갸웃거리더니 쌓여 있는 물건들을 들춘다. 얼핏 의족이 보여 나는 그만 소리를 지른다.

"낮에 노인네가 가져온 물건들 속에 껴 있었구먼. 돈 주고 산 거니까 그냥 가져갈 생각은 마시게."

나는 당황한다. 내 것을 찾아가는데 돈이라니. 버리지 말아야 할 의족을 엄마가 모르고 집 밖으로 내놓았다고 말한다. 그러나 고물상 주인은 그냥 내줄 태세가 아니다. 리어카를 끌고 온 노인에게 만 원을 줬다는 걸 강조한다. 나는 급히 나오느라 지갑을 가져오지 않았다며 빈손을 펼쳐 보인다. 의족을 가져가고 돈을 나중에 가져오면 안 되냐고 사정했지만 고물상 주인은 들은 척 만 척이다.

나는 돈을 가져오기 위해 집으로 향하면서 진저리를 친다. 구질구질한 삶, 어쩌면 나에게 닥칠 삶일지도 모른다. 그런 생각이 들자 아파트로 이사하는 것이 다행스럽다. 무리해서라도 환경을 바꾸어야 한다. 그래야 운명도 바뀔 것이다.

이틀 전, 아파트를 얻기 위해 부동산 사무실을 찾았다. 아파트 전세금은 만만치 않았다. 집의 전세금으로 아파트를 얻기 위해 지하철을 타고 도심에서 꽤 멀리 떨어진 역에서 내렸는데도 그랬다. 역세권이라 그렇다는 말을 듣고 역 앞에 정차된 마을버스를 타고 무조건 종점에서 내렸다. 엄마가 살 만한 아파트라면 산골짜기라도 상관없었다. 허허벌판에 아파트들이 나무처럼 자라고 있었다.

나는 부동산 중개인을 따라 아파트로 들어섰다. 아기를 안은 여자가 현관문을 열어주었다. 거실에는 미색 벽지에 나무 무늬 바닥재가 깔려 있었다. 천장의 몰딩과 문틀, 방문이 모두 미색이었다. 아파트마다 구조가 비슷해 구조보다 살림살이에 관심이 갔다. 장식장 위에 놓인 가전제품과 소파가 어우러져 분위기가 아기자기했다. 내가 살고 싶었던 집이었다.

벽에 걸려 있는 대형 액자가 시선을 잡아끌었다. 턱시도를 입은 남자가 웨딩드레스를 입고 귀족풍의 화려한 의자에 앉아 있는 여자 뒤에 서서 환히 웃고 있었다. 웨딩 숍에 걸린 광고 사진처럼 아주 잘 어울리는 한 쌍이었다. 나는 남자를 뚫어질 듯 바라보았다. 활짝 웃는 남자의 얼굴에선 탄력이 느껴졌다. 주름진 그의 피부와는 사뭇 달랐다. 그러자 엉뚱하게도 추억을 공유했던 준에게 배신을 당한 것처럼 초라한 기분이 들었다. 내가 다른 사람과 결혼하면서 배신자라니, 나는 쓴웃음을 지었다. 아쉬움을 달래기 위해 상상으로나마 준과의 결혼을 그려보았다. 액자 속의 여자를 밀어내고 웨딩드레스 차림에 부케를 든 자신을 그 자리에 세웠다. 젊은 남자의 자리엔 준이 섰다. 나란히 선 두 사람의 모습이 눈부셨다. 갑자기 눈앞이 뿌예지며 사진이 출렁거렸다. 순식간에 준은 사라지고 그 자리에 그가 서 있었다. 두둑한 뱃살에 턱시도가 터질 듯했다.

그를 다시 만난 즈음에 나는 시름의 나날을 보내고 있었다. 채용공고가 붙은 상가를 찾아 거리를 헤매야 했다. 거래업체의 연쇄 부

들리지 않는 소리

도와 종이값의 상승으로 인쇄소가 문을 닫은 후 이것저것 일을 해 보았으나 어느 것 하나 시원치 않았다. 인터넷에서 찾은 아르바이트 자리는 몸만 고되고 돈이 되지 않았다. 어쩌다 고소득 보장이라는 회사가 있어 달려갔다가 실망하는 악순환이 이어졌다. 고소득 보장이라는 말은 고가의 물건을 많이 팔아야 한다는 의미였다. 팔아야 할 물건 중에는 자신의 신체도 포함된다는 것을 깨달았다.

잔고가 바닥난 통장을 들여다보듯 뒤적거리던 수첩에서 그의 명함을 보았다. 그는 다니던 인쇄소 사장의 친구였다. 인쇄소에 자주 놀러 와 시답지 않은 농담을 하다 가곤 했다. 그래도 자동차 정비소를 몇 군데 운영하는 실속파라고 사장이 은근히 부러워했던 기억이 떠올랐다. 나는 그에게 일자리를 부탁할 욕심이 일었다. 인쇄소가 문을 닫은 지 몇 해 만에 하는 통화여서 어색하기 짝이 없었다.

그를 보았을 때 나는 눈을 의심했다. 인쇄소를 들락거릴 때와는 달리 머리가 희끗하고 배도 더 불룩해 보였다. 그리고 농담이라곤 전혀 해본 적 없는 사람처럼 표정이 경직되어 있었다. 그가 이끄는 대로 음식을 먹고 양주로 입술을 적셨다. 인쇄소의 사장은 고향으로 내려갔고, 자신은 부동산에서 재미를 봤다며 자랑했다. 중학생인 딸아이가 사춘기라 반항을 한다는 그의 앞에서 일자리에 대해 입도 뻥긋 못 했다. 어떻게든 그 말을 꺼내리라 마음먹고 다시 만난 자리에서 그가 이혼했다는 걸 알았다. 그리고 재혼할 생각이라는 것도. 그 순간, 머릿속에 섬광이 스쳤다. 확실한 일자리를 발견한 기분이었다. 그 후론 이력서를 내밀듯 짧은 치마와 가슴이 깊이 파인 옷차림을 했다. 그때마다 그의 눈이 번들거렸다.

하지만 그날의 결심과는 달리 그와의 결혼을 생각하자 가슴이 짓눌리는 듯 갑갑했다. 나는 어깨를 들썩이며 심호흡을 했다. 가슴의 압박감은 좀처럼 풀리지 않았다. 칭얼거리는 소리가 뒤 꼭지를 잡아당겼다. 한숨을 몰아쉬며 돌아다보았다. 아기를 안은 여자가 불쾌한 눈빛으로 빤히 쳐다보고 있었다. 여자가 자신의 남편과 아는 사이인지를 따지는 듯 물었다. 나는 어리둥절했다. 사진을 바라본 것이 잘못인가, 알 수 없었다. 여자의 기분이 상했다면 그것밖에 다른 이유가 없었다. 나는 여자에게 어수선한 심정을 들킨 기분이었다. 하지만 짐짓 무슨 일이 있었느냐는 듯 멍한 표정을 지었다.

안방을 보려고 하자 여자는 아기 때문에 치우지 못했다며 방문을 가로막았다. 중개인이 중년 여인답게 노련한 솜씨로 혀를 굴려 아기를 얼렀다. 아기가 까르르 웃는 소리에 팽팽한 분위기가 느슨해졌다. 나는 다소 용기를 내 작은 방을 들여다보았다. 그러자 중개인이 집 구경을 잘했다면서 나의 옷깃을 잡아당겼다.

다음 집은 빈집이라고 했다. 세입자가 직장을 다녀 어쩔 수 없다며 중개인이 문을 따고 들어갔다. 집 안은 휑했다. 도배며 모노륨이 칙칙해 마음에 들지 않는다고 하자 중개인이 전망이 좋다는 걸 강조했다. 그리고 이사 날이 촉박해 날짜만 잘 맞으면 월세를 낮출 수도 있다고 했다. 나는 무엇보다 그 말에 귀가 솔깃해 천천히 집 안을 둘

들리지 않는 소리

러보았다.

거실 창으로 멀리 산등성이와 들판이 그림처럼 펼쳐졌다. 하늘과 땅이 한눈에 들어왔다. 엄마가 이런 배경을 좋아하는지 모르겠지만 시야가 탁 트여 가슴이 시원했다. 나는 고개를 내밀어 아래를 내려다보았다. 현기증이 일어 창틀을 꽉 움켜쥐었다. 그리고 이 집이 몇 층인지 생각했다. 문득 오래전에 읽은 기사가 떠올랐다. 신체에 손상이 덜 가고 살아날 확률이 제로인 자살 방법은 13층 높이에서 투신하는 것이라고 했다. 나는 손아귀에 힘을 주고 창 아래를 살펴보았다. 붉은 벽돌로 테를 두른 화단 안에 앙상한 나뭇가지들이 하늘로 향하고 있다. 여백이 많은 만화의 한 컷을 보는 듯했다. 엄마가 베란다로 뛰어내리는 장면이 환영처럼 눈앞을 스쳤다.

사무실로 돌아와 계약서를 작성하는 중개인을 보며 나는 구경한 아파트들을 하나하나 떠올렸다. 구조가 같고, 가구 배치 또한 비슷비슷하지만 느낌이 다른 것은 살림살이의 차이였다. 나도 모르게 한숨이 나왔다. 아파트로 이사하고, 부족한 살림살이를 채우고, 결혼 비용도 지출하고, 그리고 엄마에게 서너 달치 생활비를 남기고. 머릿속에서 숫자들이 레이저 불빛처럼 현란하게 요동쳤다.

나는 걸음을 늦춘다. 집으로 들어가는 골목에 주차된 차량 사이로 엄마의 모습이 보인다. 희멀건 가로등 아래 엄마는 허리를 구부정하게 숙이고 휘적휘적 걷고 있다. 나는 반대편으로 가 걸음을 재촉한다. 서둘러 문을 열고 집으로 들어선다. 차려놓은 제사상을 외면한 채 지갑을 움켜쥔다. 의족을 가져오기 전엔 아버지와 동생을 차마 마주 볼 수 없다. 순간, 나는 캔으로 개를 테스트해보고 싶다. 구석에 있는 비닐봉지에서 캔 하나를 꺼낸다.

엄마와 마주치지 않으려고 서둘러 집에서 나온다. 몸을 숙여 엄마의 시선에서 벗어난다. 나는 집으로 돌아가는 시간을 최대한 늦출 생각이다. 방으로 들어간 엄마는 제사상을 보게 될 것이다. 상 위에 올려놓은 가족사진 보면 엄마는 어떤 마음일까.

11월, 엄마가 새벽잠을 깨웠다. 여행을 떠날 거라고 했다. 잠이 덜 깬 나는 엄마가 시키는 대로 세수하고 옷을 갈아입었다. 가벼운 나들이라며 아무것도 챙기지 말라고 했다. 엄마도 여행용 가방을 들지 않았다. 먼저 차에 타고 있던 아버지는 술 때문이라며 눈을 뜨지 않았다. 운전대를 잡은 엄마는 사뭇 진지한 표정이었다. 여행이 아니라 문상 가는 분위기였지만 그동안 집안 분위기가 어두운 탓이라고 나는 생각했다.

새로 증축한 공장에 불이 났다. 불은 건물뿐만 아니라 인부의 생명까지 앗아갔다. 엄마와 아버지는 깊이를 알 수 없는 동굴 속에 갇힌 듯 서로 언성을 높였다. 엄마는 무리하게 은행 대출을 하여 사업을 확장한 아버지를 탓했고, 아버지는 남들처럼 중국으로 가서 공장을 지었어야 했다며 미처 화재보험에 가입하지 않은 자신의 불찰을 자책했다. 엄마는 살아볼 만하니까 폭삭 무너졌다며 박복한 팔자를 원망하곤 했다.

들리지 않는 소리

이게 최선이겠지? 잠결에 들은 아버지의 목소리였다. 나는 뒷좌석에서 동생의 어깨를 감싸 안고 잠들어 있었다. 이어 엄마의 목소리가 들렸다. 난 그렇게 못 살아. 살아봐서 알잖아요? 없이 사는 것보다 더한 지옥이 없다는 걸. 종일 허리 펼 짬도 없이 일에 파묻혀사는 건 사는 게 아니에요. 내 배 아파 낳은 아이들을 그런 지옥 구덩이에 남겨둘 순 없어.

나는 두려움에 휩싸였다. 아버지보다 엄마가 더 무서웠다. 어디를 간다고 했던가, 기억을 더듬었다. 지명을 들은 기억이 없었다. 목적지가 없는 여행이었다.

나는 소변이 마려웠다. 엄마는 조금만 더 가면 된다며 참으라고했다. 나는 참을 수 없다며 몸을 비틀었다. 아버지가 차를 세우라고했다. 차에서 내린 나는 길에서 제법 떨어진 곳으로 가서 앉았다. 오줌보는 터질 것 같았는데 소변이 나오지 않았다. 힘을 주어도 소용없었다. 멀리서 얼른 오지 않고 뭐하냐는 엄마의 채근이 날아왔다. 차로 돌아갈 생각을 하니 머릿속이 차디찬 성에로 가득 찼다. 앉은걸음으로 살얼음이 언 개울을 따라 하염없이 내려갔다. 희붐한 하늘에 샛별이 빛났다.

어떻게 집으로 돌아왔는지 기억이 흐릿했다. 나는 추위와 허기에 떨면서 아파트를 올려보았다. 화사한 불빛 속에서 우리 집 베란다만이 깜깜했다. 주차장에 아버지의 차도 보이지 않았다. 나를 찾지 못한 식구들은 여행을 포기하고 진작 집으로 돌아왔을 거라는 기대가 무너졌다. 어떻게 자식이 사라졌는데 여행을 떠날 수 있는지, 배신감과 알 수 없는 두려움에 덜덜 떨었다.

정신을 차린 곳은 병원이었다. 경비원이 나를 발견한 모양이었다. 깨어나 들은 소식은 잔인했다. 교통사고로 아버지와 동생은 현장에서 사망하고, 극적으로 구조된 엄마는 혼수상태로 중환자실에 있다는 것이었다.

실황 조사를 해야 한다는 경찰을 따라 나는 엄마와 동행했다. 현장에 도착한 엄마는 그만 혼절했다. 다리 한쪽을 잃은 엄마에게 현장 답사가 무리였을지도 몰랐다. 그때는 몰랐으나 어느 한순간, 사고 지점이 집으로 돌아오는 길목이 아니라 그 반대 방향이었던 것이 생각났다. 운전대를 잡은 사람은 엄마였다. 생각할수록 충격이었다. 엄마는 내가 돌아오지 않았는데도 여행길에 올랐다. 어디를 그렇게 가고 싶었던 걸까. 차마 엄마에게 묻지 못했다. 나만 살겠다고 도망친 게 아니라 여행을 포기하고 나를 찾기를 바랐다는 말도 할 수 없었다. 급경사 내리막길에서 새벽길 빙판을 인지하지 못한 운전 미숙이 사고를 유발했다는 경찰의 조서를 나는 정말 믿고 싶었다.

고물상에 불빛이 환하다. 나를 기다리고 있는 모양이다. 나는 양철 울타리를 밀고 안으로 들어간다. 개가 사납게 짖는다. 물까 보아 겁이 난다. 고물상 주인이 나오기 전에 캔을 개에게 주려고 서둘러 뚜껑을 딴다. 햄 냄새가 훅 끼친다. 개가 발밑에 와서 꼬리를 마구 흔든다. 나는 살며시 허리를 굽혀 캔을 내려놓는다. 개가 미친 듯이

들리지 않는 소리

캔에 머리를 박는다.

"흠, 냄새 좋구만. 헌데 저런 거 함부로 주는 건 아니지. 다른 사람 같으면 그냥 두지 않았을 거야. 저 속에 뭐가 들었는지도 모르고, 이런 데서 사는 놈이 제 분수도 모르고 입만 고급이 되면 개 인생만 고달파지는 건데, 그러면 아가씨가 책임질래? 그리고 남이 주는 거 먹어 버릇하다 도둑놈들이 던진 미끼도 덥석 먹어버리면 그길로 끝장이야."

돈을 받아든 고물상이 의족들을 건넨다. 그사이에 캔을 비운 개가 발밑에 와서 낑낑거린다. 나는 의족을 끌어안고 남은 손으로 개의 등을 쓰다듬는다.

세 개의 의족 중에 발에서 무릎까지의 모양을 한 작고 앙증맞은 의족을 살핀다. 나는 황급히 그 끄트머리에 달린 고정쇠와 한지를 몇 번이나 덧붙여 막아놓은 무릎 부분을 확인한다. 다행히 그대로 있다. 나는 의족을 품에 꼭 끌어안는다. 고물상 주인이 의아한 눈빛으로 쳐다본다.

의족을 착용한 엄마도 한때 직업이 있었다. 엄마의 신체 조건으로 쉽게 시작할 수 있는 일은 보험설계사였다. 교통사고를 겪은 경험을 빗대어 보험의 중요성을 일깨울 정도로 엄마는 씩씩했다. 돌이켜보면 3년 남짓한 기간이었지만 그때가 사고 이후 가장 편안했던 기간이었다. 그것은 어쩌면 주변 사람들이 베풀 수 있는 동정심의 유효 기간과 일치했는지도 모른다.

엄마는 타인의 삶을 설계해주면서 정작 자신의 삶을 설계하는 것은 서툴렀다. 없이 사는 건 역시 지옥이구나. 엄마가 보험설계사 일을 그만두면서 한 말에 나는 가슴이 철렁 내려앉았다. 엄마를 잃을까 보아 겁이 더럭 났다. 엄마가 원하는 대로 이사를 했다. 서울로 오는 1톤 트럭 안에서 고등학교 전학 용지를 품에 꼭 끌어안고 있었다. 하지만 이삿짐을 풀자 엄마는 바깥출입을 거부했다. 엄마가 살아 있기를 바란다면 이젠 네가 날 책임져라. 결국 나는 학교를 야간으로 옮기고 취직했다. 인쇄소는 몹시 분주했다. 명함이나 광고지의 주문을 확인하고 배송하고, 서류들을 복사하고, 그리고 알통이 퉁퉁 붓도록 일하여 지친 몸으로 엄마의 밥상을 차렸다.

나는 의족을 가슴에 끌어안고 방으로 들어선다. 진동하는 햄 냄새에 제사상과 소파에 앉아 있는 엄마를 번갈아 쳐다본다. 상은 내가 차려놓은 그대로이다. 그런데 영정 앞에 낯선 것이 보인다. 나는 의족을 안은 팔에 힘을 주며 엄마를 노려본다. 금빛 캔에 든 분홍 덩어리를 포크로 떠서 우아하게 먹고 있다. 상 위의 낯선 것에 새삼 시선을 꽂는다. 금빛 캔이다. 구석에 둔 비닐봉지를 본다. 봉지에 가지런히 들어 있던 캔이 흩어져 있다. 새롭고 특별해 보이는 것이라면 당연히 자신의 몫인 줄 아는 엄마. 엄마가 먹는 것도 부아가 치미는데 그걸 상 위에 올려놓다니. 나는 의족을 든 채 다른 한 손으로 엄마의 손에 든 캔을 낚아챈다. 엄마가 캔을 꽉 잡고 있다. 나는 다리

들리지 않는 소리

에 힘을 주어 버틴다. 엄마가 그만 캔을 놓아버린다. 나는 두 팔 벌려 자빠진다. 의족이 방바닥에 내동댕이쳐지며 하얀 가루가 얼굴을 덮는다.

"이게 뭔 줄 알아, 엄마?"

나는 벌떡 일어나며 소리친다.

"아빠와 동희의 유골이야."

엄마의 얼굴이 순식간에 굳어진다. 나는 알 수 없는 희열에 휩싸인다.

나는 화장한 아버지와 동생을 어떻게 해야 할지 막막했다. 병원에 있던 엄마는 자신의 손으로 유골을 바다에 뿌리고 싶다고 했다. 그러나 퇴원하고 현장을 갔다 온 엄마는 유골에 관해 일절 묻지 않았다. 오히려 예전부터 엄마와 나, 단둘이서만 살아왔던 것처럼 행동했다. 그런 엄마에게 화가 났으나 나중엔 오히려 그런 분위기가 좋았다. 혼자 살아남으려 했다는 오해에서 벗어난 것 같았다. 나는 유골을 집 안에 숨겼다. 시간이 흐르면서 그대로 둘 수 없다는 생각이 들었다. 아버지와 동생과 함께 사라진 엄마의 다리에 넣어두고 싶었다. 그것도 엄마가 처음 사용했다 처박아둔 낡은 의족이 적격이었다. 그날 엄마의 다리도 사라졌으므로.

"엄마를 책임지라고 했지? 아무리 지옥이라도 난 엄마처럼 피하진 않아. 어떻게 그런 여행을 떠날 수 있어? 같이 가겠느냐고 우리에게 한 번이라도 물어봤어야 하는 거 아냐? 살인자야, 엄마는. 그래도 몸이 부서져 가루가 되더라도 잘 모실 테니 걱정하지 마. 이 세상에 혼자라는 게 얼마나 무서운지 엄마는 모를 거야."

가슴속에 쌓였던 말을 다 쏟아낸 나는 숨을 헐떡거린다. 엄마가 소파에서 내려와 방바닥에 주저앉아 하얀 가루를 손으로 쓸어 모은다.

"여보, 윤희 아빠! 난 정말 살고 싶지 않았어. 그뿐이었어. 그런데 이렇게 되었으니 당신 얼굴을 어떻게 봐……. 막내를 생각하면 살아도 산목숨이 아니야. 따라가고 싶은 맘이 하루에 열두 번도 더 들었어. 그렇지만 살고 싶어 몸부림치는 윤희 저것을 두고 차마……."

나는 엄마의 흐느낌을 뒤로한 채 집에서 나온다.

막상 나왔으나 갈 곳이 없다. 밤공기가 차다. 양팔을 엇갈려 어깨에 올리고 고개를 꺾는다. 엄마와 나는 늘 엇박자이다. 그때 엄마는 살고 싶지 않았다고 했지만 나는 꼭 살고 싶었던 게 아니라 단지 죽고 싶지 않았을 뿐이었다. 차라리 차에서 내리지 않았더라면 어땠을까. 옷 속을 파고드는 한기에 나는 몸을 잔뜩 움츠린다.

준이 생각난다. 그러나 고시 공부를 하는 것도 아니면서 비좁은 고시촌에 기거하는 준에게 눈물을 보이고 싶지 않다. 눈물 따위를 흘리지 않을 자신이 있을 때, 라고 생각하다가 나는 씁쓸하게 웃는다. 그런 날이 올까, 알 수 없다.

놀이터 시소에 앉는다. 미루나무 꼭대기에 달린 까치집이 눈에 들어온다. 까치가 집을 옮긴 것은 한겨울이다. 앙상한 나뭇가지 사이를 거침없이 드나드는 까치. 무성한 이파리는 집을 짓는 데 방해가 되었을 것이다. 까치가 둥지를 옮긴 것처럼 아파트로 이사하기로 한 건 정말 잘한 일이다. 바람이 제법 분다. 미루나무 꼭대기에 잔가지로 층층이 쌓아놓은 까치집이 심하게 흔들린다.

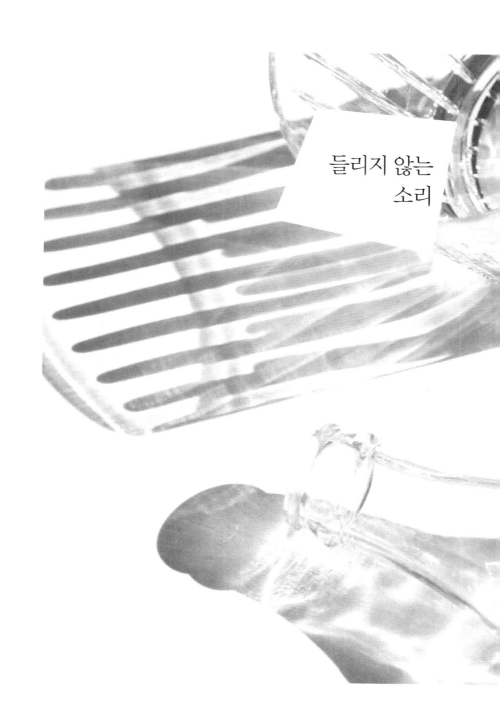

들리지 않는
소리

들리지 않는 소리

아파트 단지로 들어선 그녀는 걸음을 서둘렀다. 텔레비전에서 듣던 아나운서의 목소리가 흘러나왔다. 아이가 싫다고 떼썼다. 이어 젊은 아낙의 큰소리가 이어졌다. 저런, 아이를 구슬려야지 혼을 내나, 그녀는 자신도 모르게 중얼거렸다. 압력밥솥의 추 돌아가는 소리가 요란했다. 재바르게 도마질하는 소리는 경쾌했다. 벌써 저녁할 시간인가, 인호가 배고프겠어. 그녀는 조금 목소리를 높였다. 사뭇 오랜만에 소리를 듣는 터라 설렜다. 쓰러진 콩 자루에서 콩이 쏟아지듯 누군가가 자신을 향해 소리를 쏟아놓는 것 같았다. 진원지를 찾으려고 주변을 둘러보았다. 비스듬히 누운 햇살이 5층 아파트 건물을 어루만지고 있었다. 빛은 주차장에 세워놓은 차의 지붕에서 춤을 췄다. 건물 외벽으로 검은 줄무늬가 빗물 자국처럼 흘러내렸다. 목련 이파리가 팔랑거리는 소리도 귀로 스며들었다. 크고 거친 소리는 건너편 베란다 창과 이편의 주방 쪽으로 난 작은 창문에서 뿜어져 나왔다. 순간, 평소 관처럼 적막했던 아파트 건물이 커다란 스피커로 보였다. 구멍이 숭숭 뚫린 낡고 거대한 스피커가 마주 서 있는 사이를 걷는 기분이었다.

문득 그녀는 보청기가 궁금했다. 고개를 오른쪽으로 기울여보았다. 아무런 느낌이 없었다. 왼쪽으로 갸우뚱해보았으나 마찬가지였다. 지하철을 타고 오는 동안 그것이 빠져나갔나 싶어 조심스레 귀를 만졌다. 귓바퀴 안으로 매끄럽고 단단한 감촉이 느껴졌다. 귓속에 이물질이 들어 있는데도 갑갑하거나 답답하지 않다니, 신기했다.

보청기 센터는 딸아이 다니던 안경점 자리였다. 딸의 손에 이끌려 돋보기를 맞췄던 곳이었다. 센터에서 청력 검사와 여러 가지 테스트를 한 후에 들은 말은 이비인후과에서 들은 말과 별반 다르지 않았다. 보청기는 눈이 나쁜 사람이 끼는 안경과 진배없다고 했다. 요즘은 귓속에 쏙 들어가는 디자인을 선호한다며, 다소 비싸나 충격과 물기를 피하고 잠잘 때 빼놓는 것만 주의하면 오래 쓸 수 있는 장점이 있다고 했다. 값이 비쌀수록 좋은 소리만 골라 듣는다는 우스개도 덧붙였다. 그녀는 그 무엇보다 주위 사람들이 눈치채지 못한다는 말에 솔깃하여 좋은 것을 골랐다.

보청기를 찾으러 가는 발걸음은 설렜다. 오로지 듣고 싶은 목소리가 있었기 때문이었다. 막상 센터에서 하는 말을 들었을 땐 실망이 되었다. 센터에선 보청기에 익숙해지기까지 적응 기간이 필요하다고 했다. 처음엔 어지럽고 불편하지만 매일 조금씩 착용 시간을 늘리면 소리가 자연스럽게 들린다고 했다. 하지만 그녀는 그런 과정이 전혀 필요치 않았다. 보청기를 착용하자 이물감은커녕 소리가 청명하게 아주 잘 들렸다. 이렇게 잘 적응하시는 분은 처음이라며, 보청기 체질이시라고 센터 사람이 놀라 말했다.

그녀는 아파트 현관으로 들어서자 우편함부터 살폈다. 벽에 붙어 있는 붉은 우편함에 누런 서류 봉투들이 꽂혀 있었다. 발돋움을 하여 505호에 꽂힌 서류 봉투를 뽑았다. 습관처럼 우편함 깊숙이 손을 넣었다. 밋밋한 바닥이 만져졌다. 바닥에 깔린 우편물은 없고 손에 먼지만 묻었다. 서운했다. 따지고 보면 딸이 보낸 편지는 한 달에 두세 통 정도였다. 한 달에 한 통이 오는 때도 있었다. 보청기 센터 안내문이 든 딸의 편지를 받은 게 열흘 전이었으니까 편지가 오기엔 무리지 싶었다. 편지 쓸 짬도 없이 일에 매달릴 딸을 생각하니 서운함은 사라지고 가슴이 저릿했다.

딸은 매사에 야무졌다. 자신이 맡은 일에는 한 치의 소홀함도 없었다. 일찍 홀로된 엄마를 더 이상 고생시킬 수 없다며 고등학교를 졸업하자마자 공무원시험에 응시해서 단번에 합격한 딸이었다. 결혼에도 소신이 깊어 차남이 아니면 눈길을 주지 않았다고 했다. 결혼하기 전날, 아이가 생기면 자연스럽게 모실 거라고 손을 꼭 잡고 한 약속을 딸은 지켰다. 알토란 같은 딸 덕에 노체는 편안했다.

그녀는 가방에서 손수건을 꺼내 우편함 바닥을 깨끗이 닦았다.

딸의 정성이 담긴 편지를 잠깐이라도 먼지투성이 속에 두고 싶지 않았다. 검게 변한 손수건을 가방에 찔러 넣고 서류 봉투를 살폈다. 재건축 조합 사무실에서 보낸 안내문이었다. 아파트 단지 입구에서 무슨 교통 평가가 통과된 것을 축하한다는 현수막을 본 게 기억났다. 현수막은 걸린 지 꽤 여러 날이 지난 듯 꾀죄죄했다.

그녀는 한때 재건축에 관심을 가졌다. 조합이 결성되고 시행사가 선정되자, 지분율이 높다 하여 아파트 시세가 하늘 높은 줄 모르고 치솟았다. 아파트를 팔면 평수가 큰 아파트로 거뜬히 옮겨 갈 수 있다며 딸은 좋아했다. 덩달아 그녀도 흐뭇했다. 그러나 지금은 재건축에 관한 그 무엇도 달갑지 않았다. 강 건너 불이었다.

난간을 짚으며 계단을 오르기 시작했다. 1층 현관문 주변으로 덕지덕지 붙어 있는 스티커들이 눈에 들어왔다. 검은 바탕에 글씨가 노란 스티커들은 새로 붙인 듯 반짝거렸다. 스티커는 명함만 했고 전화번호와 함께 포장이사라고 쓰여 있었다. 간혹 익스프레스라는 글씨도 눈에 띄었다. 아무리 세상이 좋아 이사철이 따로 없기로서니 동지가 멀지 않은 한겨울에 몇 집이나 이사한다고 요란하게 광고를 하나 싶어 혀를 끌끌 찼다.

3층쯤 오른 그녀는 난간을 잡고 숨을 골랐다. 딸 내외가 이 집을 살 때 엘리베이터를 타지 않아 좋아했으나 날이 갈수록 계단이 힘에 부쳤다. 5층 정도는 운동 삼아 걸어 다니면 좋다는 건 듣기 좋은 말일 뿐 고역이었다. 쓰레기 담은 봉투를 내려다 놓는 것도 마음먹고 해야 하는 일이었고, 오르내리기가 힘들어 장도 몰아서 봐야 했다.

"할머니, 어디 다녀오세요?

등 뒤에서 소리가 들려 그녀는 뒤돌아보았다. 옆집 새댁이 나이 지긋한 아낙과 함께 계단을 오르고 있었다.

"일없이 나갔다 오는 길이지. 헌데 새댁이야말로 무거운 몸으로 어딜 갔다 와?"

그녀는 새댁의 곁에 있는 사람에게 눈길을 주며 물었다. 눈치 빠른 새댁이 친정엄마라고 소개했다. 그녀는 가볍게 고개를 숙였다. 친정엄마라는 여자가 마주 인사를 해왔다. 그녀는 새댁의 친정엄마를 마주 보지 못하고 서둘러 눈길을 돌렸다. 둥실한 새댁의 몸이 새삼 눈에 들어왔다. 아파트를 살 때 딸의 몸이 꼭 저랬다. 딸 내외가 아파트를 보러 다닐 때 그녀도 다리품을 팔았다. 자신은 잘 모르니 살림 잘하는 엄마가 주방이며 욕실들을 꼼꼼히 살펴야 한다는 딸의 성화 때문이었다. 아파트를 사는데 살고 있던 집의 전세금을 보태면서도, 행여 딸네 더부살이한다 생각할까 보아 딸이 배려했다는 걸 나중에 알았다.

"조합 사무실이요. 교통영향 평가가 통과된 거는 아시죠, 할머니? 오늘부터 이주 신청을 받는다고 해서 아예 하고 왔어요."

"이주라니, 그게 무슨 소린가?"

"오늘 조합에서 안내문을 돌렸는데, 아직 안 보셨어요?"

그녀는 가방에서 삐죽이 나온 안내문을 손으로 가리켰다.

들리지 않는 소리

"안내문을 보시면 아실 테지만, 아파트를 새로 지으려면 낡은 아파트를 헐어야 하잖아요. 그러니까 이사 가라는 소리예요."

그녀는 심란했다. 재건축이란 말이 나돌 때부터 아파트를 헐어야 한다는 걸 알았지만 막상 닥치니 여간 큰일이 아니었다. 딸과 함께 9년 남짓 살아온 아파트였다. 구석구석 딸의 숨결이 묻어 있었다. 아파트가 헐리게 되면 딸의 흔적도 사라지는 것이었다.

"날도 추워지는데 도대체 가긴 어디로 가라는 거야?"

"포장이사를 하는데 추운 게 무슨 상관이에요? 더구나 할머니야 걱정하실 게 뭐 있어요. 인호 아버지가 어련히 잘 알아서 할 텐데요. 저희는 친정엄마가 혼자 지내기 적적하다며 들어와 살라고 하셨거든요. 예정일이 얼마 남지 않아 들어갈 생각이었는데, 얼마나 다행인지 몰라요."

순간, 그녀는 무릎을 딱 치고 싶은 심정이었다. 별 걱정을 다 하고 있었다. 인호 애비와 인호의 뒷바라지도 좋으나 이참에 내 속에서 나온 딸에게 가면 좀 좋으랴. 따뜻한 밥과 국으로 아침을 먹고, 같은 이불 속에서 도란도란 얘기를 나누고, 목욕탕에서 등을 서로 밀어주고, 딸과 꽃구경도 하고, 드라마도 함께 보고 그리고 딸의 잔소리도 듣고 싶었다. 새댁네 모녀처럼 나란히 나들이도 하고. 그녀는 생각만으로도 기운이 솟았다. 어깨를 펴고 계단을 가뿐히 올랐다.

5층에 다다르자 새댁네 모녀는 고개 숙여 인사하곤 현관문 안으로 사라졌다. 얼핏 버르장머리 없다고 새댁의 친정엄마가 나무라는 소리가 들렸다. 그녀는 저렇듯 고운 딸을 야단칠 일이 뭐가 있을까 싶었다. 왠지 자신 때문에 그러는 것 같아 귀를 기울였다. 버르장머리 없이, 어른한테 그렇게 큰 소리로 말하는 게 아니야. 엄만, 저 할머닌 귀가 어두워 잘 못 들으셔. 그래 뵈지 않던데. 아냐, 진짜야, 딸을 잃은 후론 밖에도 잘 안 나오시거든. 저런, 딱해서 어쩌냐.

그녀는 맥없이 그대로 주저앉았다. 심장이 벌렁거려 운신할 수가 없었다. 딸의 죽음을 남의 입으로 들은 것은 오래전이었다. 결코 인정하고 싶지 않은 일이었다. 할 수만 있다면 시간을 되돌리고 싶었다. 마음으로는 그것이 가능했다. 딸은 매순간 살아 있었다. 때론 멀리 가 있기도 했고, 가까이에서 자신을 지켜보기도 했다. 눈에 보이지 않을 뿐, 그녀의 마음속에서 딸은 숨을 쉬었고, 만질 수 있었고, 그리고 얘기를 나누었다. 딸이 밤에 들어오지 않는 건 출장을 갔기 때문이었다. 같이 밥을 먹지 못하는 건 야근 때문이었다. 새댁이 한 말은 열심히 일하는 딸에게 퍼부은 악담이었다. 마음 같아선 문을 열고 들어가 새댁의 머리채를 잡아 마구 흔들고 싶었다. 더없이 소중한 딸을 함부로 죽이지 말라고. 하지만 새댁에겐 친정엄마가 함께 있다. 그보다 든든한 배경이 또 어디 있으랴. 그녀는 손을 귀에 댔다. 좋은 소리는커녕 겨우 이런 소리를 듣자고 보청기를 했나 싶었다.

여름이 끝나갈 무렵, 목 언저리가 쑤셨다. 차라리 도려내고 싶

들리지 않는 소리

을 정도로 통증이 심해 그녀는 더럭 겁이 났다. 남편이 죽고 난 후부터 손가락만 베여도 무서웠다. 아파도 안 되고 죽어서도 안 되는 더없이 소중하고 귀중한 몸이었다. 어린 딸에게 조실부모하여 남의 손에 자라는 설움을 절대 물려줄 수 없기 때문이었다. 피가 섞인 큰집인데도 눈치와 구박이 심했다. 더운밥보다 찬밥이 오히려 마음 편했다. 어쩌다 먹는 하얀 이밥은 보리밥 위에 얹은 고명이었고, 입성은 사촌들이 안 입고 못 입는 것들이었다. 오롯이 자신의 몫으로 멀쩡한 물건을 가져보지 못했다.

귓병을 앓고 난 후론 죽는 것보다 자리에 눕는 게 더 두려웠다. 인호 애비를 볼 면목이 없는 건 둘째치고 인호를 누가 돌본단 말인가. 안사돈은 발길을 끊었고 인호 애비는 바빴다. 앓아눕지 않게끔 주사나 한 대 맞을 요량으로 이비인후과를 찾았다. 의사는 엑스레이부터 찍으라고 했다. 형광판에 흉측한 해골 그림을 꽂고 한참을 들여다본 의사는 오른쪽 귀에 신경 손상이 심각하다며 예순셋이라는 연세에 비해 귀가 빨리 어두워진 편이라고 했다. 보통 심한 중이염을 앓은 후유증과 정신적 충격이 겹쳐질 때 청력을 상실한다며, 왼쪽 귀도 염증이 심한데 어떻게 이 지경이 되도록 참았냐고 나무랐다. 그러곤 치료를 제대로 받지 않으면 큰일 난다고 엄포를 놓았다. 그녀는 큰일 따위 두렵지 않았으나 통증을 견디기 힘들어 부지런히 병원 출입을 하였다. 치료가 끝나가자 의사는 보청기를 권했다. 듣지 못하는 것처럼 서러운 것이 없다며, 보청기를 착용하면 잘 들려 좋을 뿐 아니라 더 이상 나빠지는 것을 막는 효과도 크다고 했다. 그때 그녀는 건성으로 고개를 주억거렸다. 듣지 못해서 불편한 건 없었다. 딸의 목소리를 들을 수 없어 아쉬울 뿐이었다. 그러나 계절이 바뀌면서 그녀는 두려워졌다. 인호 애비의 목소리를 듣지 못하는 날이 점점 늘었다. 딸의 목소리에 이어 인호 애비 목소리마저 듣지 못한다고 생각하니 불안했다. 인호 애비는 야근이 잦았다. 무슨 놈의 회사가 사람을 그토록 부려먹는지 밤 12시가 넘어 귀가하는 날이 많았다. 인호를 끼고 일찌감치 자리에 누워도 그녀는 인호 애비가 들어올 때까지 잠을 이룰 수 없었다. 열쇠를 들고 다녀 현관문을 열어줄 필요가 없는데도 그랬다. 인호 애비의 얼굴을 아침 밥상머리에서 잠깐 보는 것이 고작이었다. 아침밥을 거르는 날은 그마저도 힘들었다. 시간이 흐르면서 의사가 권한 보청기가 떠올랐다. 때마침 딸이 보낸 편지 속에 보청기 센터를 오픈한다는 안내문이 들어 있었다.

그녀는 몸을 추스르곤 초인종을 눌렀다. 곧 문이 열렸다.

"배고프지?"

그녀는 허리춤에 매달린 인호에게 물었다. 인호가 고개를 저었다. 거실 탁자에 과자 봉지가 너저분하게 흩어져 있었다. 인호가 재빨리 뛰어가 치웠다.

"아빠가 일찍 온다고 전화했어요."

인호가 문 앞에서 손나팔을 만들어 말했다. 옷을 갈아입던 그녀는 낯을 찡그렸다. 만사 귀찮아 저녁을 대충 때울 생각이었는데 하필 인호 애비가 일찍 온다고 하는지. 게다가 인호조차 악을 쓰듯 말을 하여 듣기 싫었다.

"할미 귀 안 먹었으니까 그렇게 큰 소리로 말하지 말아라."

"치, 제대로 듣지도 못하는 거 내가 다 아는데……."

그녀는 인호 말에 뜨끔했다.

"할미가 못 듣는 줄 아는가 본데, 다 듣는다. 앞으로 전화도 받고 할 테니 걱정 마라."

믿을까 말까 하는 표정으로 쳐다보는 인호를 일별한 그녀는 쌀을 씻어 안쳤다. 인호 애비가 모처럼 먹는 저녁밥이라 소홀히 차리고 싶지 않았다. 찬거리가 마땅치 않았지만 사 올 기력은 없었다. 냉동실을 열었다. 플라스틱 통과 비닐봉지들로 냉동실 안이 그들먹했다. 투명한 플라스틱 통에 든 것은 만두였다. 애호박이 많이 날 때는 애호박으로, 잘 익은 김장김치가 있으면 그걸로 만두를 빚어 얼려두었다.

딸은 만두를 좋아했다. 만두 빚기는 식당에서 배운 솜씨였다. 셋방에서 죽은 남편을 원망하며 울고 있는 건 사치였다. 어린 딸의 허기를 채우는 게 우선이었다. 일곱 살박이 딸은 에미가 식당에서 일하는 시간을 혼자 잘 견뎠다. 딸이 간절히 그리운데도 볼 수 없는 건, 그때 외롭게 했던 벌을 받는 것 같았다. 그녀는 젖어드는 눈시울을 옷소매로 훔쳤다.

다시마와 멸치로 국물을 낸 표고버섯을 넣어 육수를 냈다. 감자를 채쳐서 볶고, 냉동실에서 꺼낸 갈치는 밀가루옷을 입혀 기름에 튀겼다.

초인종 소리가 나자 거실에 있던 인호가 달려 나갔다.

"맛있는 걸 사드리려고 했는데 저녁을 하셨네."

평상복으로 갈아입은 인호 애비가 식탁에 앉았다. 인호가 그 옆에 앉았다. 그녀는 인호 애비 목소리에 마음이 편안해졌다.

"뭐니 뭐니 해도 집엣 밥이 최고지. 자네 좋아하는 갈치도 굽고 국도 끓였네."

그녀는 가스레인지를 끄고 만둣국을 폈다. 인호 애비 앞에 한 그릇 놓고 작게 담긴 것은 인호의 몫으로 놓았다. 그녀는 자신의 옆자리에 한 그릇을 놓고 자신의 몫인 만둣국을 들고 인호와 마주 앉았다.

인호 애비가 주먹으로 입을 가리며 헛기침을 했다. 인호가 수저를 든 채 아비와 할미를 번갈아 보았다. 그녀는 왜들 그러나 싶어 먼저 수저를 들었다.

"식기 전에 어서 먹어."

"할머니, 저건 누구 거야?"

인호가 숟가락으로 대각선 방향을 가리켰다. 그녀는 고개를 틀었다. 만둣국과 수저가 가지런히 놓여 있었다. 가슴이 철렁 내려앉았다. 만두를 보자 딸 생각이 간절하였던가. 식구들 앞에서 이런 모습을 보이다니, 참담했다. 이상하게도 인호 애비 앞에선 어떤 내색

들리지 않는 소리

도 하고 싶지 않았다. 설움에 겨워하는 것도 싫었고, 덤덤해 보이는 건 더더욱 내키지 않았다. 인호 애비가 어쩌다 인호와 놀면서 웃는 걸 보면 속에서 열불이 솟았고, 시든 푸성귀처럼 매가리 없이 지내면 그 또한 불편했다.

그녀는 허둥지둥 옆자리의 만둣국을 자신의 그릇에 쏟아 먹기 시작했다. 인호 애비도 몹시 허기진 듯 허겁지겁 밥을 먹었다.

"나도 만두 좋은데, 엄마가 없으니까 먹을 수가 없어."

그녀는 수저질을 멈추었다. 인호 애비도 움직이지 않았다.

인호 애비가 갈치 살을 바르기 시작했다. 양 지느러미를 떼어내고 가운데 살을 집어 올렸다. 인호 애비는 저도 시장하련만 갈치 살을 발라 식구들 밥숟가락에 올려주곤 했다. 그때 그녀는 사위가 바른 생선살을 받아먹기 남세스러워 비린 것은 못 먹는다고 말했다. 그러나 인호 애비는 막무가내였다. 못 이기는 척 받아먹으며, 안사람이 생선살을 발라주는 법인데 염치 좋게 넙죽넙죽 받아먹느냐고 딸을 나무랐다. 하지만 그 모습이 어찌나 보기 좋던지 갈치를 상에 자주 올렸었다.

그녀는 인호 애비가 바른 갈치 살을 줄 거란 기대로 만둣국을 밀어내고 밥그릇을 끌어당겼다. 그리고 수저를 천천히 놀렸다. 그러나 인호 애비 젓가락은 인호를 향했다. 밥을 깨작거리고 먹던 인호가 제 아비가 발라준 갈치 살로 밥공기를 다 비웠다. 인호가 먼저 수저를 놓고 거실로 갔다. 어색한 분위기가 흘렀다. 그녀는 불편해서 가만히 있을 수가 없었다.

"참, 조합에서 안내문을 돌렸네. 자네 먼저 보라고 읽진 않았네만 이주를 하라는 모양이야."

인호 애비는 입에 넣은 밥을 얼른 삼켰다.

"이주요?"

"그렇다네. 옆집 새댁은 벌써 이주 신청을 했다고 하던데."

"속깨나 썩이더니 이제 제대로 진행되는군요. 이주 기간이 정해졌으면 빠른 시일에 비워줘야 할 겁니다."

"자넨 이주하길 기다린 사람 같네. 어디 갈 데를 정해놓은 건가?"

"그런 건 아닙니다. 인호 학교 문제와 여러 가지 사정을 감안해서……."

"나는 예서 살 거네. 인호 에미 손길이 구석구석 묻어 있는 이 집을 두고 내가 어딜 갈 수 있겠나."

그녀는 쐐기 박듯 말했다. 식탁에 침묵이 흘렀다.

인호 애비가 일어나 거실로 갔다. 인호 애비가 인호에게 조합에서 온 안내문이 어디 있느냐고 묻는 소리가 들렸다. 아니나 다를까 인호가 쪼르르 달려와 물었다. 그녀는 가방에 있다고 이르곤 빈 그릇을 개수통에 넣었다. 두 사람 다 만둣국엔 손도 대지 않았다. 만두는 퉁퉁 불었다. 그녀는 남은 만둣국을 끌어다 먹기 시작했다. 배가 부르자 눈가가 질척해졌다.

식탁을 치우고 설거지를 하였다. 일부러 그러는 건 아닌데도 물

들리지 않는 소리

소리와 덜거덕거리는 소리가 소란스러웠다. 수저통에 제대로 꽂히지 못하고 얼기설기 걸쳐져 있는 수저와 젓가락들이 눈에 거슬렸다. 수저통을 거칠게 흔들었다. 시끄러웠다. 가지런해진 수저와 젓가락을 보자 불편한 심기가 어느 정도 가라앉았다.

인호 애비가 욕실로 들어가자 그녀는 거실로 갔다. 흩어진 쿠션을 가지런히 놓고 소파에 앉았다. 테이블 위에 펼쳐져 있는 안내문을 집어 들었다.

─이주, 이제 시작입니다. 우리가 염원했던 새 아파트, 3년 후 입주합니다.

그녀는 안내문을 읽기 시작했다. 이주를 서둘러달라는 글과 함께 3년 후 완공될 아파트 조감도와 설계도가 들어 있었다. 방 세 개짜리면 자신의 방은 어디인가, 그녀는 팸플릿을 가까이 봤다 멀리 봤다 했다.

전화벨이 울렸다. 그녀는 화들짝 놀라 벽에 걸린 시계를 보았다. 9시가 좀 넘었다. 늦은 시간이 아닌데도 전화를 받고 싶지 않았다. 밤에 울리는 전화치고 좋은 소식을 전하는 경우는 드물었다. 자식 혹은 남편 때문에 속상하다는 하소연이거나 문병 갈 일 아니면 부음이 전화선을 타고 흘렀다. 전화벨은 점점 그악스럽게 울었다. 그녀는 몸을 떨었다. 귀울음이 들리는 듯 했다.

그날, 딸과 인호 애비는 일산 본가에 다니러 갔다. 안사돈은 툭하면 딸 내외를 불러들였다. 퇴근길에 본가에 다녀온 딸은 파김치가 되곤 했다. 집안 행사가 있는 것도 아닌데 다녀가라는 건 아들 가진 유세였다. 그녀는 인호와 일찌감치 잠자리에 들었다. 어쩐 일로 꿈 속에 남편이 나타났다. 얼마 만에 보는지, 자신은 주름 꽃이 가득한데 남편은 팽팽했다. 반가운 한편으로 부끄러워 얼굴을 붉혔다. 손을 잡아줄 줄 알았는데 남편은 누군가를 찾는 듯 두리번거렸다. 딸을 찾는 기색이라 곧 올 거라는 말을 하려는데 그만 전화벨 소리에 깨고 말았다. 수년 만에 만난 남편인데 한마디 말도 건네지 못하여 안타깝고 서운했다. 겨우 마음을 가라앉히고 수화기를 들었을 때, 그녀는 자신의 귀를 의심하지 않을 수 없었다. 인호 애비와 딸의 이름을 대며 교통사고가 났다고 했다. 운전자는 그 자리에서 사망하고 옆 좌석에 앉은 사람은 병원에서 치료를 받고 있다는 경찰의 말을 이해하는 데 시간이 걸렸다. 그녀는 병원으로 가는 택시 안에서 어디 불구가 되어도 좋으니 부디 딸이 살아 있기만을 간절히 빌고 또 빌었다.

화장하여 납골당에 안치했다는 안사돈의 목소리가 꿈결처럼 아련했다. 모로 누워 보고 있던 벽이 꿈틀거렸다. 인호 애비가 회복되지 않아 인호가 영안실을 지켰다는 말에 흐르던 눈물이 멈추었다. 저 여편네가 사단이지, 일하느라 힘든 애들을 쓸데없이 불러들여가지고. 그녀는 벌떡 일어나 앉았다. 도대체 왜 그렇게 불러들였느냐고, 이래 되니 속이 시원하냐고 악을 썼다. 인호 애비는 멀쩡하냐며, 다리 병신이 될 뻔했다며 안사돈이 목소리를 깔았다. 그 순간 그녀

들리지 않는 소리

는 눈에 보이는 것이 없었다. 그래도 살아 있지 않느냐는 말 대신 잡아먹을 듯 노려보았다. 안사돈이 앉은 채 슬금슬금 뒷걸음을 쳤다.

그녀는 가슴을 쥐어뜯었다. 인호 애비가 원망스러웠다. 어쩌자고 일에 지친 딸에게 운전대를 맡겼는지. 아니, 애초 인호 애비를 만난 게 잘못이었다. 인호 애비가 곁에 있다면 물어뜯고 싶었다. 그보다 전화만 받지 않았어도 아무 일 없었을 거라는 생각이 들었다. 문갑 위에 전화기를 집어 던졌다. 전화기가 박살 났다. 그래도 억울하고 분한 마음은 사라지지 않았다. 귀만 없었다면. 그녀는 전화를 받은 귀를 주먹으로 치고 또 쳤다.

수시로 전화벨이 요란하게 울렸다. 수십 대의 전화기가 귓속 깊숙이 들어앉아 있는 듯했다. 전화벨은 한꺼번에도 울렸고 가끔 하나씩 울리기도 했다. 아무리 울려도 받을 수 없는 전화벨 소리에 낮과 밤이 거꾸로 흘렀다. 그녀는 전화기를 빼내려고 귀를 후볐다. 귀이개로도 시원치 않아 젓가락으로 쑤셨다. 귀울음이 가라앉았다. 높고 깊은 산속에 홀로 있는 듯 적요했다. 찾는 이도 없었고 말 거는 이도 없더니 지독한 열병이 찾아왔다. 머리에서 발끝까지 불화로였다. 딸에게 가는구나 싶어 좋았다.

퇴원하여 돌아온 인호 애비를 보았을 때 그녀의 피는 싸늘하게 식었다. 인호 애비는 인호 에미 사진 앞에서 무릎을 꿇었다. 한 시간이 지나고 두 시간이 지나도록 인호 애비는 미동도 하지 않았다. 인호가 제 아비 곁을 뱅뱅 돌았다. 환했던 창밖이 어두워졌다. 그녀

는 인호 애비가 딱했다. 무릎걸음으로 다가가 인호 애비의 손등에
손을 올렸다. 죄송하다며 인호 에미 몫까지 잘 모시겠다고 했다. 참
으로 듣기 좋은 소리였다. 마음에 온기가 돌았다. 전들 그러고 싶었
겠는가, 산 사람은 살아야지, 그녀는 자리를 털고 일어나 흰죽을 쑤
었다. 오랜 병원 생활에 인호 애비의 속이 헐었다는 말을 들었기 때
문이었다.

인호가 방에서 뛰어나왔다. 거 봐 내가 그럴 줄 알았어, 하는 표
정이었다. 그녀는 아차 싶어 수화기를 귀에 댔다.
"여보시오."
"……."
"여보시오."
"……."
"아무 말도 안 하네."
그녀는 놀란 듯 눈을 동그랗게 뜬 인호에게 수화기를 건넸다.
"네? 아빠요? 샤워해요."
잠시 후, 인호가 깍듯이 인사를 하고 수화기를 내려놓았다. 그녀
는 누구냐고 물었다.
"나도 몰라. 어떤 여자가 아빠를 찾았어. 그런데 할머니, 정말 잘
들려?"
그녀는 고개를 끄덕였다. 인호는 몹시 좋아했다.

들리지 않는 소리

인호가 방으로 들어가자 그녀는 고개를 갸웃거렸다. 집으로 전화해서 인호 애비를 찾다니, 누굴까, 일찍 들어온 걸 어찌 알고, 회사 사람인가.

그녀는 몸이 으슬으슬 떨려 눕고 싶은 생각이 간절했다. 현관문 잠금을 확인하고 고리를 눌렀다. 주방으로 가 가스 밸브가 잠겼는지 확인했다. 인호 애비에게 밤 인사나 하지 싶었다. 그녀는 거실을 바장이며 인호 애비가 거실로 나오길 기다렸다. 설핏 인호 애비의 방문이 열려 있는 게 보였다. 기다릴 필요가 뭐 있나, 얼른 인사나 나누고 자는 게 낫지.

"……집에서 먹었어."

인호 애비의 목소리가 부드럽게 흘러나왔다. 그녀는 문 앞으로 다가갔다. 누군가와 얘기를 하는 것 같은데 목소리는 하나였다. 통화 중이라는 짐작이 들었다. 거실 전화가 울리지 않았으니 핸드폰이지 싶었다.

"그런 걱정 하지 마. 천천히 말씀드려도 되겠어. 마침 조합에서 이주하라고 하니 차라리 잘 된 일이야. 그때 분가를 하면 자연스러울 거야."

엿듣는 게 머쓱하여 몸을 돌리려던 그녀는 멈칫했다. 이주, 분가라는 말이 귀에 꽂혔다.

"아직 정정하시니까……. 샤워? 인호가 그랬어? 별 얘길 다 했군. 수일 내로 자릴 마련해야겠군."

집 전화로 전화를 했던 여자란 말인가. 그녀는 귀를 의심했다.

"그런 얘기는 만나서 하고, 모처럼 일찍 들어갔는데 뭐 했어?"

그녀는 심장이 벌렁거려 도무지 서 있을 수가 없었다. 엉금엉금 기다시피 하여 자신의 방으로 들어왔다. 인호 애비에게 여자가 생기다니. 자신이 직접 들었는데도 믿어지지 않았다. 그녀는 자신이 잘못 들었다는 쪽으로 생각을 몰아갔다. 하지만 은근하게 속삭이던 인호 애비 목소리가 귓전을 맴돌았다.

인호 애비를 처음 본 날을 떠올렸다. 신랑감을 데리고 올 거라는 딸의 말에 그녀는 몹시 긴장했다. 생김새야 보기 흉할 정도만 아니라면 크게 상관하지 않을 작정이었다. 아비의 정을 모르고 자랐으니 남편만큼은 푸근한 사람이길 바랐다. 인호 애비의 첫인상은 나쁘지 않았다. 크게 모난 데 없이 인상에 말투가 너그러워 사윗감으로 흡족했다. 게다가 밥숟가락이 큰 것도 마음에 들었다. 딸에게 마음고생을 시키지 않으리라는 믿음이 갔다. 마른 체구의 남편은 음식 까탈이 심했다. 그래서 명이 짧은 건 아닐 텐데도 사위만큼은 음식을 가리지 않고 잘 먹기를 바랐다. 남자란 자고로 행동거지가 바르고 먹성 좋고 직장 든든하면 된다고 딸에게 자주 얘기한 덕을 톡톡히 본 셈이었다.

그녀는 미심쩍은 일이 한두 가지가 아니라는 데 생각이 미쳤다. 귀가가 늦어 어쩌다 보는 인호 애비에게서 일에 지친 기색은 찾기 힘들었다. 지치기는커녕 오히려 신선하고 활기차 보였다. 늦게 들어

들리지 않는 소리

오는 이유가 꼭 일 때문만은 아니라는 걸 진작 알아챘어야 했다. 술 냄새도 풍기지 않았다. 그래도 설마, 그녀는 이내 도리머리를 했다. 3년도 아니고 겨우 2년 남짓 지났을 뿐이었다. 야속하고 서운했다.

그녀는 문갑 서랍에서 편지를 꺼냈다. 딸이 보낸 편지는 스무 통이 넘었다. 우편함에서 꺼낸 편지 봉투에서 딸 이름이 적혀 있으면 발신인의 주소와 이름 따위 중요치 않았다. 딸 이름이 적혀 있는 것만으로도 그 의미는 충분했다. 그녀는 봉투에 적힌 딸의 이름을 눈으로 확인하고 손가락으로 쓸었다. 딸의 숨결이 느껴졌다.

"할머니, 그게 뭐야?"

책상 앞에 앉아 있던 인호가 다가왔다. 그녀는 편지들을 주섬주섬 챙겼다.

2년 전, 커피 회사에서 발행한 책자가 든, 겉봉에 딸의 이름이 적힌 편지를 본 인호 애비의 표정을 그녀는 잊을 수 없었다. 편지를 뜯어 내용물을 확인하더니 당혹스럽고 난감한 기색이었다. 혹 언짢은 글이라도 적혀 있나 싶어 인호 애비가 출근한 다음에 그 편지를 찾았으나 보이지 않았다. 분리수거하기 위해 모아놓은 폐휴지함에서 딸의 이름이 쓰인 편지를 발견했을 때 억장이 무너졌다. 딸의 이름을 함부로 버리다니, 인호 애비에게 섭섭했다. 편지 안에는 화장품 회사에서 발행한 카탈로그와 안내문이 들어 있어 따질 일은 아니란 생각에 그냥 넘겼다. 그 후론 딸의 이름이 적힌 편지를 인호 애비에게 보여주지 않았다.

"인호야, 엄마 이름 알고 있지?"

인호가 고개를 힘차게 끄덕이며 이름을 한 자 한 자 말했다.

"암, 그래야지. 절대 잊어선 안 된다. 이담에 커서도 꼭 기억해야 한다."

그녀는 인호의 얼굴을 양손으로 보듬었다. 인호의 눈에 눈물이 그렁그렁했다. 어미 생각이 나련만 잘 견디는 인호가 대견했다. 그녀는 인호 얼굴을 바로 하여 눈을 맞추었다. 작지만 선한 눈만 제 아비를 닮았을 뿐 콧마루는 영락없는 제 어미였다. 딸은 이 어린것을 두고 어떻게 눈을 감을 수 있었을까. 남편이 어린 딸을 두고 갔듯 딸도 남편을 닮아 어린 아들을 두고 간 것일까. 돌연 앞서간 남편이 견딜 수 없이 밉살스러웠다. 저도 어쩔 수 없이 저승으로 끌려갔으면 자식 명줄이나 늘려놓을 일이지 덥석 데려가는 건 무슨 경우란 말인가. 막무가내 떼를 써서라도 저승사자를 막았어야지, 그놈의 주변머리는 저승에서도 못 써먹으면 어디다 쓸 건고. 그녀는 입을 씰룩거렸다. 하지만 막상 남편이 앞에 있다면 입도 벙긋 못 했을 그녀였다.

그녀는 스탠드를 켜고 자리에 누웠다. 인호가 품으로 파고들었다. 얼른 팔을 펴 팔베개를 해주었다. 인호가 젖가슴을 더듬으며 어리광을 부렸다. 그녀는 인호의 손길이 간지러웠으나 참았다. 인호마저 없다면 어찌 살았을까, 저절로 한숨이 나왔다.

문밖에서 인호 애비 기척이 들렸다. 문을 열려는 듯 헛기침을 했

　　　　　　　　　　　　　　　들리지 않는 소리

다. 그녀는 못 들은 척 인호의 등을 다독거렸다. 인호가 움직임을 멈추며 자는 척하자고 소곤거리더니 이불을 끌어다 뒤집어썼다.

방문이 열리며 인호 애비의 얼굴이 보였다. 머뭇거리는 모양새가 인호를 데리고 자고 싶은가 보았다. 인호 애비는 한동안 인호를 데리고 잤다. 이 방에서 잠들었을 때도 굳이 안고 제 침대로 데려갔다. 인호를 데려가지 않은 게 언제부터인가, 귀가가 늦으면서부터 같기도 했고 아닌 듯도 했다. 인호 스스로 할미 품을 찾았던가, 아리송했다. 불현듯 인호 애비가 곱게 보이지 않았다. 자신과 인호 사이의 정을 떼려고 인호를 데려간다는 의심이 더럭 들었다.

"잠들었으니 놔두게. 자네야말로 모처럼 일찍 들어왔으니 편히 쉬어야지."

그녀는 단호하게 말했다. 방 안에 정적이 흘렀다. 그녀는 이불 속에서 꼼지락거리는 인호의 다리를 꽉 눌렀다.

잠시 후, 안녕히 주무시라는 인사와 함께 방문이 닫혔다. 인호가 이불을 걷고 숨을 몰아쉬었다.

"할미가 자장가 불러줄까?"

인호가 볼멘소리로 싫다고 했다. 그녀는 인호가 잠이 쏟아져 투정을 부린다고 생각했다. 아기 때 불러주었던 자장가를 흥얼거리며 어깨를 토닥거렸다.

"아퍼."

인호가 꿈결처럼 작은 소리로 말하며 몸을 틀었다. 그녀는 인호를 재울 욕심에 부지런히 손을 놀렸다. 덜거덕거리는 소리가 문을 뚫고 들어왔다. 냉장고 문이 열렸다 닫히는 소리가 뒤따랐다. 인호 애비가 술이라도 마시는 모양이었다.

문득 인호가 제 아비와 잘 날이 몇 번이나 있을까 싶었다. 새 여자를 들이면 어림없는 일이었다. 새 여자라니. 그녀는 자신이 생각해놓고도 그 말이 낯설어 섬뜩했다. 이내 마음을 가라앉혔다. 홀로 덮은 이불은 어찌 그리 크던지, 밤은 또 얼마나 길던가. 잔 듯 만 듯한 아침을 수없이 맞이했던 그녀였기에 인호 애비에게 여자가 생긴 것은 물이 높은 곳에서 낮은 데로 흐르듯 당연하게 여겨졌다. 하지만 그것은 생각뿐, 그녀의 손은 인호의 등을 바싹 끌어당겼다.

그녀는 앞날을 생각했다. 인호 애비와 함께 사는 건 무리였다. 자신이 먼저 따로 나가 살겠다고 하면 좋아하겠지. 모시던 장모를 내보내는 데 이주만큼 완벽한 명분도 없을 것이다. 인호 애비는 인호를 데리고 본가로 들어가 지내다 그 여자랑 살고, 자신은…… 요즘은 맞벌이 부부들이 입주하여 아이를 돌보는 노인을 구한다고 하던데 자리가 있을까. 노인 복지 시설도 있다고 하던데. 가장 좋은 방법은 인호 애비에게 인호를 키워주겠다고 하는 것이다. 아파트 값이 제법 올랐으니 몫을 나누어도 그다지 손해는 아닐 것이다. 새 여자에게 인호가 불편할 수 있다는 걸 인호 애비에게 넌지시 일러주면 알아듣겠지. 아직 젊으니까 자식을 또 볼 것이 아닌가. 안사돈도 큰아들과 사는 형편이니 인호를 키우겠다고 선뜻 나서지는 않을 것이

들리지 않는 소리

다. 아니, 안사돈이 나선다고 하면 자신이 가만있지 않을 것이다. 딸이 자신의 삶을 닮을까 노심초사했는데 인호를 그런 지경으로 몰아넣다니, 암, 안 되고말고. 그녀는 새삼 마음을 다잡았다. 인호가 할미를 잘 따르는 것을 모를 인호 애비가 아니었기에 그런 기대가 가능했다. 인호가 대학생이 될 때까지 몇 년이 남았는지 손가락을 꼽기 시작했다. 두 손이 꽉 찼다.

"할머니, 나 오줌 마려."

에미 생각이 나는데 어찌 잠이 오겠는가, 그녀는 마음이 짠하여 얼른 갔다 오라고 했다. 말이 떨어지자마자 인호는 발딱 일어났다. 인호가 나가고 방문이 꽝 닫혔다. 두런거리는 말소리가 들렸다.

얼마를 기다렸을까. 소변을 봐도 열두 번은 더 봤을 시간이 흘렀는데도 인호는 돌아오지 않았다.

별도 달도 뜨지 않는 밤바다 위에 둥둥 떠 있는 것 같았다. 뿌리 내리지 못하고 물살에 이리저리 흔들리는 부유물이 따로 없었다. 무엇 하나 원하는 대로 살아보지 못한 삶이었다. 조실부모하여 결혼에 기대를 걸었건만 남편과 오순도순 산 날도 짧았다. 남들처럼 아들도 낳고 딸도 여럿 두고 싶었는데 그렇지 못했다. 수족을 움직일 수 있을 때까지 딸을 거들어주며 살려 했건만 그마저도 꿈이었다. 그녀는 설움이 복받쳤다. 이대로 사라질 수 있다면, 내일 아침 눈을 떴을 때 딸 곁이라면 더 바랄 것이 없었다. 입안으로 바닷물이 흘러든 듯 찝찔했다.

그녀는 시나브로 일어나 앉았다. 물속에 앉아 있는 듯 적막했다. 천천히 보청기를 귀에서 뺐다. 보청기는 물기로 축축했다. 물기를 조심하라고 강조하고 또 강조했던 센터 사람의 말이 떠올랐다. 보청기를 잠옷 자락으로 감싸 물기를 닦았다. 씹다 뱉은 껌처럼 생기다니, 좋은 소리를 들려주지 못할 바에는 생김이라도 좋던지. 정녕 들어야 할 딸의 목소리를 듣지 못할 바에는 그깟 게 무슨 소용이랴. 그녀는 보청기를 던지려고 팔을 들었다. 하지만 이건 딸이 보낸 선물이 아닌가. 그녀는 가만히 고개를 주억거렸다. 딸이 자신에게 소용없는 것을 보냈을 리는 없다. 모르고 사는 것보다 알고 대처하라는 뜻이 아닐까.

인호가 환호하는 소리가 들렸다. 뭐가 좋아서 저럴까, 그녀는 궁금했다. 귀를 기울일까 하다가 그만두었다. 소리가 무서웠다. 들어서 좋을 소리는 없었다. 그러나 껄껄거리는 인호 애비 웃음소리가 귓속으로 스며들었다.

들리지 않는 소리

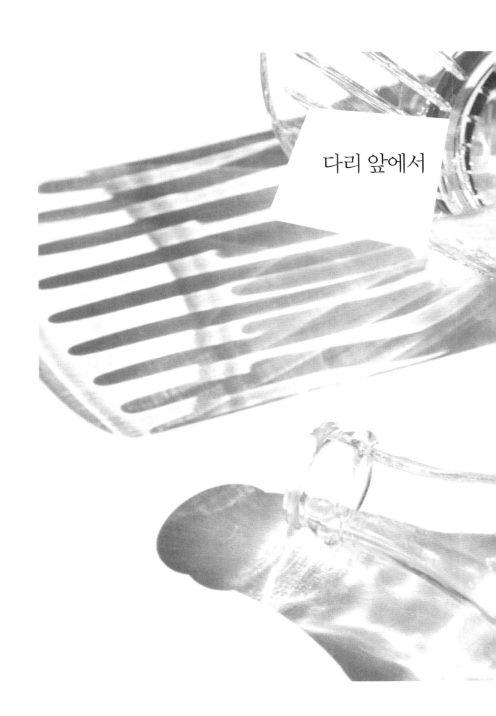

다리 앞에서

다리 앞에서

나는 황급히 브레이크를 밟았다. 앞으로 쏠렸던 몸이 제자리로
돌아갔다. 하마터면 앞차와 부딪힐 뻔했던 터라 놀란 가슴을 쓸어내
렸다. 비상등을 누르며 백미러에 시선을 꽂았다. 뒤차들은 적당한
거리에서 알맞은 속도로 달려오고 있었다. 모퉁이를 돌기 전만 해도
속력을 낸 차들이 정체해 있으리라곤 전혀 예상치 못했는데 뒤따르
는 차들은 그렇지 않았던 모양이었다.

멀리 사거리에 붉은 신호등이 보였다. 신호 대기치곤 편도 4차
선 도로에 차들이 빽빽했다. 올림픽대로에서 이어진 춘천고속도로
가 주차장을 방불케 하더니 미사리 방면 도로도 밀리긴 마찬가지였
다. 연휴라고 해도 점심 무렵이면 정체가 해소되리라 예상하고 떠난
길이었다. 나는 깊은숨을 몰아쉬었다. 태어나고 자란 고향, 문수리
로 가는 길은 도무지 정이 들지 않았다. 날씨가 화창한 휴일이나 휴

들리지 않는 소리

가철이면 차들의 행렬이 대단해 한 시간 남짓이면 충분한 길에 서너 시간이나 잡아먹히곤 해 남들이 이용하는 편안한 시간을 피해서 다녀야 했다. 내 집 가기를 도둑고양이처럼 깊은 밤이나 이른 새벽에 다니려니 울화통이 터지곤 했다. 고향을 떠난 후, 도로 폭이 넓어지고 새로 도로가 건설되었다는 뉴스를 접해 밀리는 구간이 없으려니 했는데 팔당대교를 앞두고 정체는 여전했다. 이럴 줄 알았으면 아예 늦은 저녁에 떠날걸, 후회가 밀려왔다.

황금연휴가 다가와도 나는 별 생각이 없었다. 그러나 아내는 달랐다. 입대 날을 받아놓은 아들과 시간을 보내고 싶다며 조심스레 여행을 입에 올렸다. 나는 아버지의 사고 이후로는 휴일이면 집 밖으로 거의 나가지 않았다. 게다가 나이 오십줄에 들어서서 그런지 잠자리가 바뀌는 것도 불편했다. 하여 어머니를 두고 갈 수 없다고 핑계를 댔다. 그러자 아내는 당연히 어머니를 모시고, 처제네 식구와 함께하는 여행이라고 했다. 처제가 콘도도 예약해놨다는 말에 나는 할 말이 없었다. 처제네 네 식구와 우리 세 식구와 어머니와 장모, 그리고 처제네 시어른 두 분, 어색하지만 불편하지 않은 구성원이었다. 처제네와 자주 어울려 친숙했고, 어른들이 모두 비슷한 연세라 젊은 사람들 틈에 끼었다는 느낌보다 당신들만의 동지애로 즐거울 수 있을 것 같았다. 어머니가 장모와 거리를 두는 게 신경이 쓰이긴 했지만 말이다. 여러 집이 떠날 때는 한 차로 움직여야 재미있고 편하다며 제부가 봉고를 빌려 세 집을 순례하기로 했다. 그런데 어제 밤늦게, 문수리에 사는 어머니의 먼 친척 어른이 돌아가셨다는 연락이 왔다. 꼭 문상 가야 한다며 어머니가 성화했다. 별수 없이 아내의 일행이 먼저 떠나고, 나는 어머니를 모시고 문상을 한 후, 설악동 콘도로 합류하기로 했다.

막상 아침이 되자 어머니는 문상을 가지 않겠다고 했다. 아내와 아들은 이미 떠난 뒤였다. 나는 어이가 없었다. 진작 얘기를 하셨으면 아내와 같이 가실 수 있었는데, 라면서 아쉬워했다. 그러자 어머니는 집안 어른이 돌아가셨는데 놀러 가는 것은 말이 되지 않는다고 했다. 순간, 나는 화가 났다. 차라리 아버지 생각이 났다고 하면 죄송할 터였다. 돌아가신 분은 어머니와 육촌쯤 되는 집안 어른이었다. 고향을 떠나 서울로 온 뒤론 찾아뵌 적이 없을 정도로 소원하던 친척이었다. 그러므로 어머니의 말은 억지였다. 나는 어머니를 모시고 갈 요량으로 그러면 문상 갔다가 집으로 돌아와 모시고 가겠다고 했다. 하지만 어머니는 요지부동이었다. 당신은 집에 있을 테니, 문상하고 부지런히 뒤따라가서 놀다 오라는 것이었다. 실랑이하느니 차라리 아내가 돌아와 어머니를 모시고 가는 게 빠를 것 같아 전화를 걸었으나 그들은 진작 한계령을 넘었다고 했다.

"그래도 그 어른이 네 아버지를 가장 많이 이해해줬지. 소홀히 인사하면 안 된다."

어머니랑 실랑이를 해봤자 소용없다는 생각에 집을 나서는 나에게 어머니가 봉투를 내밀며 한 말이었다. 나는 조의금이 든 봉투를 열어보고 깜짝 놀랐다. 생각보다 액수가 컸다. 이렇게 할 필요가 있느냐고 물었다.

"신세를 졌으니 갚아야지."

"신세 진 게 있으면 가보셔야 하는 게 도리잖아요?"

나도 모르게 말이 거칠었다. 어머니는 말없이 방으로 들어갔다. 나도 질세라 문을 쾅 닫고 아파트를 빠져나왔다.

앞 차가 움직였다. 나는 핸들을 잡은 손에 힘을 주고 브레이크에 올렸던 발을 뗐다. 벌써 한 시간째 미사리에서 벗어나지 못하고 있었다. 이럴 줄 알았으면 춘천고속도로로 진입할 걸 그랬다는 후회가 밀려왔다. 춘천고속도로라면 제아무리 밀려도 신호가 없으므로 차들은 끊임없이 움직일 것 같았다. 고향 집으로 간다면 춘천고속도로를 타고 가다 서종IC으로 나가는 게 빨랐으나 장례식장은 팔당대교를 넘는 게 훨씬 가까워 택한 길이었다. 아무튼 이렇게 가다간 아내와 합류하는 시각이 늦은 밤이 될지도 몰랐다. 문득 광주를 거쳐 양평으로 돌아가는 길이 떠올랐다. 평소 3, 40분이 더 소요되는 먼 길이었지만 주차장을 방불케 하는 도로에 정차해 있는 것보다 나을 것같았다. 나는 팔당대교를 피하기 위해 1차선으로 진입했다.

어머니는 본가에서 살고 싶지 않다고 했다. 아버지에게 사고가 난 지 두 달도 채 되지 않았을 때였다. 두 분이 함께 지내다 허전하여 그럴 수 있다는 생각이 들었다. 하지만 땅과 집까지 처분하겠다는 말엔 놀라지 않을 수 없었다. 아버지가 살아 돌아올 가능성은 희

다리 앞에서

박했다. 그래도 어머니만은 아버지를 기다릴 줄 알았다. 꼭 본가에서 기다려야 하는 법은 없지만 말이다. 나는 땅을 처분하는 게 아버지의 삶도 지우는 것 같아 내키지 않았다. 아내 또한 본가만큼은 남겨두기를 바랐다. 전원주택지로 최적이라며 나이 든 다음에 와서 살고 싶다며, 게다가 나이 들수록 살던 곳에서 사셔야 건강에 좋다는 아내의 말이 어머니를 모시길 꺼리는 소리로 들려 기분이 좋지 않았다. 나와 아내가 고민하는 사이에 어머니는 아버지의 명의로 된 집과 땅을 처분했다. 그때 그 어른의 도움이 컸다. 그렇지 않았으면 아버지의 실종 신고는 불가피했다. 덕분에 아버지는 살아 있는 사람이었다. 아버지의 생사를 모른 채 어느덧 8년이라는 세월이 흘렀다. 세월의 더께만큼 마음만 무거웠다.

아버지에 관한 기사는 사회면 한 귀퉁이에 실렸다. 기사는 금강산 관광을 하던 김관섭(79) 노인이 낭떠러지에서 추락했다, 라고 시작했다. 구룡연 계곡을 오르던 중 몇몇 사람들이 나무 그늘에서 쉬고 있었을 때 발생한 사고라고 했다, 현장에 있던 일행들의 말에 의하면 바위 위에 올라서서 먼바라기를 하던 노인이 순식간에 눈앞에서 사라졌다며, 노인의 연세로 등산은 무리였다, 실향민이라는 점으로 미루어 자살한 것 아니냐는 의견이 일부 목격자들 사이에서 조심스럽게 오고갔다고 전했다, 그러나 동행한 노인의 누이는 그 부분에 대해 극구 부인했다며 추락한 지점이 산세가 험한 곳이어서 노인의 생사를 확인하기까지는 시일이 걸릴 것 같다, 일정을 마친 일행들은 예정대로 버스를 타고 귀로에 올랐다, 라고 쓰인 게 전부였다.

아버지에게 사고가 났다는 전화 연락을 받는 순간 스친 생각은 자살이라는 단어였다. 그래도 설마 했으나 활자로 그 단어를 접했을 때 배신감이 밀려왔다. 아버지가 우리를 버렸다는 생각을 떨칠 수 없었다. 하지만 동행했던 고모는 결코 그럴 리 없다고 했다. 그립고 그리웠던 고향 땅을 코앞에 두고 가보지 못해 한스러웠으나 금강산이라도 어디냐며 아버지는 진심으로 좋아하셨다는 것이었다. 머지 않아 통일될 터이니 그때까진 살아야겠다는 말도 숙소에서 나눴다고 했다. 어머니는 고모의 말을 전적으로 믿는 눈치였다. 그런 위험한 곳에 안전장치를 해놓지 않은 북쪽을 원망하는 한편으로 아버지의 여행에 나를 딸려 보내지 않은 걸 한탄했다. 나 또한 아버지를 모시고 갔어야 했다는 죄책감이 들어 어머니를 바로 볼 수 없었다. 그러다 보니 원망의 화살은 아내에게로 날아갔다. 금강산 여행을 권한 장본이기 때문이었다.

그해 봄, 아버지 어머니 사이가 소원하다며 아내는 여행을 제안했다. 아버지의 생신을 겸해 중국이나 태국으로 여행을 권했다. 개나 소나 다 가는 해외여행을 이제 간다며 어머니는 좋아했다. 그러나 아버지는 고개를 저었다. 배나 비행기를 절대 타지 않겠다고 했다. 낙심한 어머니를 위해 아내와 내가 아버지를 설득했으나 소용없었다. 가고 싶으면 어머니 혼자 몇 달이라도 갔다 오라는 아버지의 호령에 식구들은 입을 다물 수밖에 없었다. 해외여행이 무산되자 아내는 궁리가 많았다. 뜬금없이 금강산 관광이 어떠냐고 물었다. 때마침 육로가 개통되어 가는 길도 수월하고 숙박 시설도 좋아 아버지에게 맞춤이라고 했다. 나는 썩 내키지 않았다. 어머니가 마음에 걸렸다. 어머니는 북쪽과 관련된 것이면 무엇이든 질색이었다. 내가 미적거리자 아내가 열을 냈다. 금강산은 단순히 풍경 좋은 산이 아니다, 실향민에겐 꿈에 그리던 고향이라며 이산가족 상봉을 신청했으나 매번 떨어져 그 순번이 올 확률이 거의 없다며 아들인 당신이 더 적극적이어야 할 텐데 고려해보기는커녕 반대부터 한다며, 어머니나 당신이나 아버지한테 너무하는 것 아니냐고 했다.

본가에 내려가 금강산 여행이라는 말이 아내의 입에서 나왔을 때, 어머니의 눈빛은 날카로웠다. 덤비는 적을 방어하는 동물의 그것이었다. 나는 아차 싶어 아내의 몸을 툭 쳤다. 그러나 아내는 반색하는 아버지를 보고 신바람이 난 듯 금강산 여행 안내문을 내밀었다.

"너도 참, 아버지에게 산이 가당키나 하냐? 젊은 사람도 힘든 금강산을 가라니, 생각이 짧아도 그렇게 짧나?"

어머니가 아내를 나무랐다. 그럴 바엔 제주도를 가겠다고 했다. 아버지는 그런 어머니를 아랑곳하지 않았다.

"가기 싫다는 사람 우격다짐으로 데려갈 생각 없다. 임자래 내래 숙보디 말라우. 내래 혼자도 무등 갈 수 있디, 암."

아버지의 한마디에 분위기는 싸늘해졌다. 철옹성 같은 아버지의

들리지 않는 소리

고집에 어머니는 부아가 치민 듯 아내에게 곱지 않은 시선을 던졌다.

"내 대신 애비가 가거라."

어머니의 말에 나는 당황했다. 금강산이라니, 사무실 분위기상 휴가를 낼 형편이 아니었다. 연차는 하계휴가 때 아내와 같이 해외로 나갈 예정이라 더 쓸 수가 없었다. 내가 곤란하다고 하자 아버지는 손사래를 치며 괜찮다고 했다. 아버지는 날이 더워지기 전에 갔다 오겠다며 고모를 끌어들였다. 고모 또한 기다렸다는 듯이 금강산 가는 날을 손꼽아 기다렸다. 덕분에 나는 동행에 대한 부담에서 벗어날 수 있었다.

1차선으로 진입하여 여유 있게 달리던 나는 건너편 도로를 보고 흠칫 놀랐다. 건너편 도로의 2차선도 차들이 늘어서 있었다. 눈여겨보니 팔당대교를 건너려는 차들이었다. 미사리가 밀리니까 광주 쪽으로 가다가 유턴하여 건너편 도로에서 팔당대교로 진입하려고 머리를 쓴 것이었다. 미사리 쪽보다는 덜하지만 그래도 늘어선 차들의 길이는 3, 4백 미터는 훌쩍 넘을 터였다. 팔당대교를 넘으면 무릉도원이라도 있던가, 나는 고개를 절레절레 흔들었다.

내 기억이 맞는다면 두 분 사이가 소원해진 것은 북한에서 흙이 온 후부터였다.

실향민에게 나눠주는 고향의 흙을 구해 본가로 내려갔을 때, 나는 아연실색했다. 아버지는 마치 귀한 사람을 맞는 듯 머리를 정갈

하게 빗어 넘기고 옥색 한복을 차려입고 있었다. 어머니도 한복을
입고 아버지 못지않은 근엄한 표정으로 아버지의 뒤에 서 있었고,
고모만이 평상복 차림으로 아버지 옆을 지키고 있었다. 흙이 온다고
정해진 날짜에서 자꾸 미뤄져 아버지가 학수고대했다는 것은 알고
있었으나 정도가 지나친 환대였다. 나는 조심조심 항아리가 든 보자
기를 아버지에게 내밀었다. 아버지는 소중한 무엇을 받듯 보자기를
받아들고 방으로 들어갔다. 아버지는 무릎을 꿇고 앉아 방 한가운데
놓인 대추색 소반 위에 보자기를 올려놓았다. 그러곤 신중한 손놀림
으로 매듭을 풀었다. 플라스틱 통에 들어 있던 그대로 흙을 가져왔
더라면 얼마나 민망했을까, 고마운 마음이 들어 아내를 쳐다보았다.
아내는 선일의 손을 꼭 잡고 아버지를 경이로운 눈으로 바라보고 있
었다.

　아버지는 흙을 향해 절을 했다. 나는 놀라 눈을 크게 떴다. 고모
가 아버지를 따라 절을 했다. 고모가 눈짓하자 어머니가 절을 하는
시늉을 했다. 곧 고모가 아버지의 눈치를 살피더니 내 옆으로 와 옆
구리를 툭툭 쳤다. 나는 어이가 없었다. 흙이 무엇이란 말인가. 아버
지가 살던, 아버지가 뛰어놀던 마당의 흙도 아니고, 단지 북에서 왔
다는 흙일 뿐인데 절이라니. 나는 고개를 숙이고 가만히 서 있었다.
아버지는 그렇다 쳐도 어머니가 나서서 상황을 정리해주길 바랐으
나 어머니의 목소리는 들리지 않았다. 묘한 침묵이 흘렀다. 갑자기
선일이가 넙죽 절을 했다. 아내가 시킨 모양이었다. 네 살짜리 아들

이 절을 하는 바람에 나는 더욱 난감해졌다. 흘낏 아버지의 안색을 살폈다. 아버지는 지그시 눈을 감고 있었다. 강한 채근이었다. 나는 밖으로 뛰어나가고 싶은 것을 꾹 참았다. 연로한 아버지가 마음에 걸렸다. 그렇다고 마냥 버티고 서 있을 수 없는 노릇이었다. 모든 것은 마음먹기 달렸다고 하지 않는가, 생각을 바꾸자고 스스로 암시를 걸었다. 항아리에 든 흙을 조부모의 유골이라 생각하자, 흙이나 뼛가루나 다를 게 무엇이랴, 어차피 그 어른들의 연세라면 돌아가셨을 텐데, 사람이 죽으면 흙으로 돌아가지 않는가, 성묘를 할 수 있는 날이 오기나 하려는가.

소반을 제사상이라 생각하며 나는 절을 했다. 식구들이 지켜보는 앞에서 항아리를 향해 절을 하자니 머쓱하고 어색했다. 서둘러 몸을 세우고 다시 절을 하려는데 아버지가 손사래를 쳤다. 절을 그만하라는 뜻이었다.

"돌아가신 분들한테는 두 번 하는 게 예의다. 여태 그것도 몰랐단 말이냐?"

어머니의 일갈에 나는 다시 절을 하려고 두 손을 들었다.

"그만하라우!"

아버지의 호령에 나는 엉거주춤 서 있었다.

"젊은 사람이라면 모를까 연세가 있으신데…… 마저 해라."

어머니가 재촉했다. 이러지도 저러지도 못하고 서 있던 나는 어머니의 날카로운 눈짓에 따라 다시 절을 하려고 팔을 들었다. 그러자 고모가 다가와 내 팔을 잡아당겼다. 나는 고모의 만류가 반가웠다. 못 이기는 체 반절을 하고 방에서 나왔다. 마당에 서서 하늘을 바라보았다. 봄인데도 눈이 내리려는지 뿌연 하늘이 차갑게 어깨를 짓눌렀다.

"언니, 너무 서운케 생각 마시라요. 오라버니 딴엔 그저 어른들이 살아 있기를 바라 그런 거니."

고모의 목소리가 들렸다.

"흐른 세월이 얼만데 여태 그쪽을 못 잊어 하니……."

어머니는 노기를 억누르며 말끝을 흐렸다.

"어드러카겠어, 부모 형제가 있는 땅에서 온 거라 반갑기 그지없지비."

"내가 그런 거 모르는 사람은 아니에요. 이해하고말고요. 그렇지만 저 양반은 해도 너무했어요. 형님이 몰라서 그렇지……."

나는 마루 주방에서 어머니와 고모가 나누는 얘기에 귀를 기울였다. 딱 열 살 차이 나는 고모와 어머니는 어찌 보면 시어머니와 며느리 같았다. 물론 고모는 좋은 시어머니였다.

"그해 여름, 그러니까 김일성이 죽었다는 뉴스가 나오고 난 후, 저 양반이 어떻게 했는지 아세요? 좋아서 고모한테 전화하고 당장 오라고 한 건 일도 아니에요. 뭐 동네 사람들 전부 불러다 잔치를 벌인 건 말할 필요도 없지요. 나도 좋았으니까. 그런데 그게 문제가 아니었어요. 저 양반이 서서히 달뜨기 시작하는데, 대책이 없더라니까

　　　　　　　　　들리지 않는 소리

요. 당장 집을 넓혀야 한다며 목수를 불러 수리하려고 하지 않나, 이웃 마을에 집을 사놓는다고 여름 내내 설치더니 그다음 해엔 땅을 팔아 현금을 들고 있어야 한다고 했답니다. 곧 통일이 될 터이고, 그러면 거기 식구들과 같이 살아야 한다는 거예요. 제가 이 말은 하지 않으려고 했는데 오늘 하는 걸 보니, 저 양반은 통일이 되면 나와 영규를 버릴 사람이에요."

어머니는 눈물을 훔쳤다. 고모는 어머니를 달래느라 아버지의 흉을 보다가 오죽하면 그랬겠느냐며 실향민의 한을 풀어놓았다. 나는 김일성이 사망한 그즈음 결혼 1년 차라 본가에 드나듦이 덜했고 곧 선일이가 태어나 본가에 소홀했던 것이었다.

그날 이후 흙이 든 백자 항아리는 안방을 차지했다. 아버지는 선일이가 행여 그것을 깨뜨릴까 노심초사 지켜보았다. 선일이가 초등학교 입학한 후부터 불안이 가라앉은 듯했다. 아내는 북한에서 나온 물건들을 챙겨 아버지에게 가져다드렸다. 소주나 옷, 고사리, 마지막으로 사 온 건 평양 통배추김치였다. 명태가 들어가 개운하다며 아버지가 그것만 드셔 한동안 아내가 어머니의 눈총을 받고 말았다. 다행스럽게도 아버지는 어머니에게 그 맛을 요구하진 않았다. 평양 배추여야 하는데 그걸 구할 수 없기 때문이었다.

팔당댐을 코앞에 두고 차는 다시 밀렸다. 휴일이면 개방하는 팔당댐을 통과해 양평 쪽으로 가려는 차들이 늘어선 것이었다. 팔당댐을 통과할 수 있음을 아는 것은 그래도 이 도로를 자주 왕래한 사람들일 터였다. 팔당댐 위의 길을 내비게이션도 알까, 순간 든 의문이었다. 아들 선일이 동행했다면 집에서 나오자마자 스마트폰에 목적지를 입력하여 가장 빠른 길을 안내했을 것이다. 하지만 문수리 가는 길은 눈 감고도 갈 수 있는 길이었다. 뻔히 보이는 길이 이렇게 막히다니. 지리적으로 가까운 곳인데도 아득히 멀다는 느낌이 들었다.

팔당댐을 지나자 앞차들은 보이지 않았다. 강 따라 달리는 조붓하고 호젓한 길에 차들의 행렬이 끊임없이 이어졌다. 멀리 강 건너 도로에 늘어선 차들의 행렬이 장난감처럼 보였다. 가다 서다를 반복하며 가는 길이나, 멀리 돌고 돌아서 가는 길이나 도착하는 시간은 별 차이 없을지도 몰랐다. 하지만 정지된 상태를 견디는 것은 많은 인내가 필요했다. 나는 창문을 내렸다. 적당한 속력으로 달려드는 바람에 마음이 가벼웠다.

장례식장에 주차장에 차를 세운 나는 화장실부터 찾았다. 한 시간이면 올 거리를 세 시간 반이나 걸렸으니 화장실이 무척 급했다.

빈소는 조용했다. 낮이라 그런지 조문객은 그다지 많지 않았다. 국화꽃밭에서 환하게 웃는 어른은 내가 본 모습 그대로였다. 여든일곱이라는 연세라곤 도무지 믿기지 않는 사진이었다. 문득 아버지가 생각났다. 영정 사진으로 쓸 만한 것이 있을까? 아버지는 사진 찍기를 질색했다. 세 식구가 함께한 사진도 그렇거니와 아버지 홀로 찍

들리지 않는 소리

은 사진도 없었다. 의도적으로 살아온 흔적을 남기지 않으려는 것처럼 느껴졌다. 유일하게 남은 사진은 아들의 결혼식이라며 양복을 챙겨 입고 머리 염색까지 한 그날의 사진뿐이었다.

문상을 마치자 상주가 뒤따라 나와 자리를 안내했다. 본가가 떠나고 처음 만난 자리여서 뿌리칠 수가 없었다. 권하는 자리에 앉자 낯익은 어르신들이 눈에 들어왔다. 나는 두리번거리며 또래를 찾았다. 몇 명 되지 않은 문상객들은 대부분 연로했다. 젊은 사람들은 밤이 깊어야 올 모양이었다. 나는 어르신들을 향해 고개 숙여 인사하고 자리에 앉았다. 노환으로 자리보전하다 돌아가신 어른이라고 하더니 상주나 문상객들은 슬퍼하는 기색이 옅었다. 홀시아버지를 수발들었다는 며느리가 초췌한 얼굴로 손님 접대에 분주했다.

상주가 권한 소주를 사양하고 육개장에 밥을 한술 말았다. 어머니와 실랑이를 하느라 아침을 걸러 허기졌다. 주머니에 든 핸드폰의 진동이 느껴졌다. 나는 핸드폰을 꺼냈다. 아내의 전화였다.

"어머니는 편안하시고? 아버지는 여태 소식이 없고?"

맞은편에 앉은 어른이 연이어 물었다.

"예."

나는 통화 거절을 한 후 핸드폰을 옆으로 내려놓으며 대답했다. 애매모호한 대답이라는 생각이 들었으나 달리 할 말이 없었다. 왠지 어머니가 잘 계신다고 하면 안 될 것 같은 묘한 분위기가 감지되었다. 다음 말을 기대하는 듯 모두 나를 주시하고 있었다. 나는 몹시 허기진 듯 수저를 놀렸다. 금강산에서 실족했다는 기사에서 더 달라진 것이 없었다. 사고가 났을 당시, 관계 기관의 주선으로 다음 금강산 관광단에 합류해 현장을 방문할 예정이었다. 그러나 떠나기 이틀 전에 발생한 총격 사건으로 금강산 가는 길이 닫히는 바람에 모든 것이 정지되어버렸다. 대화의 창구가 닫히니 생사는커녕 그런 일이 있었다는 것조차 인정하지 않는 그들이라고 했다. 그쪽에서 일절 대응이 없어 자신들도 안타까울 뿐이라는 게 관계 기관의 말이었다. 금강산 관광이 다시 개방되면 영순위로 갈 수 있도록 준비되어 있으나 그마저도 시간의 흐름 속에 흐릿해졌다.

"그 양반은 그냥 죽을 사람이 아니라니까. 절대 죽지 않았어. 얼마나 강단 있는 사람인데. 게서 떨어져봤자 다리 정도만 분질러졌을 테니까 산속에 숨어 있다가 고향 집을 찾아갔을 거야, 암."

긴 침묵을 깬 것은 모인 사람 중 가장 나이가 든 노인이었다. 가만히 뵈니 동네에서 아버지와 자주 술자리를 했던 어른이었다. 그건 불가능하다고 말하고 싶었으나 참았다. 아버지가 죽기를 바라는 소리로 들릴 수도 있어 조심스러웠다.

"거 말도 안 되는 소리! 높은 산에서 떨어졌다는데 어찌 사나? 젊은이도 아니고."

"그건 모르는 일일세. 그 양반이 저쪽에 있을 때 한약방집 아들이라 안 했나? 어려서 좋은 것만 먹어 힘도 장사라니까. 게다가 거기 가면 한약에 침으로 다 살릴 거라. 연속극도 안 보나? 산에 낙오

들리지 않는 소리

된 사람 다 살아 있다 나타나는 거!"

상을 빙 둘러앉은 어른들이 앞다투어 말했다. 무슨 드라마 찍느냐고 언성을 높이는 어른도 있었다. 나는 어른들 말에 일일이 대꾸하지 않아도 되는 상황이 편했다. 엉뚱했지만 아버지가 살아 있기를 바라는 마음 같아 오히려 위안이 되었다. 아버지는 나에게 한의대를 가서 집안의 가풍을 이어야 한다고 했다. 공부가 뜻대로 되었다면 아버지의 뜻을 거역하지 않았을 것이다.

시신이라도 돌려주면 좋을 텐데 천하의 나쁜 놈들이라는 욕설도 이어졌다. 시신 없이 장례를 치를 순 없고, 식구들의 마음고생이 심하겠다는 위로는 그래도 듣기 편했다.

"다 쓸데없는 얘기여. 온전히 살아 있지 못할 바엔 차라리 오지 않는 게 나아. 여기 이북댁이 좋다고 반길 줄 아나? 어림없지."

나는 흠칫 놀라 귀를 세웠다.

"그 뭐시냐, 사고 난 지 며칠 지나지 않아 집과 땅을 팔겠다고 한 걸 보면 그게 다 죽은 사람이라 치부한다는 뜻이 아니고 뭐냐며 엄청 서운해하셨지."

"누가 그런 호랑말코 같은 소릴 해?"

"누군 누구야, 저승길 오른 저 형님한테 들은 말이지. 형님이 술이 거나하게 취해서 나를 붙들고 하소연했던 거지. 어떻게든 처분해달라고 이북댁이 와서 사정사정했다는 거야. 어차피 돌아오지 못할 거라며 싸게라도 팔아달라고. 그래도 모르는 일이니까 나중에 천천

히 팔아도 된다고 했는데 막무가내였대. 전원주택지로 안성맞춤이
라 욕심내는 사람들이 많았는데도 명의자와 파는 사람이 달라서 제
값을 못 받았다며 얼마나 아까워했는데 그래."

나는 음식을 먹을 수 없었다. 슬그머니 수저를 내려놓고 생수병
을 집어 들었다. 눈길이 자꾸 소주병으로 향했다.

"그게 다 뭔 뜻이겠어? 땅을 뺏길까 봐 그런 거지."

"뺏긴 누가 뺏어? 달랑 아들 하나뿐인데."

"이건 참 아들 앞이라 말하기 그렇지만 다 결판 난 거니까 말함
세. 내가 꾸민 말이 아니라 다 저 관 속에 누워 있는 형님한테 들은
말이야. 그러니까 통일이 되어 북에 두고 온 식구들을 만나면 주려
고 억척스레 살았다고 했다는데, 뭘."

"하긴, 그 말을 들은 적이 있네."

"그렇긴 하겠네. 두고 온 자식 생각이 안 나면 그것도 사람이 아
니지."

"여기 이 사람이 장가도 들고 애도 낳았으니까 다 이해하리라 믿
고 말함세. 이북댁이 흠이 있었지. 그래서 그 집안에서 뜨내기를 사
위로 맞은 거야. 어린 나이에 혼처 정한 약혼자가 죽는 바람에 그 집
어른들이 노심초사 걱정이 태산이었지. 여자들은 혼처 자리가 틀어
지면 한 번 혼인한 게 되는 세상이었으니까. 그래서 피난 내려왔다
는 그 양반을 눈여겨보게 된 거지. 나이는 좀 들었지만 성실한 데다
다행히도 어린 이북댁이 그 양반을 잘 따라 어른들은 얼씨구나 했던

들리지 않는 소리

거지. 그런데 양반이 이북에 처와 자식을 두고 왔다는 걸 숨긴 모양이야. 그때 이산가족 찾기를 하는 바람에 온 천지에 홀라당 밝혀진 거지. 그 바람에 이북댁이 졸지에 본처가 아닌 게 된 거야."

"맞아. 그래서 엄청 힘들어한 건 내가 잘 알지. 어떻게 알긴, 마누라가 듣고 와서 떠들어서 알지."

"그만두게. 다 지난 일이고 알 사람들은 다 아는 일을 새삼 말해서 무엇 하겠나? 이보게, 오해는 말게. 우리가 노상 자네 아버지를 입에 올린 건 아닐세. 모처럼 자넬 보니까 이런저런 생각들이 나서 한 말들이니까 유념 마시게. 그저 아버지가 돌아오길 우리는 바랄 뿐일세. 그땐 반드시 연락해야 하네."

옆에 앉은 어른이 달래듯 내 어깨를 다독였다. 나는 괜찮다며 웃었다. 이래서 어머니가 문상 오기를 꺼렸을 거라는 생각이 들었다. 어머니는 동네 본가 어른들이 부르는 이북댁이라는 호칭이 불만이었다. 좋은 이름 다 놔두고 이북이 뭐냐고 중얼거리는 걸 나는 들은 적이 있었다. 그렇다고 동네 어른들한테 불만을 나타낼 만큼 어머니는 용감하지 않았다.

"아따, 그러기 전에 우리가 먼저 죽을 수도 있는 거네. 두 다리로 다닐 수 있을 때 소식이 와야 가보든 말든 하지. 구들장 신세면 가볼 수가 있나? 그 안에 소식이 와야 할 텐데. 쯧쯧."

나는 점점 앉아 있기가 불편했다. 중요한 약속이 있다며 인사를 하고 자리에서 일어났다. 거나해진 어른들이 다시 언성을 높였다.

다리 앞에서

말이 심했다느니 알 건 알아야 한다느니 옥신각신하는 소리가 뒤통수를 밀었다.

차 문을 열자 후끈한 열기가 느껴졌다. 차 문을 열어놓고 열기를 빼는 동안 아내에게 연락하려고 핸드폰을 찾았다. 바지 주머니를 더듬었으나 잡히지 않았다. 웃옷 주머니도 밋밋했다. 아내의 전화를 받으려다가 방석 옆에 내려둔 게 생각났다.

"그 양반이 그냥 간 게 아니라니까 그래. 금강산 구경 간다고 길가 밭을 팔려고 했지. 그걸로 금덩인지 달런지 그런 걸로 바꿔 간다고 말이지. 자네도 들어서 알지?"

"그런 걸 갖고 갈 수 있었을까? 검사가 까다롭다고 하던데."

"그래서 땅을 팔진 않았고 대신 있는 금반지도 굵은 걸로 새로 해 끼고 달러도 제법 두둑하게 바꿔 갔다고 하던걸."

"그걸 이북댁도 알아?"

"당연히 알겠지. 그 양반이 돈이 어디서 나겠어?"

"헌데 그 양반은 그걸 가져가서 뭐 한대? 거기 물건이 썩 좋은 게 아니래서 사 올 게 없다고 하던데……."

"그러니까 이상하다는 거지. 거기 가서 돈 쓸 일이 뭐 있다고."

구두를 벗으려던 나는 엉거주춤 서 있었다. 어르신들이 이마를 맞대고 하는 얘기가 귀로 스며들었다. 그랬던가, 그래서 어머니가 배신감을 느낀 것이었나. 나는 핸드폰을 버리고 그냥 나오고 싶었다. 더 서 있다가는 무슨 소리를 들을까 두려웠다. 내가 엉거주춤 서성거리자 며느리가 다가왔다. 나는 어르신들이 앉아 있는 쪽을 가리키며 핸드폰을 귀에 대는 시늉을 했다. 그러자 며느리가 고개를 끄덕이며 어르신들 사이로 다가갔다. 나는 어르신들과 눈이 마주치는 게 불편해 뒤돌아섰다.

차를 타자마자 나는 핸드폰을 확인했다. 부재중 전화가 세 통 찍혀 있었다. 모두 아내가 한 전화였다. 전화를 받지 않으니까 문자를 남겼다. 어머니를 잘 모시고 오겠지? 라고 묻는 걸 보니 아내도 어머니가 미심쩍었던 모양이었다. 아내에게 전화를 걸까 하다 말았다. 어머니가 동행하지 않은 상황을 설명하기가 막막했다. 아내는 장모 때문에 어머니가 여행에 나서지 않은 걸로 오해할 터였다. 어머니는 아내와의 결혼을 반대했다. 같은 공무원에 성격 또한 싹싹한 아내를 반대하는 이유는 한 가지였다. 아내가 첩의 자식이라는 것이었다. 장인은 장모와 두 번째 결혼이었다. 물론 이혼한 후라 문제 될 것은 없었다. 그런데도 어머니는 문제 삼았다. 하지만 아버지는 달랐다. 부모 일로 자식을 폄하하는 게 아니라며 아내와의 결혼을 흔쾌히 허락했다. 어머니가 아내에게 너그러워진 것은 선일이가 태어난 이후였다. 본가를 정리하고 합치기 전까지 가까이 살면서 선일이를 돌봐 줬는데도 어머니는 장모에게 예의 차린 인사말 외엔 하지 않았다. 아내가 직장을 다녀 크게 부딪힐 일이 없을 뿐 어머니는 여전히 아내를 고운 시선으로 보지 않았다.

나는 차를 문수리로 몰았다. 본가를 정리한 후 처음으로 가는 길이었다. 5분이 채 걸리지 않아 동네로 진입하는 조붓한 좌측 길이 나타났다. 대여섯 채 집들이 옹기종기 모여 있고 그를 둘러싼 논, 그리고 밭, 익숙한 풍경이었다. 비닐하우스를 지나자 모내기를 한 논들이 나타났다. 동네를 벗어나 한갓진 길에 차를 세웠다. 동네에서 백여 미터 떨어진 곳에 우뚝 솟은 집 한 채가 눈에 확 들어왔다. 집은 생뚱맞아 보였으나 주변 환경은 낯익었다. 회색으로 된 전원주택 덩어리가 아버지의 흔적 위에 올라앉아 있었다.

나는 차에서 내려 강가로 향했다. 밭들 사이로 난 길을 따라 걸었다. 어려선 멀었으나 걷다 보니 순간이었다. 강가엔 여전히 잡초가 무성했다. 예전과 다른 것은 쑥부쟁이보다 개망초가 더 무성해 일부러 심어놓은 화초처럼 하얀 꽃밭을 이루고 있었다. 나는 둥근 봉분처럼 솟은 둔덕 위를 한걸음에 올라갔다. 아버지가 주로 앉아 있던 자리였다. 강물은 변함없이 하늘을 핥으려 널름댔다. 강 저 너머로 높지도 얕지도 않은 산자락이 겹쳐 있는 풍경이 눈에 들어왔다. 나는 잠시 눈을 감았다. 골짜기에 하늘을 떠받들듯 미루나무가 두 그루 서 있고, 기와지붕이 보이고……. 천천히 눈을 떴다. 미루나무는 없어진 지 오래였지만 의당 있어야 할 낡은 지붕도 보이지 않았다. 아버지가 숨겨둔 보물인 양 고모에게 자랑했던 풍경은 꿈인 듯 아련했다.

들리지 않는 소리

아버지는 '83, 이산가족 찾기 행사'에 무관심했다. 북에 남은 가족들은 모두 이 세상 사람들이 아닐 거라는 것이었다. 그렇지 않고서야 전쟁통에 그토록 찾았는데 소식조차 모를 수 없다는 것이었다. 그러나 막상 텔레비전에서 이산가족에 관한 화면이 나오면 자리를 뜨지 않았다. 보다 못한 어머니는 나에게 이산가족 찾기 신청을 해보라고 했다. 어머니가 정확하게 알고 있는 것은 아버지와 함께 서울에 있었다는 동생에 관한 것이었다. 무심한 척 이산가족 찾기 방송을 지켜보는 아버지의 얼굴은 날이 갈수록 초췌해졌다. 어머니는 괜한 짓을 했다는 후회로 가슴을 쳤다.

　그러던 어느 날, 누이동생이라는 사람으로부터 연락이 왔다. 서로를 확인한 아버지와 고모는 그야말로 한걸음에 달려와 부둥켜안고 우는 연인들의 모습이었다.

　고모는 인천에서 살고 있었다. 진작 홀몸이 된 고모는 딸 둘을 키우며 시장에서 장사하고 있다고 했다. 먹고사느라 이산가족 찾기에 무심했다며 오라버니를 만난 기쁨을 한껏 표현했다. 그러곤 거기 올케와 자신이 많이 업어줬다는 큰조카 영철이와 갓난애였던 영희를 거론했다. 그러면서 영철이와 영희는 결혼을 했을 거라며 회한에 젖었다. 아버지 또한 영철이가 서른일곱이 되었다며 눈시울을 붉혔다. 고모와 함께 서울에서 부산으로 가려던 아버지는 북에 두고 온 식구들이 못내 걸렸다고 했다. 누이와 함께 움직이면 힘들 것 같아 아버지 혼자 북으로 가 식구들과 같이 내려올 요량으로 고모에게 부산에 가서 기다리라고 했다는 것이었다. 그러나 아버지는 북으로 가지 못했다며 울먹였다. 총알이 빗발치는 그곳으로 가기가 두려웠다며 천하에 죽일 놈이라고 자책했다. 그런 아버지를 고모는 위로하고 또 위로했다. 통일되면 제일 먼저 고향 집으로 달려갈 거라며 아버지는 주먹을 불끈 쥐었다.

낯선 고모의 등장은 많은 변화를 일으켰다. 모든 일상이 제자리를 찾아갔으나 집안 분위기는 추수 끝난 들판처럼 스산했다. 고모와 아버지가 북에 있는 가족을 자연스럽게 입에 올릴수록 옆에서 조바심을 치던 어머니는 점점 말이 없어졌다. 아버지는 밥상머리에서 그쪽 식구들 얘기를 스스럼없이 꺼냈다. 영특하고 영민한 영철이와 영희 앞에서 나는 묵묵히 밥을 먹었다. 고등학교 2학년이었던 나는 아버지에게 어머니가 아닌, 부인이 있다는 사실에 충격을 받았다. 배신감이 컸다. 어머니는 그 사실을 이미 알고 있었던 것 같았다. 나는 아버지와 어머니 사이에서 빗겨나 방관자가 되기로 했다. 그렇지 않으면 영철이라는 형과 영희라는 누나가 가슴에 새겨질 것 같았다. 어머니를 배신할 순 없었다.

초등학교 5학년이었다. 추석인데도 남들처럼 찾아오는 친척이 없었다. 외갓집마저 서울로 이사해 명절이 더더욱 적막했다. 같이 놀 친구들이 모두 집으로 돌아가 의기소침해 있는데 어머니가 심부름을 시켰다. 강가에 가서 아버지를 지켜보라는 것이었다. 하기 싫다고 투덜거리자 어머니가 빗자루를 들고 매몰차게 내쫓았다. 아버지를 지킬 사람은 너밖에 없다는 말에 떠밀려 강가로 갔다. 앉아 있는 소의 등짝만큼 낮은 둔덕 위에 아버지가 서 있었다. 노을을 마주하고 선 아버지의 뒷모습은 허수아비처럼 후줄근했다. 평소 일하던 모습과 사뭇 달랐다. 무릎을 세우고 옹송그려 앉은 아버지는 라면 상자조차 들지 못할 정도로 힘없어 보였다. 낯설고 생경한 모습이었다. 내가 다가가는 줄도 모르는 아버지, 어린 나이이지만 나는 아버지가 넋을 빼앗겼다는 것을 알 수 있었다. 당돌하게도 아버지의 넋을 되찾아오고 싶었다. 아버지를 홀린 게 무엇인지 알아내기 위해 아버지의 눈길을 쫓았다. 아버지의 눈길이 닿은 곳은 흐르는 강 너머 들판이었다. 그곳엔 낡은 집 한 채와 미루나무 두 그루가 서 있을 뿐 특별히 시선을 끌 만한 것은 없었다. 배라도 떠내려오나 싶어 강가를 살폈으나 그것도 아니었다. 대상이 없어 오히려 두려웠다. 그래서 나는 집 뒤에 삐죽하게 솟은 미루나무 두 그루가 아버지의 넋을 훔쳐가는 도깨비라고 단정 짓고 그것들을 향해 주먹질했다.

해가 지고 땅거미가 발목을 휘감자 아버지가 움직였다. 아버지는 풀을 헤치고 강을 향해 걸어갔다. 마치 진귀한 것을 잡으려는 결연한 자세였다. 강물이 다리를 휘감았는데도 아버지는 들판을 걷는 듯 거리낌이 없었다. 달빛에 반짝이는 강물은 황홀했다. 나는 숨죽여 아버지를 지켜보았다. 강물이 서서히 아버지를 삼켰다. 허리가 사라지고, 어깨에서 물결이 찰랑거렸다. 곧 머리도 사라질 판이었다. 나는 외마디 비명처럼 아버지를 불렀다. 아버지가 힐끗 뒤돌아보았다. 나는 손나팔을 해 다시 아버지를 불렀다. 아버지가 걸음을 멈추었다. 그러곤 잠에서 깨어난 듯 주위를 둘러보았다. 자신이 서 있는 곳이 가슴까지 차는 물속이라는 것을 전혀 모르는 기색이었다. 나를 바라보던 아버지가 다시 고개를 돌려 강 저편을 바라보았다. 얼마나 시간이 흘렀을까, 순간이었을 테지만 나에겐 영원 같은 시간이 흐른 뒤 아버지는 나를 향해 걸어왔다. 강가에서 울고 있는 아이가 아들이라는 것을 알았으련만 아버지는 아무런 말도 건네지 않았다. 나는 아버지가 무서워 숨을 참으며 서 있었다. 아버지는 말 없이 집으로 향했다. 나는 아버지를 놓칠세라 종종걸음을 쳤다. 아버지를 따라 집으로 돌아오면서 울고 또 울었다. 아버지가 나를 못 본 척한 게 꽤 서러웠다.

아버지가 금강산에 가서 본 것은 강 건너 마을이었을지도 몰랐다. 가족이 있어 마냥 그립고 가고 싶은 땅, 아버지는 그 땅을 밟아보고 싶었을 것이다. 그래서 한 걸음 내딛은 게 아닐까. 그때 내가 아버지를 불렀다면 어땠을까. 고향 땅으로 가려는 아버지를 불러오는 것은 언제나 내 몫이었지 않은가. 나는 손나팔을 하곤 아버지를 크게 불렀다. 목소리는 생각처럼 우렁차지 않았다.

핸드폰이 울렸다. 아내였다. 아내는 바다를 보니 가슴이 탁 트인다고 했다. 설악산 들어가는 진입로가 꽉 막혔다며 사람들이 여간 많은 게 아니라고 했다. 내일 새벽같이 일어나야 케이블카를 탈 수 있을 거라며 어디냐고 물었다. 나는 도로 정체가 심해 문상을 이제 끝내 밤이나 되어야 도착할 것 같다고 했다. 아내는 당연히 어머니를 모시고 간다고 여기는 눈치였다. 어머니가 집에 있다는 말에 아내는 몹시 놀라며 화를 냈다. 어머니를 모시고 오지 않을 바엔 차라리 안 오는 게 낫다며, 연휴 끝나고 뒷감당을 어떻게 하려고 그러느냐는 것이었다. 나는 일의 전후 사정을 말하려고 했다. 아내는 틈을 주지 않았다. 늦어도 괜찮으니 어머니를 꼭 모시고 오라고 당부했다. 이내 선일의 목소리가 이어졌다.

"아빠, 길이 많이 막히면 무조건 내비를 켜고 오세요. 그래야 실시간 통행이 잘 되는 길로 안내한단 말이에요. 알았죠, 아빠? 아까 화진포 해수욕장까지 갔었는데 금강산 가는 길이라는 푯말을 몇 번이나 보았어요. 통일전망대 가면 금강산이 보인다고 하네요. 아빠 오시면 같이 가보고 싶어요. 제가 내비로 금강산의 구룡포를 검색했는데 결과가 없다고 나와요. 그래서 할아버지의 고향 평안남도 대동군 부산면 용궁리도 찍어봤어요."

순간, 나도 모르게 침을 삼켰다.

"거기도 마찬가지던데요. 주소는 있지만 길이 없다니, 닿을 수 없는 땅이네요."

나는 잠시 넋을 놓고 흐르는 강물을 바라보았다. 왠지 아버지가 고향의 집으로 돌아간 것만 같았다. 어이없는 생각이었다. 산세가 험한 금강산에서, 더구나 낭떠러지에서 추락한 팔십에 가까운 노인이…….

나는 가슴이 먹먹했다. 차를 타자마자 내비게이션을 켜 집으로 가는 길을 검색했다. 소요 시간은 한 시간이었다. 경로를 보니 양양 고속도로로 진입하여 올림픽도로를 거쳐 가는 길이었다. 어머니를 모시고 가서 아내의 일행과 합류하여 내일 아침 일찍 통일전망대를 가리라 마음먹었다. 철망 너머 저편에서 아버지가 어머니를 향해 손을 흔들지도 모를 일이었다.

들리지 않는 소리

가위

가위

영수는 라면발을 가위로 잘랐다. 가위질 소리가 요란했다. 슬쩍 마주 앉은 손자 효민의 눈치를 살폈다. 효민은 젓가락으로 면발을 건져 후후 불며 먹고 있었다. 라면을 가위질해서 먹으려니 살려고 용쓰는 것 같아 머쓱했다. 라면을 목구멍으로 넘기려면 별수 없었다. 긴 면발을 젓가락으로 입에 넣는 건 거뜬했다. 하지만 입에 들어간 긴 면발은 똬리 튼 뱀이 되어 목구멍을 가로막았다. 사레들린 기침으로 숨이 끊어질 듯 고통스러워 산 것에서 죽은 것이 되는 순간이 이렇구나 싶었다. 그 후론 단단한 것뿐만 아니라 긴 것도 입에 넣지 않았다.

면발이 밥알처럼 자잘해졌다. 영수는 두루마리 휴지로 가위의 날을 닦았다. 말끔해진 무쇠 가위를 상 위에 얌전히 올려놓고 숟가락을 들었다. 숟가락으로 퍼먹는 라면은 뜨거운 죽이었다. 길거나 단단한 것도 그렇지만 뜨거운 것도 질색이었다. 김칫국물을 서너 술 넣고 휘휘 저었다. 누런 라면 죽에 붉은 띠가 회오리처럼 휘감아 돌았다.

음식을 입에 넣으면 술술 넘어가 씹는 게 중요한 줄 몰랐다. 이빨이 하나둘 빠져 볼이 홀쭉해지면서부터 음식을 보면 고역스러웠다. 콩 한 알도 가위 없인 삼키기 힘들었다. 게다가 이빨이 미각도 데려간 듯 도통 맛을 느낄 수 없었다. 그나마 찜찔하거나 얼큰하면 목구멍으로 넘기기가 수월했다. 술에 곯아 그렇다며 틀니를 하라고 마누라가 성화했지만 부질없는 짓이라고 내쳤다. 돈 들여 목숨을 연장하고 싶지 않았다. 주름 골이 깊은 낯짝으로 붉은 사과를 어적어적 씹어 삼키는 것은 죽음에 대한 모욕이었다.

"바쁘면 가봐라."

영수는 고개를 꺾은 채 몸을 흔들고 있는 효민을 향해 말했다. 라면 국물에 밥 한 공기를 말아 후딱 먹어치우고 할아비가 먹기를 기다리는 것이 얼마나 지루할까 싶었다. 효민은 기다렸다는 듯이 일어나면서 상 옆에 놓은 지폐를 챙겼다. 이내 빈 그릇을 챙겨 개수대로 가져다 놓곤 고개를 꾸벅하더니 소파 옆에 서 있던 베이스 가방을 들고 현관으로 향했다.

"저런 싱거운 놈."

영수는 혀를 끌끌 찼다. 저 먹은 라면 냄비와 숟가락과 젓가락뿐인데 씻어놓으면 어디가 덧날까. 설거지할 사람이 제 어미라는 걸

뻔히 알련만 그냥 가다니, 언제 철이 들까, 걱정이 앞섰다.

효민은 불쑥불쑥 현관문을 열고 들어왔다. 학교 갈 시간이나 깊은 밤도 아랑곳하지 않았다. 영수는 소파에 비스듬히 기대어 앉아 있는 효민을 보곤 깜짝 놀란 적도 많았다. 효민은 고등학생이 된 후론 더욱 말이 없었다. 묻는 말에만 겨우 대답했다. 묘하게도 살림해주러 오는 딸과 마주치진 않았다. 베이스 기타를 전공하겠다는 효민 때문에 애면글면하는 딸에게 그 얘기를 해줄 순 없었다. 보나 마나 그 시간에 공부하라고 효민을 다그칠 게 뻔했다. 그러면 효민이 발길을 끊을 테고, 그러다 엇나갈까 불안했다. 그래서 공부하라는 잔소리 대신 만 원을 주곤 했다.

라면 몇 술을 떴다. 입이 소태 같아 남은 라면을 먹을 일이 아득했다. 라면처럼 좋은 술안주가 없었다. 그렇다고 소주 생각이 간절한 건 아니었다. 술을 마신 게 아니라 깨진 술병을 삼킨 듯 격렬한 통증으로 뒹군 후론 소주를 보면 저절로 고개가 돌아갔다. 원수도 그런 원수가 없었다. 죽는 그 순간까지 소주병을 쥐고 있을 줄 알았던 터라 배신감이 컸다. 마누라가 죽었다고 해도 그보다 더 서글플 것 같진 않았다.

영수는 숟가락을 든 채 텔레비전에 시선을 꽂았다. 마주 앉아서 세상 소식을 조근조근 전하는 아나운서는 익숙한 얼굴이라 함께 사는 식구 같았다. 식탁에 앉아 건너편에 빈 의자를 보면 혼자인 게 사무쳤다. 멀쩡한 식탁을 놔두고 거실에 상을 펴 밥상 차리기가 불편

176   들리지 않는 소리

하다고 딸이 투덜거렸지만 아랑곳하지 않았다.

뉴스가 끝나자 라면 그릇을 들고 베란다로 향했다. 베란다 문을 열고 화단으로 나갔다. 벽에 기대어놓은 모종삽을 들고 화단 한편에 우뚝 솟은 목련 나무 언저리를 파기 시작했다. 구덩이가 사발이 들어갈 정도로 되자 라면을 쏟은 후 흙으로 덮었다. 화초 심듯 손으로 꾹꾹 다진 후, 누런 목련 이파리 몇 장을 올렸다. 손댄 흔적 없이 감쪽같았다. 마누라가 요양병원에 입원한 후, 살림을 맡은 딸은 전날 해놓은 밥이 그대로 있으면 성화를 해댔다. 찬이 없어 그러느냐 어디 아프냐며 잔소리를 넘어 추궁하듯 몰아세웠다. 빚쟁이 채근하듯 퍼붓는 잔소리를 듣고 싶지 않아 밥을 땅에 묻었다.

물 쏟아지는 소리가 요란했다. 처마 밑에서 비를 긋는 듯이 한기가 밀려왔다. 영수는 몸을 잔뜩 옹송그렸다. 잠결에 이불을 덮으려고 팔을 휘저었으나 잡히지 않았다. 곧 덜거덕거리는 소리가 들렸다. 시나브로 눈을 떴다. 창문이 환했다. 한밤중이 아니라 다행이었다. 게다가 늘 자는 침대 위가 아닌가. 그렇다면 딸이 온 모양이었다. 온 듯 만 듯 조용한 손자에 비해 딸은 소란스러웠다. 인사말 대신 자신이 왔다는 기척을 내는 모양이었다. 영수는 몸이 무거웠으나 꾸물꾸물 일어나 앉았다. 부스스한 머리를 손으로 쓸어 넘겼다. 얼핏 침대 아래 떨어져 있는 꽃무늬 담요가 눈에 들어왔다. 딸은 양털 이불을 덮으라고 했지만 무거워야 잠이 오는 탓에 줄기차게 덮는 담요였다. 마누라의 베개는 발치에 가 있었다. 매트도 울퉁불퉁 헝클어졌다. 머리맡에 전화기도 나동그라져 있었다. 밤새 가슴을 쥐어짜는 통증에 시달린 흔적이었다. 영수는 서둘러 침대에서 내려왔다. 매트를 편편하게 펴놓았다. 담요도 반듯하게 개고 전화기에서 분리된 수화기도 제자리에 올려놓았다. 마누라의 베개는 자신의 베개 옆에 나란히 놓았다. 한 달째 이어진 통증에 몸부림친 현장이 감쪽같이 지워졌다. 아파트로 이사 오면서 마누라는 침대 타령을 했다. 죽기 전에 침대에서 자보는 게 소원이라고 했다. 늙어서 침대가 무슨 소용이랴 싶었으나 관절에 좋다는 딸의 말에 솔깃해 마음대로 하라고 했더니 비싼 돈을 주고 방바닥 같은 침대를 산 것이었다. 뜨듯하니 몸 지지기엔 그만이라던 마누라는 겨우 일 년 남짓 누워봤을 뿐이었다. 병원에 있으니 침대 생활은 원 없이 하는 셈이지만 말이다.

"통장과 만 원권 20만 원, 상 위에 놓았어요. 아버지가 말씀하신 대로 찾아왔어요. 제가 참견할 일은 아니지만 요즘 용돈을 많이 쓰시는 것 같아요."

딸은 싱크대 앞에서 부산스레 움직이고 있었다. 영수는 헛기침하며 거실 한가운데 놓인 상 앞에 앉았다.

"그런데 웬 라면이에요? 누가 왔다 갔어요?"

영수는 못 들은 척 리모컨으로 텔레비전을 켰다.

"문호리 아저씨가 다녀가셨어요?"

"효민이밖에 더 있냐!"

겨우 생각한다는 게 문호리 친구라니, 모처럼 오는 친구에게 라면을 먹이랴. 영수는 라면 그릇에 민감하게 반응하는 딸이 마땅치 않아 퉁명스럽게 대꾸했다.

 "효민이요? 걔가 여길 왜 왔대요? 몇 시쯤 왔었는데요?"

 "못 올 데 온 것도 아니고. 할아비가 보고 싶어 올 수도 있지."

 영수는 아차 싶었다. 허기져서 두 그릇을 먹었다고 할걸.

 "아버진 효민이가 지금 어떤 상태인지 몰라서 그러세요? 공부하기 싫으니까 엉뚱한 생각만 하는데 오면 바로 저한테 말해주셔야지요. 보나 마나 학원 빼먹고 왔을 텐데……. 게다가 아토피 있어 라면이 얼마나 해로운데, 아버지나 드시지 왜 애한테 먹이셨어요?"

 영수는 어이가 없었다. 어둑할 무렵에 온 효민은 소파에 기대어 앉아 눈을 감고 있었다. 이것저것 물었으나 역시 묵묵부답이었다. 밥때가 지났는데 갈 기색이 아니라 라면이나 먹으라고 했더니 묻지도 않고 두 개를 끓여 기특하게 여겼던 것이었다.

 "가뜩이나 공부하기 싫어하는 앤데 아토피가 심해지면 안 되잖아요. 효민 아빠가 아들에 대한 기대가 얼마나 큰지 잘 아시면서, 아버진 어쩜 그렇게 자신밖에 모르세요? 나한테 그만큼 했으면 손자한텐 그러지 않으셔야죠. 대학 못 가면 아버지가 책임지실 거예요?"

 영수는 기가 찼다. 자신이 효민에게 불치병이라도 옮겨준 것처럼 들렸다. 달랑 일주일에 서너 번, 저 편한 시간에 와서 살림해주는 게 무슨 대수라고 저리 큰소리인가. 수고비라고 따로 주지는 않으나 생활비가 넉넉하니 품값 정도는 떨어질 게 아닌가. 관리비나 세금은 통장에서 자동이체되고 살림하라고 주는 돈이 백만 원이었다. 그러면 쌀 한 봉지에 찝찔한 된장 국물 몇 번, 초코파이 같은 과자 쪼가리와 과일 몇 알, 라면, 그리고 이따금 순댓국이나 해장국 같은 것을 사 왔어도 돈푼깨나 남을 것이다. 그러므로 딸에게 신세 진다고 할 순 없었다.

"그래, 내가 책임지마."

영수는 버럭 소리를 질렀다.

"아버지가 어떻게 책임지실 건데요?"

영수는 잠시 궁리했다.

"예 와서 살라 해라. 실컷 먹여주고 재워줄 테니."

"그래요? 먹여주고 재워주기만 하면 책임지는 건가요? 요샌 개도 그렇게 안 해요."

"그럼 뭘 더 해주랴? 집 사주고 차 사주면 되냐?"

"다 해주세요. 기타 치며 놀아도 평생 먹고살 수 있게 해주세요. 요즘은 할아버지의 재력이 손자의 행복과 비례한대요."

딸의 말은 도마질 소리에 섞여서 들렸다. 그래봤자 찌개 나부랭이일 텐데, 도마 소리가 요란했다.

"못된 것, 다신 오지 마라. 너 없다고 굶어 죽진 않는다."

버럭 소리를 지른 영수는 담배를 들고 베란다로 나갔다. 잿빛 하늘이 희롱이라도 한 듯 목련 이파리들이 파르르 떨었다. 기력 잃은 누런 이파리들이 화단에 켜켜이 쌓였다.

영수는 담배를 입에 물었다. 라이터를 만지작거리다 이내 담뱃불을 붙였다. 힘껏 불을 댕기자 속이 후련했다. 그러나 기침이 연이어 터졌다. 허리가 저절로 꺾어졌다. 황급히 담배를 화단으로 던졌다.

"불이라도 나면 어쩌려고 그러세요? 제발 담배 좀 끊으세요. 누가 아버지 걱정돼서 그러는 줄 아세요? 엄마가 저 지경인데 아버지마저 입원하면 어쩌라고요. 병원비도 병원비지만 제 몸은 두 개 세 개 되는 줄 아세요? 저도 힘들다고요."

딸의 말투는 여전히 거칠었다. 영수는 이를 악물며 심호흡을 했다. 이파리를 줍는 척 허리를 구부렸다. 딸이 보았을까 봐 불안했다. 다행스럽게도 쌩하니 돌아서 욕실로 들어가는 딸의 뒷모습이 보였다.

영수는 몹시 착잡했다. 결국 담배도 피울 수 없는 지경에 이르렀단 말인가. 술한테 당한 배신감보다 더 컸다. 술이 떠나고 담배도 가버리고, 무덤이 따로 없었다.

"병원 한번 가자."

영수는 청소를 마치고 욕실에서 나오는 딸에게 말했다.

"어디가 아프신데요?"

눈을 크게 뜨는 딸을 외면하며 영수는 방으로 들어가 잠바를 들고 나왔다.

"어디가 아픈지 말씀하셔야 무슨 과를 갈지 정하지요."

"네 엄마한테 가보자."

딸이 믿을 수 없다는 듯 쳐다보았다.

아파트 단지 밖으로 나온 영수는 사거리의 신호등 앞에서 걸음을 멈췄다. 어느 쪽으로 가야 할지 갈피를 잡을 수 없었다. 앞장서도 시원치 않을 판에 느적느적 뒤따라오는 딸이 야속했다. 병원이 집에서 가깝다고 했으니 그다지 멀진 않을 터였다. 차들이 질주하는 복잡한 시내에 요양병원이 있다는 게 납득 가지 않았다.

아파트로 이사 온 지 몇 년이 지났으나 단지 밖으로 나온 건 한 손으로 꼽을 정도였다. 친구가 놀러 왔을 때와 손자 졸업식, 하나같이 마누라를 앞세운 걸음이었다. 문밖만 나서면 훤한 동네를 버리고 한 치 앞도 보이지 않는 캄캄한 터널 같은 곳으로 와버린 게 새삼 후회스러웠다. 나이 들수록 자식 곁에 있어야 한다며 머리를 싸고 누워버린 마누라의 잔꾀에 속아 넘어간 것이었다. 전철 타고 버스 타고, 다녀가기 힘들다며 딸이 거드는 바람에 못 이기는 척 마음대로 하라고 해버렸다. 대신 밟을 땅이 있어야 한다는 조건을 내세우자 여우 같은 것들이 고른 게 화단이 딸린 아파트 1층이었다. 하지만 그토록 타령하던 아파트에서, 자식 곁에 사는 재미도 잠깐이고, 마누라는 병원 신세를 지고 있다. 졸지에 자신을 타향살이로 만들어버린 걸 생각하면 괘씸하기 짝이 없었다. 가서 본다고 달라지랴, 휑하니

들리지 않는 소리

돌아서서 집으로 돌아가고 싶었다. 그러나 밤마다 찾아오는 통증을 생각해서 마음을 다잡았다.

아파트로 이사 온 이듬해, 늦은 아침인데도 마누라는 일어나지 못했다. 당황한 영수는 딸을 불렀다. 겨우 눈만 뜬 마누라는 아무래도 당뇨약을 먹느라 혈압약을 놓친 거 같다고 딸에게 말했다. 종합병원에서 반년을 보낸 마누라는 수족을 뜻대로 움직이지 못한 채 퇴원했다. 그럭저럭 밥을 하고 세탁기 정도는 돌렸다. 물론 딸이 드나들며 살림을 도왔다. 하지만 점점 움직임이 둔해지더니 급기야 대소변을 스스로 처리하지 못하는 지경에 이르렀다. 기저귀는 갈아줄 만했으나 대변 처리만큼은 요령부득했다. 결국 마누라 스스로 요양병원을 원했다. 집에서 가까운 곳으로 알아보라는 마누라의 말에 딸이 울고불고 난리를 쳤다. 엄마가 저렇게 된 건 아버지 탓이라고 했다. 매일 술에 절어 사는 아버지 시중들랴, 아버지가 숙취로 괴로워하는 날은 새벽같이 동대문에서 운동화 떼어 오랴, 그게 얼마나 무거운지 잘 아시지 않느냐며, 엄마가 남보다 몇천 배 더 고생해서 몸이 빨리 망가진 거라는 말엔 영수는 죄인이 된 기분이었다. 수유리 시장에서 장사하는 사람치고 아버지처럼 술독에 빠진 사람은 없었다며, 아버지 때문에 자신도 주눅이 들어 학교 가기도 싫었고, 친구들과 어울릴 수 없었다며, 얼굴도 모르는 삼촌이 증오스러울 정도였다고 했다. 영수는 참을 수 없었다. 버르장머리 없다고 호통쳤다. 그 누구도 동생의 죽음을 언급할 순 없었다. 하지만 술만 찾는 아버지가 지긋

지긋하다고 할 때는 말없이 술만 들이켰다.

딸은 지척에 있는 건물로 들어섰다. 영수는 딸을 따라 엘리베이터에서 내렸다. 둘러보니 8층이었다. 딸이 일러준 병실 앞에서 주춤 걸음을 멈췄다. 간호실에 잠깐 들러야 한다며 돌아선 딸의 등을 붙들고 싶었다. 병실 안에는 양편으로 침대가 세 개씩 나란히 놓여 있었다. 침대에 누워 있는 환자들은 모두 짧은 머리에 환자복 차림이었다. 영수는 누가 누군지 구별하기 힘들어 두둑한 몸피를 눈치껏 찾았다. 침대 끝에 매달린 이름표가 낯익어 걸음을 멈췄다. 모로 누워 이불을 덮고 있는 환자의 몸피는 암만 봐도 작았다.

"에구머니나, 할머니가 할아버지가 계신다고 해 거짓말인 줄 알았는데, 진짜 계시네?"

간병인이 웃으며 말했다. 그러곤 플라스틱 의자를 끌어다 침대 옆에 놓으며 앉으라고 권했다. 긴가민가했던 영수는 머쓱했다. 의자에 앉자 침대 난간에 매달린 오줌주머니가 발끝에 툭 차였다.

마누라가 멀뚱멀뚱 쳐다보았다. 영수는 당황했다. 반쪽 남은 얼굴은 주름이 자글자글했다. 입원하기 전만 해도 또록또록 말하던 마누라였다. 딸이 마누라의 상태를 종종 전할 때, 영수는 딱히 물어볼 말이 없어 묵묵히 듣기만 했었다. 망가진 몸이 무슨 조화로 멀쩡해지겠는가 싶었다. 언제부터인가 딸도 입을 다물었다. 죽었다는 말을 들을 차례지 싶으면서도 의술이 발달해 백 세 시대라고 떠드는 방송을 보고 나면 마누라가 저벅저벅 걸어올지도 모른다는 기대

들리지 않는 소리

를 품었다.

 밥은 잘 먹느냐, 잠은 잘 자느냐, 어디 불편한 데는 없는지, 마누라가 물어보길 바랐으나 영 틀린 일이었다. 오히려 자신이 마누라에게 물어봐야 할 것 같았다. 하지만 쑥스러워 입이 떨어지지 않았다. 병원 밥이야 영양 따져 골고루 나왔을 것이고, 스스로 먹지 못하니 먹여주었을 게 분명하고, 잠은 종일 누워 있으니 자다 깨다 했을지언정 부족하지 않을 테지, 불편한 거야 어디 한두 가지랴, 아니 불편을 느끼기나 하려는지, 영수는 스스로 진단하며 마누라의 얼굴을 물끄러미 쳐다보았다. 눈두덩이 내려와 세모꼴인 눈과 틀니를 뺀 합죽이가 된 입, 구겨놓은 갱지처럼 주름진 얼굴이 여간 낯선 게 아니었다. 젊은 시절 따위 없이 원래부터 늙은 사람으로 살아왔던 것 같았다. 살을 섞어 피를 나눠준 자식이 있다는 게 남의 일 같았다. 한 이불을 덮고 잔 기억조차 흐릿했다. 마누라는 어떻게 생각할까, 영수는 눈을 맞춰보았다. 마누라의 눈은 장마 끝에 흐르는 강물이었다. 도무지 속을 읽을 수 없었다. 서글픔이 밀려왔다. 이불 밖으로 나온 마누라의 손을 슬그머니 잡았다. 산죽처럼 가늘고 가벼웠다.

 영수는 애초 혼인할 마음이 없었다. 동생의 죽음으로 시계는 멈추었다. 먹을 수 없었고, 잠도 잘 수 없었다. 어머니 앞에선 동생을 지키지 못한 죄인이었다. 네가 죽었어야 했다, 아니 같이 죽자, 어머니가 말을 해주길 조바심치며 기다렸다. 그러나 어머니는 묵묵히 밥상을 차렸다. 숨을 쉴 뿐 산목숨은 아니다. 네가 번듯하게 사는 것

을 봐야 눈을 감을 수 있다. 그때서야 영수는 어머니보다 먼저 죽어
선 안 된다는 걸 깨달았다. 밥을 먹고, 일만 했다. 시키는 대로 혼인
도 했다. 대신 시골에서 살겠다는 어머니를 말리지 않았다. 딸을 낳
자 한순간 아들에 대한 욕심이 일었다. 남들처럼 사는 자신을 발견
한 순간, 동생에게 몹시 미안했다.

다섯 살 때, 아버지가 죽고 동생이 태어났다. 어머니가 일하러
가면 어린 동생의 밥을 챙겼고, 잠투정하면 업어서 재웠다. 친구들
과 뛰어 놀아본 기억이 없었다. 동생을 유복자라고 놀리는 게 싫었
다. 다행스럽게도 동생은 영특했다. 어머니의 뜻에 따라 중학생인
동생을 데리고 서울로 올라와 취직했다. 동생은 정규 코스를 밟고
자신은 검정고시로 대학에 갈 계획을 세웠다. 일분일초도 허투루 보
내지 않았다.

"엄마, 아버지 보니까 좋아요? 손도 잡고, 행복해?"

딸의 말투는 어린아이한테 하는 그것이었다. 마누라가 입꼬리를
실룩거렸다. 딸은 이런저런 말을 늘어놓더니 슬그머니 그만 가자는
눈짓을 보냈다. 영수는 잡은 손을 놓기가 못내 아쉬웠다. 손을 잡았
다고 해서 어떤 감정이 일어나는 것은 아니었다. 평소 잡아본 적 없
는 손이었다. 딱히 할 말이 있는 건 아니지만 체온을 느낄 수 있어
좋았다. 몸이 예전 같지 않아 머지않아 거동하기 힘들 거라는 짐작
이 들었다. 그러면 마누라를 보러 올 수 없을 것이다.

영수는 마누라를 외면하며 슬그머니 손을 놓았다. 마누라의 손

들리지 않는 소리

이 맥없이 툭 떨어졌다. 영수는 마누라를 쳐다보았다. 반쯤 감은 눈은 잠에 짓눌려 있었다. 밤엔 무엇을 했기에 모처럼 온 남편 앞에서 잠에 취한단 말인가, 서운하기보다 서글펐다. 숨을 쉰다고 무릇 살아 있다고 할 수 있는가. 어떤 감정을 느끼지 못할 바엔 차라리 죽어버리는 게 낫지 않은가. 차마 그 말을 할 수 없어 거칠게 의자를 밀고 일어났다. 곁에서 딸이 쏘아보았다. 아버지가 무슨 염치로 엄마한테 화를 내느냐고 비난하는 기색이었다.

로비를 지나던 영수는 휠체어에 앉아 있는 사람들을 유심히 보았다. 군대식 머리에 헐렁한 환자복 차림의 그들은 텔레비전을 보고 있었다. 또래이거나, 더 나이가 많아 보였지만 표정은 모두 험상궂었다. 성치 않은 몸으로 웃는 게 어디 쉬우랴, 영수는 씁쓸히 웃었다.

갑자기 휠체어 하나가 다가왔다. 짧은 머리가 하얗게 빛나는 환자가 앉아 있었다. 그는 잇몸을 드러내 웃으며 말을 했다. 영수는 도무지 알아들을 수 없었다. 아는 사람이라 아는 척을 했나 싶어 눈여겨봤다.

"우리 어르신은 아버지도 참 많아. 저보다 나이가 많거나 적거나 보는 남자마다 다 아버지라고 하니, 어머니가 알면 엄청 혼낼 거야."

남자 간병인이 허허 웃으며 말했다. 그러곤 치매 환자라고 소리 없이 입술을 움직였다. 영수는 너그럽게 고개를 주억거렸다. 자신이라고 저들처럼 되지 말라는 법은 없다는 데 생각이 미쳤다. 스스로 먹고 쌀 수 없으면 와야 하는 곳이었다. 순간, 휠체어에 앉은 환자들이 두 팔을 벌리고 반갑다고 한꺼번에 달려드는 것 같아 허둥지둥 병원을 빠져나왔다.

무명천을 목에 두른 동생은 환하게 웃고 있었다. 영수는 너무 반가워 손을 흔들었다. 하지만 동생의 다리가 허공에 떠 있었다. 영수는 몹시 놀라 가위를 들고 허둥지둥 의자 위로 올라섰다. 무명천을 자르려고 했으나 가위질이 먹히지 않았다. 단단하고 질긴 천이었다. 영수는 애가 탔다. 동생을 두 번 죽일 순 없었다. 손에 피가 났다. 무명천이 끊어졌다. 동생을 살렸다는 안도의 숨을 내쉬려는 찰나, 허공에 늘어진 무명천들이 뱀처럼 달려들어 목을 휘감았다. 숨이 탁 막혔다. 영수는 발버둥을 쳤다. 발밑에 있던 의자가 나동그라졌다. 손에 들고 있던 가위마저 놓쳤다. 비명처럼 동생을 불렀다.

영수는 벌떡 일어났다. 동생을 찾으려고 두리번거렸다. 어스름한 유리창에 늙고 허름한 노인이 마주 앉아 있었다.

나뭇가지에 걸려 있던 동생의 몸에선 아무것도 나오지 않았다. 낙서 한 줄도 없었다. 집에서도 암시도 나오지 않았다, 하다못해 친구들한테서도 이유를 들을 수 없었다. 어머니한테도 그렇지만 자신에게는 그럴 수 없다고 영수는 생각했다. 열아홉, 죽을 수밖에 없는 절실한 이유가 무엇일까. 친구의 누나를 좋아했고, 거절당했다는, 결코 진실일 리 없는 풍문이 돌았다. 어떤 이유든 어머니를 뛰어넘을

들리지 않는 소리

수 없었다. 홀로된 어머니를 생각하면 더 악착같이 살았어야 했다. 그렇다면 원인은 자신에게 있었다. 눈치를 줬거나 모진 말을 했거나, 자신의 어떤 행동이 동생에게 상처를 줬다는 생각을 떨칠 수 없었다. 저녁을 먹고 나면 밥그릇은 씻어놓으라는 말을 한 번은 했다. 공부에 매진하라는 말도 했을 것이다. 어머니한테 갔다 오겠다는 것을 말리기도 했다. 다음에 형과 같이 가자고. 그리고……. 무심한 행동들이 동생을 힘들게 했을 거라는 자책이 밀려왔다. 나란히 누워 잠을 자고, 마주 앉아 밥을 먹었으면서 어떤 낌새조차 눈치 못 챈 자신을 용서할 수 없었다. 동생이 없는데도 숨을 쉬는 자신이 혐오스러웠다. 수시로 분노가 휘몰아쳤다. 술과 담배 아니면 견딜 수 없는 세월이었다.

머리 맡에 놓여 있는 전화기가 울렸다. 섬뜩했다.

"아버지세요? 왜 그렇게 전화를 안 받으세요? 무슨 일 있는지 걱정했잖아요. 별일 없으신 거죠? 효민이 때문에 학교에 가봐야 해요. 짬뽕 배달시켰으니까 곧 갈 거예요. 식기 전에 드시고 그릇은 문밖에 내놓으세요. 계산은 했어요."

"효민이가 왜?"

"왜긴요. 그놈의 베이슨지 뭔지 때문에 그렇죠. 밥을 굶고 버티더니 벌써 사흘이나 학교도 안 갔어요. 혹시 아버지 집에 가면 붙잡아놓고 꼭 전화 주세요. 아셨죠?"

더 말할 틈도 없이 딸은 전화를 끊었다. 사는 거 별거 아니다, 하고 싶은 거 하게 둬라, 못 보는 것보다 그게 낫단다. 영수는 딸에게 해주고 싶은 말을 삼켰다. 자신의 말이라면 무조건 어깃장부터 놓을 터였다. 그나저나 밤이 아니라 낮이란 말인가, 낮에도 꿈을 꾸다니, 영수는 새삼 꿈이 떠올라 진저리를 쳤다.

짬뽕은 먹음직스러웠다. 흰 오징어와 붉은 홍합이 얼큰한 국물과 잘 어우러졌다. 하지만 영수는 가위를 꽂은 채 멀거니 앉아 있었다. 국물도 입에 대고 싶지 않았다. 해장으로 짬뽕처럼 좋은 게 없었는데 이상한 노릇이었다. 문득 어머니가 생각났다. 55세인 어머니는 생으로 곡기를 끊었다. 독하다 싶었으나 그게 아니라는 생각이 들었다. 입맛이 없으니 물조차 입에 대고 싶지 않았다.

허리를 다쳤다는 이웃의 연락을 받고 어머니를 모셔왔다. 어머니는 병원 진료를 거부했다. 이제는 영표 곁으로 가야 한다, 얼마나 기다렸겠냐며 역정을 냈다. 어머니는 물 한 모금 입에 넣지 않았다. 곡기를 끊었는데도 병원으로 모시고 가지 않는다는 친척들의 질타에 안절부절못할 때마다 어머니는 애원 어린 눈빛으로 고개를 저었다. 영수는 어머니를 완전히 이해했다. 자식을 잃은 어머니가 살 이유는 없었다. 남은 자식을 위해 근근이 버틴 것이었다. 목숨이 이렇게 질긴데 그 앤 왜 그렇게 쉬웠을까, 그날 나는 남의 집의 삯바느질을 하고 있었다, 가위로 실밥은 끊으면서 아들 목숨은 구하지 못한 나를 도저히 용서할 수 없구나. 어머니는 가위를 같이 묻어달라고 했다. 그러나 영수는 그 말을 어겼다. 가위는 자신의 몫이었다.

들리지 않는 소리

영수는 짬뽕 그릇을 들고 화단으로 나갔다. 목숨을 부지하려고 가위질을 하고 싶지 않았다. 한술도 입에 대지 않았으므로 구덩이를 평소보다 깊이 파야 할 터였다. 머지않아 땅이 얼면 이것도 못 할 텐데, 다른 방도가 있을까.

영수는 혀로 입술을 축였다. 엊저녁부터 물 한 모금 입에 대지 않아 입이 바싹 말랐다. 이럴 때 효민이라도 오면 좀 좋을까, 가출했다더니 어떻게 되었는지 딸조차 감감무소식이었다. 영수는 전화기에 시선을 꽂았다. 기다릴 게 뭐 있나 궁금하면 걸면 되지 싶었다. 신호는 가는데 효민은 받지 않았다. 딸에게 해볼까 하다 말았다. 좋은 소리를 할 것 같지 않았다.

문득 문호리 친구의 안부가 궁금했다. 간간이 연락하더니 요즘들어 통 전화가 없었다. 친구의 얼굴을 본 지도 꽤 되었다. 이사를 오고, 친구는 시골로 내려간 탓에 전철을 몇 번 갈아타는 먼 여정인데도 불구하고 기꺼이 달려와 술잔을 기울이던 친구였다. 주택을 팔고 딸네 집 근처로 오기로 했을 때, 영수는 집을 줄이고 현금을 갖고 있을 생각이었다. 그러자 친구는 현금은 사라질 것이고, 집값은 오를 거라며 말렸다. 집이라도 있어야 굶어 죽지 않는다며 돈에 맞춰 아파트를 사라고 권했고, 덕분에 역모기지론으로 사는 걱정은 덜었다. 하지만 곶감 빼먹듯 빠져나가는 마누라의 병원비를 보면 씁쓸했다. 영수는 전화번호를 눌렀다. 친구의 핸드폰이 생각났으나 번호를 몰랐다. 언제나 친구가 먼저 전화를 걸어왔기 때문이었다. 다 늙어 누가 찾는다고 핸드폰이냐고 놀릴라치면, 이래 봬도 오라는 곳이 많아 필수품이라고 친구는 뻐겼었다.

신호음이 길게 이어지더니 아이의 목소리가 들렸다. 영수는 대번 할아버지를 바꾸라고 했다. 제 엄마를 찾는 아이의 목소리가 아득히 들렸다. 실로 오랜만에 친구와 통화할 생각을 하니 설렜다. 친구는 몇 해 전에 혼자 되었으나 아들 내외와 따로 살았다. 아들이 둘이라고 자랑깨나 하더니 모시는 놈 하나 없어 쌤통이라고 대놓고 놀려도 친구는 너털웃음을 웃으며 싱글의 자유를 만끽하는 중이라고 되받아치곤 했다.

수화기 저편에서 젊은 여자 목소리가 들렸다. 영수는 왼쪽으로 댔던 수화기를 오른쪽으로 옮겼다. 아버님을 찾느냐고 물어 그렇다고 대답했다. 친구 아들은 몇 번 봤으나 며느리는 결혼식 때 본 게 전부였다. 일산 사시는 분이냐는 조심스러운 물음에 영수는 얼른 그렇다고 했다. 아버님이 돌아가신 지 열흘이 되었다는 말에 정신이 아찔했다. 잘못 들었나 싶어 수화기를 오른손으로 옮겨 쥐고 귀에 바짝 댔다.

"석 달 전에 위암 수술을 받으셨는데, 사실은 그때 손을 쓸 수 없을 정도로 퍼진 상태라 그냥 닫았거든요. 그래도 아버님은 수술하셨다고 무척 좋아하셔서 진실을 말씀드리지 못했어요. 진지도 잘 드시고 그랬는데 갑자기 통증이 심하다 하시어 병원에 모시고 갔는데 그

들리지 않는 소리

만⋯⋯."

영수는 왜 연락하지 않았느냐고 소리를 버럭 질렀다.

"갑자기 당한 일이라 경황이 없었어요. 아버님은 평소 누우이 말씀하셨어요, 친구들한테는 연락하지 말라고요. 나이 들어 오기도 힘들 뿐 아니라 마음만 불편할 거라고요."

수화기를 쥔 손이 떨렸다. 영수는 친구한테 달려가 멱살을 잡고 싶은 심정이었다. 감기라도 걸리면 아들 녀석이 득달같이 병원으로 모셔가기 때문에 자신은 백 세까지 문제없다고 큰소리를 치던 친구였다. 여든이 채 되지 않았는데, 오래 살아서 손자 대학 등록금을 보태줘야 한다며 공무원 한 게 이토록 자랑스러울 줄 미처 몰랐다고 하더니, 연금이 아까워서 어찌 눈을 감았을까. 친구를 선산에 모셨다는 말에 영수는 잘했다고 했다.

수화기를 내려놓자 휑한 가슴에 바람이 휘몰아쳤다. 친구가 저 세상 사람이 된 줄도 모르다니. 친구라고 할 수 있는 것인가. 허무하고 허탈했다. 가면 간다고 인사라고 할 것이지, 의리 없이 말이야, 야속하고 섭섭했다. 하지만 죽음으로 가는 길목에 선 친구에게 무슨 말을 할 것인가, 잘 가라, 잘 있으라는 인사를 나누기엔 슬픔이 더 클 터였다. 그래서 동생도 말없이 죽었는가. 죽는 마당에 인사가 무슨 소용 있으랴. 그러나 서서히 자책감이 엄습했다. 왜 진작 전화를 못 해봤는지, 한탄스러웠다. 아침에 몸을 추스르면 하루해는 순식간에 사라졌다. 그렇다고 밤이 긴 것도 아니었다. 몇 번 몸을 뒤척이면

가위

날이 훤했다. 만나러 가는 것도 아니고 숫자 몇 개 누르면 될 일이 거창한 행사처럼 버거웠다. 통화할 때마다 주고받은 건강에 대한 덕담도 공염불이었다. 먼저 죽을 거라고 자랑하며 혼자 남음을 가엽게 여기며 혀를 차던 소리가 귓전에 맴돌았다.

베란다 창이 검게 물들었다. 영수는 텔레비전 소리를 한껏 높였다. 적막한 방 안으로 땅거미들이 스며들면 통증이 엄습할 터였다. 침대로 가기가 두려웠다. 거실에서 밤을 새울 작정이었다.

문득 선산에 누운 친구가 부러웠다. 죽으면 홀가분하겠지, 영수는 이내 피식 웃었다. 죽은 후를 알게 뭐란 말인가. 자리를 차지하고 눕는 것은 질색이었다. 화장해서 어느 산자락에 홀홀 뿌려주면 좋으련만. 그런 얘길 했을 때 친구는 껄껄 웃었다. 미국인가 어디에선가 빙장이라는 게 있어 시신을 냉동시켰다가 빙삭기에 갈아 바다에 던져 물고기 밥으로 준다고 하던데, 차라리 그건 어떠냐고 물었다. 그 말을 듣는 순간 영수는 진저리를 쳤다. 마치 몸뚱이가 생으로 갈리는 것 같았다. 태우는 것은 안 뜨겁냐고 친구가 빈정거렸다. 그 말을 듣고 나니 열없었다. 차갑거나 뜨겁거나 무슨 상관이지 싶어 영수는 고개를 주억거렸다. 친구는 정색하며 말했다. 근교에 공원묘지라도 알아보라며, 정 안 되면 납골당 자리라도 미리 사두라고 했다. 부모가 그리울 때 찾아갈 곳을 남겨놔야 하지 않느냐 친구의 말에 영수는 완강하게 고개를 저었다. 다 쓸데없는 짓이었다. 자신은 부모

들리지 않는 소리

님을 몇 번이나 찾아뵈었던가. 부친은 어려서 돌아가셔 그렇다 쳐도 어머니에게는 남달라야 했다. 하지만 돌아가실 때와 삼우제, 그해 추석과 설날이 전부였다. 가 뵙지 못한 죄책감은 불쑥불쑥 가슴을 짓눌렀다. 영수는 자신의 흔적을 남겨 딸에게 죄책감을 느끼게 하고 싶지 않았다. 죄책감을 느낄지 어떨지는 모르지만 말이다. 죽으면 그만이었다. 망자를 보내는 방식은 남은 자의 몫이었다. 묻거나 태우거나, 딸이 감당할 수 있는 방식으로 처리하면 될 터였다. 자신은 살았던 게 아니라 그냥 머물다 떠날 뿐이었다. 거기에 형식 따윈 필요치 않았다. 어찌어찌하라는 것은 무거운 짐을 남기는 것이었다.

영수는 손에 들고 있던 리모컨을 떨어뜨렸다. 갈비뼈를 압착기로 짓누르는 듯 아팠다. 조이는 힘을 어떻게든 막아보려고 양팔을 엇갈려 가슴을 쥐어뜯었다. 힘은 둔중하고 거칠었다. 막지 못할 바에는 그대로 눌려 목숨이 끊어지길 바라면서도 발버둥질했다. 얼마나 흘렀을까, 통증은 움직임을 멈췄다. 권투 경기에서 케이오 패를 당하기 직전에 종이 울린 것과 같았다. 영수는 벌렁 누워 거친 숨을 몰아쉬었다. 가래떡을 겹쳐놓은 모양의 형광등이 안쓰럽게 내려다보고 있었다.

도어록 번호를 누르는 소리가 들렸다. 영수는 시나브로 눈을 떴다. 신발을 벗고 걸어오는 기척이 느껴졌다. 큰대자로 누운 몸을 움직여 모로 누웠다. 흰 양말이 느릿느릿 걸어왔다. 영수는 반색했다. 영락없이 동생 영표의 걸음이었다.

가위

"그럼 그렇지. 학교가 끝나면 곧바로 집으로 바로 와야지. 네가 살 곳은 여기야."

영수는 팔을 들어 동생 영표를 불렀다. 걸음을 멈춘 흰 양말은 무릎을 꿇고 앉았다. 그러곤 두 손으로 손을 감쌌다. 차가웠다.

"네가 그렇게 가면 어머니나 나는 어쩌라고. 한순간도 그 생각이 안 들더냐? 어머니나 내가 너에게 그렇게 잘못한 거냐? 말 좀 해봐라, 이놈아!"

영수는 동생을 보자 반가움과 억울함이 솟구쳐 어찌할 바를 몰랐다. 잡은 손을 빼며 몸을 일으켰다. 이내 동생의 무릎을 주먹질했다. 진작 챙겨주지 못해서 안타까웠다. 동생도 미안했던지 가타부타 말없이 매를 맞았다. 문득 가위를 영표에게 줘야겠다는 생각이 들었다. 혹시라도 그런 생각이 들 때 가뭇없이 무명 끈을 잘라버리라는 말과 함께. 상 주변을 살폈다. 보이지 않았다. 어디 뒀을까, 그러자 짬뽕 그릇에 가위를 꽂아놓았던 게 떠올랐다.

"영표야! 형이 잘못했다. 네가 힘든 줄 모르고……."

갑자기 가슴을 쥐어짜는 듯한 통증이 밀려왔다. 영수는 몸을 잔뜩 옹송그렸다.

"할아버지, 왜 그러세요?"

아픈 중에도 영수는 얼굴을 치켜들고 동생을 보았다. 할아버지라니! 영수는 가슴을 움켜쥐고 몸을 일으켰다. 동생은 보이지 않았다. 효민이 서 있었다. 또 동생을 놓치다니, 몸이 천길만길 낭떠러지

들리지 않는 소리

로 추락하는 것 같았다.

영수는 효민의 부축을 받으며 방으로 들어갔다. 침대에 눕자 효민이 담요를 덮어주었다. 이마에 닿은 효민의 손길은 부드러웠다.

까무룩 잠이 들려는데 이상한 기계음 소리가 들렸다. 영수는 눈을 번쩍 떴다. 침대 옆에서 안절부절못하며 서 있던 효민이 방에서 나가면서 핸드폰을 만지는 거였다.

"효민아."

영수는 효민을 불렀다. 그러나 들리지 않는 듯 반응이 없었다.

"효민아, 하지 마라. 절대 전화하지 마라. 에미한테 전화하지 마라, 절대 하지 마라."

영수는 목청껏 소리를 질렀다. 효민이 딸에게 전화를 걸까 봐 두려웠다. 딸이 알면 그길로 병원으로 데려갈 것이다. 그러면 삶은 연장될 것이다. 수십 년 마신 술에 간이 상했을 것이고, 담배는 폐를 가만두지 않았을 것이다. 동생이 잃고도 이만큼 숨을 쉬었으면 그만 멈출 때도 되지 않았는가. 병원에서 살려냈다고 해도 그것을 삶이라고 할 수 있을까. 단순히 목숨을 연장하는 것은 의미가 없었다. 이번만큼은 딸에게 아비 노릇을 해주고 싶었다. 제 어미만으로도 힘든데 아비까지 병원에 있으면 얼마나 힘들지 불을 보듯 뻔했다. 하나라도 정리되어야 신상이 편할 것이다. 그러면 효민에게 너그러워질 테고.

"효민아, 기타 치는 대학교 가고 싶다고 했지?"

효민이 고개를 끄덕거렸다.

"그게 그렇게 하고 싶으냐?"

"운명, 아니 숙명이에요. 베이스를 듣는 순간, 심장이 터지는 줄 알았어요. 둔중한 음들이 피부로 스며들어 영혼을 어루만졌어요. 저는요, 꼭 베이스를 칠 거예요."

"죽을 만큼 좋아?"

"네. 진짜 죽을 만큼보다 더 더!"

"죽으면 안 되지. 하고 싶다는 게 있다는 건 행복한 거란다. 할아비는 꿈이란 걸 꾸어본 적이 한 번도 없다. 그래서 네가 할아비 대신 꿈을 이뤘으면 좋겠다. 효민아, 나는 아픈 게 아니란다. 이제 편히 쉴 때가 된 거다. 너도 쉬고 싶은데 공부하라고 하면 싫지? 할아비도 마찬가지다. 그러니까 방해해선 안 된다. 오늘 네가 본 것을 어느 누구한테도 말하지 마라. 특히 네 엄마한테. 부탁한다, 효민아."

영수는 상 위의 봉투를 효민에게 건넸다.

"이건 우리 둘만의 약속이다. 할아비를 위해 꼭 꿈을 이뤄라. 이 할아비 부탁 잊지 말고."

영수는 새끼손가락을 내밀었다. 봉투를 보며 머뭇거리던 효민이 손가락을 내밀었다. 심지 깊은 긴 손가락과 낡고 매가리 없는 손가락이 가위의 날처럼 엇갈려 걸렸다.

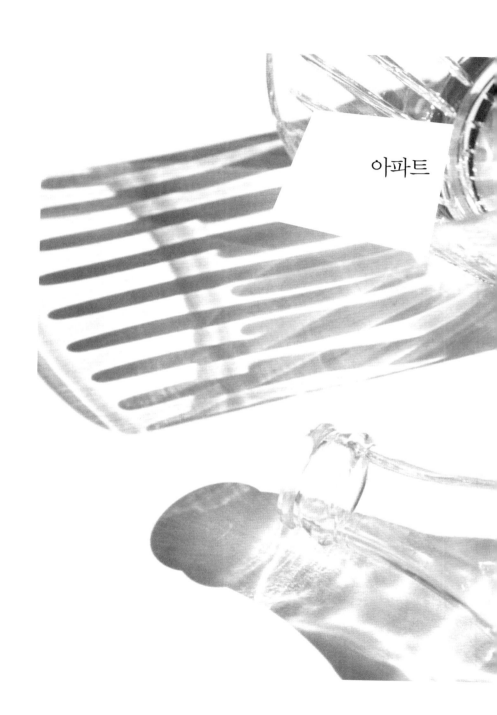

아파트

아파트

그녀는 부지런히 손을 놀려 빵을 포장했다. 고객들이 들어올 때마다 자동으로 인사말이 나왔다. 빵을 고른 고객들이 계산대 앞에 줄을 섰다. 그녀는 포장을 멈추고 계산대로 뛰어갔다. 알바생이 재바르게 계산한 빵들을 쇼핑백에 담았다. 할인 적립을 묻는 알바생의 목소리가 점점 커졌다. 아이싱 기계 소리가 요란한 탓이었다. 곧 생크림 케이크가 나올 차례였다. 케이크 진열을 수월하게 하려면 빵 포장을 마쳐야 했다. 단팥과 소보로빵들의 포장은 진작 끝났고, 남은 건 소시지 빵류와 식빵류였다.

생크림 케이크는 체리와 거봉으로 장식되어 있다. 그녀는 케이크를 크기별로 쇼케이스 안에 진열했다. 케이크를 망가뜨릴까 여간 긴장되는 게 아니었다. 알바생이 건네는 네임 택들을 케이크 앞에 꽂았다. 걸레를 들고 쇼케이스와 출입문의 유리를 닦았다. 한쪽 문

들리지 않는 소리

에는 폭설처럼 쌓인 생크림 위에 빨간 딸기를 꽃 모양으로 올린 케이크 포스터가 부착되어 있다. 어제는 보지 못했던 신제품 홍보물이었다. 유기농을 강조한 딸기에는 스카프를 두른 듯 금가루가 휘날렸다. 케이크를 자른 단면에는 딸기가 켜켜이 쌓여 있다. 김장철인데 딸기라니, 특별한 사람만이 케이크를 먹을 수 있다며 기회를 잡으라고 부추겼다.

그녀는 매장을 돌며 빵들을 가지런히 진열했다. 이 빠진 듯 엉성해 보이던 매대가 풍성해졌다. 1시 출근해서 빵 포장을 비롯한 기본적으로 하는 일이 대략 끝났다. 앞으로 판매에 집중해야 하는 터라 그녀는 입술을 잘근잘근 깨물었다. 포스기 모니터에 대한 두려움을 완전히 떨치지 못했다.

본사에서 들어오는 제품은 바코드가 있어 바코드 리더기로 읽으면 되나 매장에서 생산한 빵은 이름을 외워야 계산을 할 수 있었다. 빵 이름을 외우는 건 쉬웠다. 문제는 포스였다. 포스를 배우기 위해 포스기 모니터에 손가락을 댔던 순간이 새삼 떠올라 그녀는 진저리를 쳤다. 희멀건 네모판이 블랙홀인 듯, 빨려 들어가는 것 같아 알바생의 팔을 꽉 움켜쥐었다. 알바생이 아프다고 비명을 질렀다. 사장이 어이없다는 듯 쳐다보더니 딱 3일 여유를 주겠다며, 그 안에 포스기 사용법을 배우지 못하면 채용할 수 없다고 했다.

집에 컴퓨터 없으세요? 그런데 모니터가 왜 무섭죠? 알바생은 무슨 외계인 보듯 쳐다보았다. 이모님, 티비 보시죠? 포스기 모니터는 컴퓨터 모니터랑 같은 거예요. 모니터는 티비랑 같고요. 그렇지만 티비를 터치하진 않으니까……. 음, 책 좋아하세요? 답답한 듯 한참을 궁리하던 알바생이 물었다. 책을 좋아하는 건 아니지만 포스를 가르치기 위해 애쓰는 알바생을 생각해서 그녀는 고개를 끄덕였다. 그림책은 좀 유치하니까 교과서가 좋겠어요. 공부한다고 모든 교과서를 쫙 펴놓을 순 없잖아요. 국어에 관련된 것은 국어책에, 영어는 영어책에 있듯이 식빵류 생지 빵류를 교과서라고 생각하세요. 교과서를 읽을 때처럼 항목으로 들어가 중요한 곳을 밑줄 긋듯 빵 이름을 터치하는 거예요. 아셨죠? 그녀는 이건 컴퓨터가 아니라고 마음속으로 되뇌면서 늦된 아이가 글자를 배우듯 더듬더듬 포스기 모니터를 터치했다. 생각할수록 알바생이 고마워 같이 일하는 동안 궂은일은 도맡아 했다.

나중에 사장은 말했다. 빵 파는 데 나이가 무슨 상관이냐고 하겠지만 젊은 사람은 포스를 빨리 배워 계산을 신속 정확하게 할 뿐 아니라 친절하게 응대해 고객들의 만족도가 높다고 했다. 각 타임별로 두 사람이 근무하는데 한 알바생이 갑자기 그만두는 바람에 자신이 두 타임을 뛰기가 벅차 급히 채용했다며, 운이 좋았다고 했다. 그녀도 운이 좋았음을 인정했다. 오후 1시부터 6시까지, 적절한 근무 시간과 걸어서 다니기 좋은, 마침맞은 일자리였다. 게다가 빵집 일이 체질에 맞았다. 판매를 권하는 것도 아니고, 여럿이 근무하는 게 아니라 동료 간 갈등도 없었다. 고무장갑을 껴야 하는 궂은일도 아니고

들리지 않는 소리

무거운 짐을 들거나 힘쓰는 일도 아니었다. 단정하게 머리를 묶고 단체 셔츠에 앞치마를 두르고 이름표를 단 모습을 거울로 볼 때면 뿌듯했다.

사장이 연장 근무를 부탁했다. 마감하는 알바생이 갑자기 나오지 못한다고 연락이 왔다는 것이었다. 그녀는 망설임 없이 알았다고 했다. 남편은 그녀가 늦거나 말거나 상관하지 않을 테고, 중학생인 아들이 학원을 마치고 귀가하기 전에 들어가면 좋겠으나, 사장의 부탁을 거절할 순 없었다.

치맥 콜? 사장이 물었다. 팔 빵이 없으니 일찍 문을 닫자는 말끝에 덧붙인 말이었다. 그녀는 매대를 정리하며 고개를 저었다. 끝나고 집에 가면 11시이다. 요즘 현준이 게임하는 시간이 길어진 눈치라 걱정스러웠다. 사장은 뭐든 혼자서 할 수 있으나 치맥만큼은 안 된다며 아쉬운 듯 입맛을 다셨다.

매장이 한가한 틈틈이 사장은 매장과 집을 오가는 단조로운 일상을 풀어놓았다. 10년 넘게 학생들과 일하다가 주부가 오니 말이 많아졌다는 사장의 말에 그녀는 들은 만큼 돌려주어야 한다는 의무감에 사로잡혀 어수선한 마음을 조금씩 덜어놓았다. 50대가 되면 자신의 하루도 사장처럼 단조롭기를 기대하면서 말이다.

그녀는 사장과 나란히 서서 신호를 기다렸다. 횡단보도를 건너면 그녀는 대단지 아파트가 있는 길로, 사장은 연립주택이 즐비한 골목으로 들어설 것이다.

명성아파트에 산다고 했지? 사장의 물음에 그녀는 그렇다고 했다.

"내가 아파트를 살까 빵집을 할까 많이 망설였어. 그때가 이혼하고 바로여서 혼자 살면서 아파트가 무슨 소용이랴 싶었는데 배로 올라버렸어. 가게가 제아무리 잘 되어봤자 토끼와 거북이야. 이제 재건축 말이 나오면 날다람쥐일 텐데, 여길 지나갈 때마다 속이 몹시 쓰려."

사장은 통증을 느끼기라도 하는 듯 어깨를 움츠렸다. 횡단보도를 건너자 사장은 기다리는 사람이 없어도 컵라면에 맥주 한 캔으로 행복하다며 돌아섰다. 팔을 위로 뻗어 손을 흔드는 사장의 뒷모습을 그녀는 멀거니 바라보았다.

도어록 숫자 누르는 소리가 귀에 거슬렸다. 그녀는 조용히 집 안으로 스며들고 싶었다. 현관문을 열자 텔레비전 소리가 들렸다. 거실에 있던 남편이 안방으로 갔다. 그녀는 거실 소파에 가방을 던지듯 놓고 리모컨을 들었다. 남편이 보던 프로를 이어 보고 싶지 않아 채널을 바꾸었다. 움직임을 가려줄 파티션을 펴듯 소리를 높였다. 현준이 방문을 열고 고개를 내밀었다. 저녁 먹었니, 그녀는 입술을 움직였으나 소리를 내지 않았다. 자신이 하는 말들이 오직 현준의 귀로만 들어가면 좀 좋을까. 집 안에 여섯 개의 귀가 있고, 그중 두 개의 귀로 자신의 목소리가 들어가게 하고 싶지 않았다. 현준은 숙제할 게 있다며 바로 방문을 닫았다.

들리지 않는 소리

그녀는 작은방으로 들어가 외출복을 실내복으로 갈아입었다. 방은 좁았다. 짐이 반을 차지해 공간이라곤 겨우 누울 정도였다. 안 쓰는 물건들을 과감하게 버려 여유 공간이 생겼으나 익숙해지지 않았다. 날이 갈수록 숨이 막혔다.

　그녀는 욕실로 들어갔다. 변기에 앉아 지그시 눈을 감고 호흡을 골랐다. 편안한 시간이었고 공간이었다. 평소와 달리 폭우가 내린 듯 습기가 차올라 숨을 쉬기 불편했다. 불현듯 벽에 매달려 있는 샤워 꼭지가 뱀처럼 보였다. 뱀은 독 오른 듯 혀를 날름거렸다. 그녀는 벌떡 일어나 샤워 꼭지를 집어던졌다. 몸을 꼰 뱀이 요란한 소리를 내며 나동그라졌다. 순간, 얼굴이 달아올랐다. 무슨 일인가 싶어 두 남자 중 누군가가 욕실 문을 벌컥 열어볼 것 같았다. 그러나 문은 꼭 다문 입이었다.

　그녀는 세면대에 아무렇게나 놓인 비누와 치약들을 가지런히 놓았다. 수건걸이에 반쯤 접혀 걸려 있는 수건을 반듯하게 펴기 위해 손을 댔다. 수건이 축축했다. 남편이 몸을 닦았을 거라는 짐작이 들었다. 죽은 뱀 걷어내듯 손가락 끝으로 수건을 집어 구석에 처박았다. 그리고 손을 씻었다. 그녀는 식구 숫자만큼 놓여 있는 치약 중에 초록 무늬의 치약을 칫솔에 짰다. 남편의 칫솔에 닿은 치약을 자신의 입에 넣고 싶지 않았다. 현준도 좋아하는 치약이 따로 있었다. 양치를 마친 그녀는 욕실용 세제를 들고 세면대와 변기에 뿌렸다. 수세미로 세면대를 닦기 시작했다.

그녀는 현준의 방문을 열었다. 현준은 책상 앞에 앉아 부지런히 오른손을 놀리고 있었다.

"제발 노크 좀 하랬지, 엄마!"

현준은 등을 비틀 뿐 모니터에서 시선을 떼지 않았다. 제발 공부 좀 하랬지. 그녀는 치미는 화를 삼키며 현준의 귀에 대고 힘주어 말했다. 공부에 대한 잔소리도 남편에게 들리게 하고 싶지 않았다. 중학생이 된 현준에게 공부하라고 채근할라치면 남편이 더 성화를 부렸다. 멀리 있다가도 그녀가 한소리를 시작하면 열 마디를 얹었다. 부부가 교육에 대한 의견이 같아서가 아니라 곁다리 껴서 어른 행세하려는 것 같은 묘한 인상을 주었다.

"잠깐만 이것만 죽이고."

현준은 진지한 표정으로 손을 부지런히 움직였다. 공부하라는 말에 듣는 시늉하기는커녕 당당하게 게임을 하다니, 그녀는 현준의 등을 주먹으로 쳤다. 보면 볼수록 게임에 몰두 중인 현준의 뒤통수는 남편의 판박이였다. 그녀는 이를 악물며 자판을 확 잡아챘다. 모니터가 검게 변했다. 현준이 고개를 틀었다. 눈빛이 사나웠다. 그녀는 황급히 자판을 침대로 내동댕이쳤다. 의자를 뒤로 밀며 벌떡 일어난 현준이 두 주먹을 쥐고 부르르 떨었다. 곧 주먹을 휘두를 기세였다. 그녀는 너무 놀라 현준의 손목을 꽉 잡았다. 현준은 팔을 틀어 손을 뿌리치곤 침대 위를 경중경중 걸어 문을 열고 방에서 나갔다.

남편은 퇴근하자마자 귀가했다. 흐릿하게 남아 있는 아버지라는

들리지 않는 소리

존재와 사뭇 다른 남편이 그녀는 편안했다. 하지만 잠결에 옆자리를 더듬으면 비어 있는 날이 잦았다. 화장실을 갔나 싶었는데 꽤 긴 시간이 지나도 남편이 잠자리로 돌아오지 않아 불안한 마음으로 거실로 나가면 어둠 속에서 파란 혀가 남편의 얼굴을 핥고 있었다. 남편은 황홀경에 빠진 표정이었다. 그녀는 가슴이 철렁 내려앉아 남편에게 다가갔다. 파란빛을 뿜어내는 모니터에는 초록 들판이 찬란했다. 탱크가 즐비했고, 피가 솟구쳤고, 화려한 것들이 산산이 부서졌다 다시 나타났다. 얼마나 지났을까, 곧 들어갈 테니 신경 쓰지 말고 들어가라고 남편은 퉁명을 떨었다. 그때만 해도 그녀는 술 담배를 하지 않아 게임 정도는 너그럽게 봐줄 수 있었다. 아이가 생기면 남편이 달라지리라 기대했다.

예상대로 아기가 밤낮이 바뀌어 밤을 홀딱 새우자 그 기간만큼은 아빠였다. 야행성 체질 덕을 본 셈이었다. 그러나 현준이 엉금엉금 기어다니자 남편은 다시 전쟁터로 출동해 치열하게 총을 쏴댔다. 육아에 지쳐가던 그녀는 어떻게든 남편을 잡고 싶어 같이 날밤을 새웠다. 그럴수록 남편은 방해한다며 못마땅해하더니 화내는 날이 부지기수였다. 비몽사몽 출근하는 남편을 보면 여간 착잡한 게 아니었다. 지각이 잦으니 사표는 당연했다. 자의보다 타의에 의해서일 것이다. 취업 자리를 알아본다며 남편은 느긋하게 몇 달을 쉬고 취업하기를 반복했다. 재취업은 호봉을 낮게 책정해 가능했다. 그때서야 그녀는 시어머니가 자신을 환대한 이유를 알 것 같았다.

아들이 좋다면 나도 좋다. 첫 대면부터 시어머니는 반색했다. 이혼도 큰 흠인데 재혼까지 한 홀어미 밑에서 뭘 보고 자랐겠느냐고 꼬투리를 잡는 경우를 몇 번 겪었던 터라 단단히 각오했는데 의외였다. 애가 딸린 것만 아니면 괜찮다며 시어머니는 바로 날을 잡자고 했다. 남자가 물러터져 보인다며 마땅치 않게 여기던 엄마가 마음을 바꾼 건 아파트에서 신혼을 시작한다는 말을 듣고서였다. 집 없는 설움을 당하지 않게 되었다면서 좋아했다.

현준은 무릎을 꿇고 잘못했다고 빌었다. 하지만 그 범위가 애매했다. 대든 건 깊이 반성하는 기색이었으나 게임에 대해선 언급이 없었다.

"게임은 어쩔 건데?"

그녀는 다그쳤다. 한참 머뭇거리던 현준은 공부를 열심히 해 성적을 올리겠다고 했다.

"아주 좋은 생각이야. 엄마는 너를 믿어."

그녀는 현준을 너그러운 시선으로 바라보았다. 현준은 천천히 고개를 끄덕거렸다. 각오를 단단히 했다는 뜻이었다.

"앞으로 게임하는 게 눈에 띄면 엄마는 이혼할 거야."

그녀는 게임에 쐐기를 박았다. 이참에 남편에게도 경고를 날린 것이었다. 현준의 표정이 심각해지는 걸 보니 협박이 통했다 싶었다. 다시는 게임을 하지 않겠다는 약속을 기대했으나 반응이 없었다.

"현준이 핑계 대지 마. 그깟 게 뭐라고, 당장 하자, 이혼."

갑자기 방에서 나온 남편은 양팔을 허리춤에 걸치고 서서 소리쳤다.

"그러기만 해봐. 바로 옥상으로 가서 뛰어내릴 거야. 내가 못 할 줄 알고."

현준은 벌떡 일어나 현관으로 향했다. 그녀는 본능적으로 달려가 현준을 끌어안았다. 팔을 걷어내는 현준의 힘을 당해낼 수 없었다. 그녀는 팔을 풀고 잽싸게 현준을 밀치고 현관문으로 가 두 팔을 벌려 가로막고 섰다. 씩씩거리던 현준은 제 방으로 들어가 문을 꽝 닫았다. 그녀는 맥이 빠져 주저앉았다. 엉거주춤 서 있던 남편은 몸을 휙 돌려 안방으로 들어갔다.

그녀는 숨이 멎는 것 같았다. 아들 앞에서 이혼하자는 말을 하다니, 절대 보여주고 싶지 않은 상황이 벌어진 것이었다.

어린 그녀는 아버지가 지독한 술내와 함께 들어오면 양손으로 귀를 꽉 막았다. 엄마를 쥐 잡듯 들볶으며 이혼해달라는 아버지의 목소리를 듣고 싶지 않았다. 이어 깊은 동굴에서 울리는 엄마의 비명이 들릴 터라 죽을힘을 다해 손으로 귀를 막았다. 소리는 귀가 아니라 머리카락인지 피부인지 알 수 없는 통로로 고스란히 스며들었다. 그깟 거 해주지, 저리 원하는데 그깟 거 해주고 말지, 엄마를 원망했다.

그녀는 거실의 전등을 끄고 텔레비전을 켰다. 빛이 줄어든 자리를 소리가 채웠다. 안방과 현준의 방에서 밑줄 긋듯 불빛이 새어 나왔다. 설마 둘 다 게임을 하는 건 아니겠지, 의심이 밀려들었다. 이내 머리를 흔들었다. 이런 분위기에서 그런 의심하는 자신이 더 한심스러웠다. 그녀는 조용조용 움직여 현준의 방 앞에 섰다. 문고리를 잡았다. 만일 게임을 한다면, 통제할 수 없을 정도의 분노가 치밀 것이다. 아니라면, 어떤 말을 해야 할까. 너를 힘들게 하고 싶지 않다거나 네가 우선이라는 말들이 두서없이 생각났으나 급한 불을 끄듯 함부로 말할 순 없는 노릇이었다.

그녀는 소파에 누웠다. 답답한 가슴으로 작은 방으로 들어가고 싶지 않았다. 텔레비전을 껐다. 소리가 사라지자 보호해주던 무엇도 사라져 허허벌판에 버려진 느낌이었다. 그녀는 몸을 옹송그리고 발끝에 두었던 차렵이불을 끌어 목까지 덮었다. 추워서가 아니었다. 이불이라도 감싸주길 바랐다. 베란다 창으로 희미한 불빛이 출렁거렸다. 불빛이 아니라 안방의 모니터에서 나오는 빛일 것이다. 그녀는 벌떡 일어나 커튼을 쳤다.

현준이 초등학교에 입학한 후로 남편은 점점 늦게 들어오면서 야근이 잦아 힘들다고 투덜거렸다. 그녀는 남편이 안쓰러워 밤늦도록 기다렸으나 썩 반가운 기색이 아니었다. 이상한 느낌을 떨칠 수 없었다. 야근한 사람치곤 피곤해 보이지 않았고, 야근 수당을 물으면 눈을 피했다. 옷에서 찌든 담배와 혼탁한 냄새가 났다. 집 근처

들리지 않는 소리

PC방을 뒤졌다. 욕설이 난무하는 학생들 틈에서 남편의 뒤통수를 발견했다. 전신의 맥이 빠지며 눈물이 줄줄 흘렸다. 남편은 화를 냈다. 무슨 죽을죄를 지은 것도 아닌데 재수 없이 운다며, 잠을 방해하고 싶지 않아 밖으로 나온 것뿐이라고 오히려 큰소리였다. 그녀는 그만 살고 싶다고 했다. 죽고 싶다는 뜻이었는데 이혼하자는 말로 들린 모양인지 남편은 꼬리를 내렸다. 다시는 PC방에 가지 않겠다고 각서를 썼다. 대신 최신 노트북이 필요하다고 했다. 노트북 할부가 끝나니까 최첨단 기능을 가진 데스크탑 컴퓨터를 들여놨다. 일찍 귀가한 만큼 컴퓨터 앞에 앉아 있는 시간이 길었다. 그녀는 현준이 게임에 빠질까 무서웠다. 본체를 들고 베란다로 나가 한 번만 더 게임을 하면 던져버릴 거라고 으름장을 놓았다. 남편은 혹시라도 자신이 출근한 사이에 그것을 던져버릴까, 겁을 먹은 듯 며칠을 안절부절못하더니 컴퓨터를 안방에 들여놓았다. 그녀는 컴퓨터냐 자신이냐, 남편에게 선택하라고 했다. 유치하지만 어쩔 수 없었다. 물론 남편은 컴퓨터를 선택하지는 않았다. 그렇다고 그녀를 선택한 것도 아니었다. 그녀는 모니터의 파란빛이 목을 조르는 것 같아 잠을 잘 수 없었다. 현준의 방으로 갔다. 처음엔 좋아했던 현준이 귀찮아했다.

안방에서 나온 지 2년이 되어가는데도 남편은 반응이 없었다. 어떤 기대를 하진 않았으나 그녀는 내심 서운했다. 남편이 속을 드러내지 않는 건 속이 없기 때문이라 여기며 말없이 밥상을 차리고 세탁기를 돌리는 일상을 이어갔다. 이혼을 고민하긴 했으나 결론을 내릴 수 없었다. 갈팡질팡하는 마음을 밀어놓고 현준에게 써먹은 것이었다. 예상대로 현준이 충격을 받아 게임을 줄이겠다는 효과를 볼 것 같았다. 하필 그 순간, 남편이 이혼을 언급할 줄은 미처 몰랐다. 어떤 의도이든 이혼은 자신의 영역이라 생각했던 터라 침략당한 기분이었다.

"징그럽네, 그놈의 모성애. 도대체 어떻게 생겨먹은 거지?"
사장은 육개장 용기에 물을 붓고, 그 위에 손을 올려놓으며 물었다. 그녀는 어깨를 으쓱했다. 갑자기 못 나온다는 알바생은 다리를 다쳐 2, 3주 더 쉬어야 하는 상황이었다. 며칠째 마감까지 하다 보니 맥주가 먹고 싶었다. 치맥을 하기엔 시간이 늦어 편의점에 들렀다.
"난 말이야 남편을 탁 놔버렸어, 한쪽이라도 힘들면 같이 사는 게 무의미하지."
사장은 육개장 면을 젓가락으로 휘휘 저으며 말했다. 더 궁금하냐고 물었다. 대답할 사이도 없이 사장은 말을 이었다. 편의점 야외 테이블에 다른 사람들은 없었다. 말소리가 제대로 들리지 않아 그녀는 의자를 끌어 사장에게 가까이 다가갔다. 컵라면의 향은 유혹적이었다. 딱 한 젓가락 먹고 싶은 걸 참으며 맥주를 마셨다. 평소보다 기온이 높았으나 밤공기는 여전히 싸늘했다. 거기에 꾸미 없듯 차디찬 맥주가 목을 타고 넘어갔다.
"도대체 사람들은 이혼한 이유가 왜 궁금한 거지? 그것처럼 어리

들리지 않는 소리

석은 질문은 없다고 봐. 바람을 피워도 함께 살고, 의좋아 보여도 헤어지는 부부가 있는데, 결혼하는 사람들에게 왜 하느냐고 묻지 않는 것처럼, 이혼도 마찬가지 아니야?"

그녀는 사장의 말에 공감했다. 함께 살 수 없어서 헤어지는데 다른 뭐가 왜 필요한 것일까.

"정미 씨도 궁금하지?"

그녀는 전혀, 라고 말했다.

"생각해보면 별게 아니었어. 우린 자식에 연연해하지 않았어. 때 되면 생기려니 느긋했는데 주변에서 자꾸 걱정해주는 거야. 그게 문제였어. 원인을 알고 나서 밥은 웃으며 먹는데, 섹스가 도저히 안 되는 거야."

"누가 문제지요……?"

"거봐, 궁금하지?"

사장은 깔깔대며 웃었다. 그녀는 민망했다. 묻지 않으려고 했는데 불쑥 말이 나왔다.

엄마는 이혼한 사실을 숨겼다. 그러나 비밀은 없었다. 쟤네 엄마 이혼했대, 왜 했지, 무슨 잘못을 저질렀을까? 학년이 오를 때마다 반 아이들이 소곤거렸다. 그녀는 아이들이 어떻게 알았는지 궁금했다. 집에 아버지가 없다고 다 이혼한 건 아닐 텐데, 자신도 모르게 티를 내고 다닌 것 같아 주눅이 들었다.

"난 정말 괜찮았거든. 그런데 상대는 그렇지 않았나 봐. 거꾸로 내가 그 입장이었어도 힘들었을 것 같아. 아무튼 막상 헤어지고 나니까 억울했어. 싸우다 말고 링에서 내려온 느낌이라고 할까.”

사장은 뜬금없이 섹스가 되냐고 물었다. 그녀는 고개를 저었다.

“서로 원하는 게 없는데 같이 산다? 애를 위해 희생? 난 나를 위해서도 희생은 안 해. 지구상에서 없어져야 할 말이 희생이야.”

사장은 맥주 캔을 내밀었다. 그녀는 건배하듯 부딪쳤다. 결심했냐고 묻는 사장에게 아들을 위해 살 수밖에 없다고 에둘러 말했다. 복잡한 심사를 어떻게 풀어놓아야 할지 막막했다. 결혼한 주체는 자신이므로 이혼 또한 자신이 주체라는 생각에는 변함이 없었다. 캔을 비운 사장은 별 볼 일 없는 걸 희생으로 포장하는 게 삶일지도 모른다고 했다.

그녀는 줄 서 있는 빈 캔을 하나하나 두 손으로 우그러뜨렸다. 자신한테 불만 있냐고 사장이 놀리듯 물었다. 그녀는 밤하늘을 가리켰다. 확실한 반항이라며 사장은 일회용 용기를 들고 편의점으로 들어갔다. 남은 국물을 처리하려는 것이었다. 그녀는 납작해진 캔을 모아 재활용 통에 넣었다.

사장이 큰길을 건너가는 걸 보고 그녀는 인도를 따라 걸었다. 으슬으슬 한기가 느껴졌다. 술이 깨는 모양이었다. 두 손을 엇갈려 팔뚝을 잡으며 걸음을 재촉했다.

그 여자는 남편의 어디가 좋을까, 그녀는 궁금했다. 마흔 초반이면서도 서른 즈음에 받았던 연봉에 만족하는 남편이었다. 게임에 빠

들리지 않는 소리

져 사는데도 바람이 날 수 있을까. 자신의 몸은 아끼고 집안일은 하지 않아도 밖에선 다르겠지.

　게임으로 밤마다 눈에 불을 켜던 남편은 언제부터인가 늦게 귀가하는 날이 잦았다. 옷에서 PC방 특유의 냄새는 나지 않았다. 간간이 술 냄새는 풍기며 들어왔다. 그런 날은 묻지 않아도 늦은 이유를 변명처럼 중얼거리곤 했다. 어느 날부터는 조용히 들어와 고개를 외로 튼 채 안방으로 들어갔다. 그녀는 환해진 남편의 낯빛과 신경 쓴 옷차림에서 바람의 냄새를 맡았다. 게다가 현준에게 지나치게 다정한 것도 의심스러웠다. 남편이 거실로 나와 텔레비전을 보지 않는 건 물론이고 게임을 하는 시간도 줄었다. 그녀는 새벽에 들어오는 남편에게 하다 하다 여자까지 만나느냐고 비아냥거렸다. 남편은 아니라고 하며 불쾌한 티를 냈다. 그녀는 괘씸한 마음이 들어 심중을 들이댔다. 남편은 기막히다는 표정을 짓더니 그럴 시간 있으면 게임을 더 하겠다고 했다. 그녀는 찢어질 듯 비명을 질렀다. 게임을 더 하겠다니, 변명 중에 최악이었다. 그때 현준이 방에서 나오지 않았더라면 그녀는 남편에게 달려들었을 것이다.

　남편은 결백을 증명하겠다며 게임에 다시 열중했다.

　그녀는 가끔 생각했다. 세상 여자들을 우습게 보는 게 아닌가 하고. 남편의 어디를 보고 연애를 하고 싶단 말인가. 게임에 빠져 교감을 할 줄 모르는 남자를. 그렇지만 알다가도 모르는 게 사람 마음이 아닌가. 한편으론 세상 여자를 우습게 볼 일도 아니라는 생각이 들었다. 그들도 보는 눈이 있지 않겠는가. 그리고 알 수 없는 게 남녀 사이라고 하지 않던가.

나중에라도 아비란 작자는 절대 찾지 마라. 처자식 내팽개치고 젊은 년 따라간 말벌 같은 인간이니까. 스물 즈음에 엄마한테서 들은 말이었다. 엄마한테 말벌이었지만 재혼해 잘 사는 것으로 미루어 아버지는 꿀벌이기도 한 것이다.

그녀는 아파트 단지로 들어섰다. 어둠 속에서 아파트 건물과 어깨를 견주며 우람하게 서 있는 느티나무가 눈에 들어왔다. 나무는 둥근 돔처럼 아파트를 감쌌다. 시골 동네를 지켜주는 느티나무 같아 그녀는 아늑함을 느꼈다. 나무만큼이나 오래된 아파트 단지는 역세권에다 주변에 유해한 업소가 없고 학군도 좋아 학부모들 사이에 선호하는 아파트였다. 비록 27평이지만 자신의 집이라는 자부심은 컸다. 어디 사냐고 물으면 아파트 이름을 자랑스럽게 언급했다. 그녀는 겹겹이 주차한 차들 사이를 지나 허리를 꼿꼿이 세우고 계단을 올랐다. 경비실을 향해 웃으며 고개를 까닥이곤 엘리베이터 앞에 섰다.

비가 그쳐 진흙탕으로 변한 골목으로 들어서면 초록 대문이 나타났다. 어린 그녀는 고개를 치켜들고 굳게 닫힌 대문을 조심스레 열었다. 2층에서 노인이 가래 끓는 소리를 내며 부릅뜬 눈으로 내려다보고 있었다.

들리지 않는 소리

노인은 팔자수염을 쓰다듬으며 말했다. 애들은 말썽 피워 세를 줄 수 없다고. 엄마는 머리를 조아리며 사정했다. 우리 애처럼 얌전한 아이는 세상에 없다며, 말이 늦은 아이라 빈집처럼 조용할 거라고. 노인은 거드름을 피우며 허락했다. 대신 남자가 드나드는 추잡스러운 꼴은 못 본다며 그땐 바로 방을 빼야 할 거라는 단서도 달았다. 일하러 갈 때마다 엄마는 윽박질렀다. 학교 파하고 집구석에 들어오면 죽은 듯이 있어야 한다. 대신 라디오를 켜놔라. 어른이 집에 있는 것처럼 시끌벅적해야 업신여김을 당하지 않는 법이란다. 이사 다니는 것도 지긋지긋하다. 알겠냐?

대문을 열었을 때, 노인은 보이지 않았다. 마당에 모과나무 아래 붉은 고무 함지가 놓여 있었다. 그녀는 물이 그득한 함지를 발로 찼다. 팔뚝만 한 물고기가 허공으로 뛰어올랐다. 그녀는 놀라 자빠질 뻔했다. 애꿎은 함지는 왜 차? 그게 얼마짜린데. 죽기만 해봐라. 발모가지를 비틀어버릴 거다. 천둥 같은 노인의 목소리에 그녀는 혼비백산하여 쫓기듯 계단을 내려갔다. 방문 앞에 매달린 자물쇠를 따고 들어가 라디오를 켰다. 남자와 여자가 수선스럽게 웃으며 이야기를 나눴다. 귀에 익은 사람들의 말소리가 돔처럼 주위를 에워쌌다. 그녀는 혼자가 아니라 무리 속에 있는 것처럼 든든했다. 엄마는 밤이 이슥해서 돌아왔다. 들락말락 하던 잠이 달아나버려 그녀는 몸을 옹송그렸다. 이불 속으로 들어온 엄마는 굼벵이처럼 몸을 오그리며 끙끙 앓는 소리를 냈다. 그러면 음식 냄새가 진동했다. 냄새는 나날이 달라졌다. 김밥에서 순댓국으로 나중엔 족발 냄새까지.

그녀는 현준의 방 앞에서 문을 노크했다. 반응이 없었다. 그녀는
망설였다. 확 열어버릴까 하다가 다시 노크했다. 역시 반응이 없었
다. 그녀는 마음을 다잡고 문을 열었다. 현준은 책상에 앉은 채 돌아
보지 않았다. 모니터에는 게임 화면이 움직이고 있었고, 책상에는
교과서가 펼쳐져 있었다. 그녀는 열이 확 올랐으나 심호흡을 했다.
현준은 꼿꼿하게 앉아 깍지 낀 두 손을 다리 위에 올려놓고 있었다.
교과서를 펴놓고 게임을 켜놓은 것은 어떤 시위 같아 보였다.

"어떻게 하기로 했어, 엄마?"

현준은 시선을 돌리지 않은 채 물었다. 그녀는 침대에 걸터앉
았다.

"우리는 달라져야 해."

"이혼해?"

그녀는 입술을 깨물었다 놓았다.

"네가 달라지면 엄마도 달라지고, 생활의 변화가 필요하다는 얘
기야."

"아빠는?"

"아빠도 변화가 필요하지."

그녀는 남편의 마음을 알 수 없었다.

"반 아이들이 어떤지 엄마는 모를 거야. 진짜를 말하면 엄마 아

들리지 않는 소리

빠가 이혼한 거보다 게임이 더 중요해. 게임을 모르면 친구들과 어울릴 수 없어."

"이혼해도 상관없는 거네?"

그녀는 이때다 싶었다. 옥상 운운하지 못하게끔 쐐기를 박고 싶었다. 현준이 몸을 틀었다.

"상관없어. 그렇지만 난 누구랑 살아? 엄마랑 살겠지? 그럼 엄마가 게임하라고 놔둘 것 같아? 공부하라고 더 더 더 들볶겠지. 내 말이 맞지?"

그녀는 정신이 혼미했다. 대답을 강요하는 현준의 눈을 피하고 싶었으나 꼼짝할 수 없었다. 현준이 이젠 아이가 아니라는 걸 절실히 깨달았다.

"공부 못하는 건 괜찮지만 게임 못하면 개무시 왕따야."

현준은 울먹이며 책상을 향해 돌아앉았다.

그녀는 천천히 몸을 일으켜 현준의 양어깨에 양손을 나눠 올렸다. 숨을 깊이 몰아쉬며 모니터에 시선을 꽂았다. 정지된 화면은 일곱 가지 크레파스로 그린 그림책 같았다. 그림책은 해롭지 않을 것이다. 해롭다는 기준은 누가 정한 것일까. 금서라는 딱지를 붙이기보다 책 고르는 안목을 높이고, 하루 중 시간 배분을 확실히 하는 게 낫지 않을까. 중독만 아니라면, 뭐든. 그녀는 가만히 손을 움직여 현준의 어깨를 다독거렸다.

그녀는 버스에서 내려 걸음을 재촉했다. 김장했다며 겉절이나 가져가라고 엄마가 호출했다. 동네는 올 때마다 낯설었다. 길을 따라 신축한 빌라들이 즐비했다. 4층짜리 빌라들은 주로 1층이 주차장이었다. 즉시 입주 가능, 분양 사무실이라는 현수막을 늘어뜨린 빌라는 윤기가 번쩍거렸다. 빌라 틈새에 주저앉은 듯 초라한 2층집 앞에서 그녀는 걸음을 멈추었다. 군데군데 칠이 벗겨진 초록 대문은 닫혀 있었다. 가져갈 게 뭐 있다고, 그녀는 혀를 차며 초인종을 찾았다. 초인종을 누르며 문패에 적힌 이름에 시선을 꽂았다. 엄마의 이름이 낯선 이름과 나란히 적혀 있다.

엄마는 일을 그만두고 싶다고 했다. 이사 가지 않아도 되고 밥 걱정 없이 살고 싶다고 했다. 반지하에 있던 짐을 다 버린 엄마의 손에 이끌려 그녀는 2층으로 올라갔다. 문패에 엄마 이름이 적힌 날, 엄마는 노인에게 아버지라고 부르라고 종주먹을 들이댔다. 그녀는 되도록 집에서 말을 하지 않았다. 조용히 있어도 티가 나지 않은 건 텔레비전 소리가 밤낮없이 거실을 꽉 채웠기 때문이었다.

반색하는 엄마의 목소리를 들으며 그녀는 대문을 열고 들어갔다. 화단은 누렇게 시든 풀을 모과잎이 뒤덮고 있었다. 가뜩이나 낡은 집이 폐허처럼 보였다. 엄마는 내 집을 가져 세상 부러울 게 없다면서도 화단을 거들떠보지 않았다. 노인의 불호령에 가끔 잡초를 뽑는 시늉을 했을 뿐이었다. 노인이 쓰러진 후로 화단은 제멋대로 화초와 풀이 뒤엉켜 자라고 시들기를 반복했다. 그녀는 엄마를 보러

　　　　　　　　　　　들리지 않는 소리

오면서 몇 번 화단에 화초를 심기도 했으나 자주 오는 게 아니라서 별 소용이 없었다.

"이놈의 영감탱이 가물칫값 물어내라고 어찌나 쫓아다니는지 그 때는 딱 죽여버리고 싶었는데, 이래 될지 누가 알았겠냐? 미운 정도 정이라 죽으면 섭섭하려나 모르겠다."

엄마는 노인의 기저귀를 갈아주면서 중얼거렸다. 노인이 끙끙거리며 팔을 휘저었다. 10여 년을 누워 지낸 노인의 풍채는 쇠락했으나 눈빛은 여전히 날카로웠다. 반가운 게 아니라 저건 왜 왔냐고 따지는 것 같았다. 그녀는 노인을 외면하고 주방으로 들어갔다. 주방은 정갈했고, 렌즈 위에 냄비는 광이 났다.

노인성 치매까지 나타나자 노인의 친자식들이 요양원을 언급했으나 엄마는 들은 척도 하지 않았다. 집을 처분해 아파트로 가서 편하게 수발을 들라고 해도 마찬가지였다. 빌라를 짓겠다며 앞뒷집을 산 업자가 팔라고 애원하다시피 매달렸으나 엄마는 고집을 꺾지 않았다. 노인이 낯선 곳을 싫어하기 때문이라고 했으나 그건 어설픈 핑계였다. 백 세를 향해 달려가고 있는 노인에게 지극정성인 엄마를 그녀는 이해할 수 없었다. 누구의 말도 듣지 않을 엄마라는 걸 알기에 말을 아꼈다. 엄마는 공짜로 살진 않았다고 했다. 원하던 집을 얻었으니 갚으며 사는 게 도리라는 말을 자주 했다.

김치를 챙긴 그녀는 노인에게 간다고 인사를 했다. 엄마가 단팥빵을 들어 보이며 애가 사 왔다고 하자 노인의 얼굴이 일그러졌다.

좋아서 그러는 거다. 엄마가 해석하듯 말했다. 다음에 슈크림빵으로 사 와라, 그것도 잘 드시더라. 엄마의 말에 노인의 눈빛이 온화해지는 것 같았다.

"화단 정리 좀 하세요. 지저분해 보이니까 저기 지하 방도 비어 있는 거잖아."

그녀는 엄마가 안쓰러웠으나 말이 퉁명스럽게 나왔다. 배추를 다듬고 남은 겉대가 화단 구석에 쌓여 있었다. 지하 방은 입구조차 찾기 힘들었다.

"나는 꽃 가꾸고 그러는 거 질색이다. 치워봤자 저 방에 세 들 사람은 없다. 주변이 온통 새 집인데 예 와서 사는 사람은 오죽하겠니, 이젠 그런 사람도 보기 싫다."

"누가 보면 빈집인 줄 알겠어요."

"여기 봐라. 이렇게 문패가 버젓이 걸려 있는데 무슨. 마트에서 물건을 사면 귀신같이 배달해준다."

발돋움한 엄마는 옷소매를 당겨 문패를 닦아냈다. 대리석을 파 새긴 이름 위의 검은 글씨가 선명하게 드러났다.

문패가 저토록 소중한가, 아파트를 질색한 이유가 그 때문인가, 그녀는 엄마를 가만히 응시했다. 반백인 파마머리를 귀 뒤로 넘겨 드러난 엄마의 얼굴은 거친 주름이 자글자글했다. 칠십을 훌쩍 뛰어 넘어 팔십이라 해도 믿을 터였다.

"문귀주!"

들리지 않는 소리

그녀는 문패를 읽었다. 엄마가 눈을 흘겼다. 싫지 않은 기색이었다. 문패 덕에 불러 본 엄마의 이름이었다.

그녀는 케이크를 들고 집으로 들어섰다. 현준을 부른 후, 케이크를 잘라 접시에 담았다. 케이크를 보자 현준이 아빠를 불렀다.

"케이크는 촛불을 불고 나서 먹어야 맛있어."

현준은 조각난 케이크마다 초를 꽂겠다고 했다. 초는 없었다. 그녀는 머쓱했다. 유통 기한이 오늘까지라며 사장이 준 케이크였다. 유통 기한은 판매할 수 있는 날짜라 먹는 데는 지장이 없었다. 딸기는 탐스러웠다. 단지 딸기 위에 슈거 파우더가 좀 더 밀착되었을 뿐이었다.

그녀는 케이크를 처음 먹는 사람처럼 먹는 일에 집중했다. 남편과 담판을 지어야 하는데 일부러 시간을 내라고 하지 않아도 되어 다행이었다. 마음속에선 이런저런 말들이 굴러다녔다. 한 줄로 정리하면 우린 좀 달라져야 해. 좀 구체적으로 말하자면 게임을 줄이고 집안일을 나눠서 해줘. 자신이 말을 꺼내기 전에 남편 스스로 게임을 하지 않겠다고 약속해주면 좀 좋을까. 그러면 딱 끊으라는 게 아니라 시간을 줄이라고 너그럽게 말해줄 수도 있다. 현준에게도 마찬가지였다. 그러나 막 입에 넣은 딸기 때문에 혀를 굴릴 수 없었다. 딸기는 생각처럼 달지 않았다. 모두 딸기를 입에 넣은 듯 누구 하나 목소리를 내지 않았다. 텔레비전만이 날아다니는 파리처럼 윙 윙 소리를 냈다.

케이크가 점점 줄어들어 그녀는 콩알만큼 떼어 먹기 시작했다. 케이크의 달콤함은 옅어졌다. 말해야 한다는 부담감이 커졌다. 이런 기회를 마련하기가 쉽지 않을 터였다. 이혼하면 아파트는 케이크처럼 균등하게 나눠지진 않을 것이다. 그녀의 몫은 여러 조각 중의 하나일 것이다. 아파트만큼은 지키고 싶었다. 문패는 없어도 도어록 번호는 자신이 바꿀 수 있으니까.

현준이 맛있다며 남은 케이크를 잘랐다. 그리고 더 드실 분 있느냐고 물었다. 남편이 접시를 내밀었다. 그녀는 망설였다. 억지로 먹고 싶진 않았다. 그렇다고 접시를 내려놓을 수 없었다. 현준은 접시마다 케이크를 담아주며 케이크 짱, 이라고 외쳤다.

공감과 위안의 복원

추선진

1. '붕괴하는 가족'에 대한 기록

이충옥의 첫 번째 소설집 『들리지 않는 소리』는 가족에 대한 기록이다. 마치 가족 사진첩과도 같은 이 소설집은 다양한 가족들의 모습을 통해 '가족이란 무엇인가'라는 질문을 던진다. 물론 작가는 이러한 물음에 대해 절대적인 답을 제시하지 않는다. 그러나 우리의 가족에 대해 간곡하게 되묻는 것을 통해 작가는 공감과 위안을 건져내고, 가족이 주는 이 가치를 여전히 기억해야 한다고 말한다.

'가족'은 하나의 관념이다. 우리는 가족을 개인의 감정적인 기대와 현실적인 욕구를 모두 충족해줄 수 있는, 타인이 아닌 존재로 이루어진 공동체로 이상화한다. 그러나 우리가 생각하는 근대 가족의 모델은 가족을 국가가 성립할 수 있게 하는 기본 단위로 상정한 근대 국가가 기획한 것이다. 그것은 부모의 사랑, 자식의 효라는 신화로 지탱되는 "사회

적 관계의 재생산을 보증하는 국가 이데올로기 장치"다.

우리가 처한 현실은 이러한 이상과는 다르다. 가족 구성원은 공동체의 일원이기 전에 다양한 욕망을 가진 개인이다. 경제적, 사회적인 문제들은 가족의 이상을 실현하는 데 결정적인 장애물이 되기도 한다. 근대의 논리가 해체되는 것과 보조를 맞추듯이 가족의 형태와 위상도 달라지고 있다. 가족의 이름으로 자행되는 억압과 폭력으로 인해 발생하는 사회 문제도 빈번하게 발생하고 있다. 가족은 정상이라는 이름으로 자행되는 비정상[2]이며, 개인을 억압하는 국가의 공모자[3]이다. 아무런 갈등과 억압이 없는 이상적인 공간으로 인식될 때, 가족은 정상의 이름으로, 국가의 공모자로서 작동하는 억압적 기구로 기능한다.

가족의 억압에서 벗어나기 위해서는 가족이라는 이상을 해체해야 한다. '가족이라는 이상에서 벗어날 것'이라는 해결책은 어쩌면 이상과 현실의 괴리에서 발생하는 충격을 완화하는 가장 손쉬운 방법일 것이다. 그러나 가족이 이상이며 근대의 기획일지라도 우리는 가족이 가진 가치를 기억하고 있다. 그래서 사회학적 분석과 심리학적 진단이 제시하는 해결만으로는 불충분하다. 이충옥의 서사는 이것을 해결하고자 한다. 가족이 줄 수 있었던 가치인 공감과 위안을 재인식하게 하는

1 사카가미 다카시, 『인구·여론·가족: 근대적 통치의 탄생』, 오하나 역, 그린비, 2019, 190쪽.
2 김희경, 『이상한 정상가족』, 동아시아, 2022.
3 노부타 사요코, 『가족과 국가는 공모한다』, 조지혜 역, 그린비, 2022.

것을 통해서 말이다. 공감과 위안은 소외되는 개인의 삶을 지탱할 만한 것으로 만들어줄 것이다.

이충옥은 붕괴하는 가족의 "저마다의 인생"(「뱀」)을 기록하는 것을 통해 공감과 위안을 환기한다. 『들리지 않는 소리』에서 가족은 여러 가지 이유로 분절되어 사라진다. 개인의 욕망, 경제·사회 문제, 가족 구성원의 죽음 등이 그 이유가 된다. 이러한 원인들은 개별적이라기보다는 복합적으로 작용하며 가족의 붕괴에 개입하지만 어떤 요인이 주된 영향을 미치느냐에 따라 구분할 수 있다. 이충옥이 붕괴하는 가족에 대해 이렇게 여러 가지 각도에서 바라보는 것은 서사를 따라가는 독자들의 내면에 공감과 위안의 가치가 저절로 부상할 수 있기를 바라기 때문이다.

2. 개인적인 욕망의 발현

가족의 이상이 개인의 욕망과 반목하여 가족이 붕괴하는 원인이 되는 경우는 「뱀」과 「섬은 기다린다」 그리고 「아파트」에서 찾을 수 있다. 「뱀」과 「섬은 기다린다」는 공통점이 많다. 이들 서사에서는 엄마의 가출과 그로 인해 상처받은 딸이 등장한다. 모성 신화는 엄마의 가족 이탈을 비윤리적인 사건으로 정의한다. 개인의 욕망은 뱀처럼 사악하고 음흉한 것으로 치부되어 금기시된다. 그래서 이로 인해 남겨진 가족 구성원들이 받는 상처는 떠난 엄마에 대한 그리움 때문만이 아닌 주변 사람들이 던지는 비난의 시선에서 더 크게 발생하기도 한다.

> 서울서 온 아이라고 힐끗힐끗 쳐다보기만 해 서먹했던 반 아이들
> 과 친해질 만하니까 엄마가 가버렸다. 쟤네 엄마 도망갔대, 바람난
> 거래, 수군거리는 소리에 수인은 달팽이처럼 잠깐 내밀었던 고개를
> 도로 집어넣었다.　　　　　　　　　　　　　　　　（「섬은 기다린다」, 76쪽）

이로 인해 딸들은 "도망간" 엄마를 원망하고 결국 엄마의 존재를 부
정한다. 그런데 그런 엄마가 돌아온다. 「뱀」의 은재는 엄마의 불륜을 아
빠에게 알린 사람이 자신이라는 사실로 인한 죄책감까지 가지고 있다.
은재를 비난하며 떠난 엄마는 은재에게 연락조차 하지 않았다. 그것이
성인이 된 은재에게 여전히 큰 상처로 남아 있지만, 엄마는 여행을 핑
계로 타국에 살고 있는 은재에게 갑자기 찾아와 아무 일도 없었다는 듯
이 은재를 대한다.

> 어디든 뱀은 존재해. 숲을 거닐다가 나는 뱀의 매력에 빠졌고, 넌
> 뱀과 함께 있는 나를 보고 비명을 질렀을 뿐이야. 그 비명을 들은 사
> 람이 하필 네 아빠인 게 문제였지. 네 아빠랑 나는 서로 맞지 않았던
> 거야. 그런 거야. 너에게 한번은 변명하고 싶었어.
> 　　　　　　　　　　　　　　　　　　　　　　　　（「뱀」, 34쪽）

가족의 이상을 깨트릴 수 있는 개인의 욕망은 누구에게나 존재한
다. 원망과 죄책감만이 그 일의 결과로 남을 수는 없다. 은재를 이해시

키고 은재와 화해하고 싶은 엄마의 진심은 은재에게 오롯이 전달된다. 그것은 은재가 어른이 되고 새로운 가족을 이루었기에 가능한 일이기도 했다.

> 저런, 어머니가 오셨는데 계속 근무한 거야? 사장이 나무라듯 말했다. 하루만 쉴래요. 이혼하고 떠난 사람이에요. 은재는 사장이 놀라 쳐다보는 시선이 느껴졌다. 고개를 돌려 얼굴을 보지 않아도 놀란 사장의 표정을 그릴 수 있었다. 미간을 모으고 눈을 크게 떴으리라. 조금은 우스운 표정이지만 곧 미간이 풀리고 온화해질 것이다. 그럴수록 함께해야지. 귀한 시간인데 이렇게 보내는 건 아니지. 사장의 목소리가 가슴으로 스며들었다. (「뱀」, 21쪽)

은재가 일하는 스시집 사장의 충고가 은재의 얼어붙은 마음을 흔든다. 은재는 사장과 집으로 돌아가는 차 안에서 "사소한 감정들을 스스럼없이 풀어놓"는 시간이 즐거웠다. 그 시간은 은재가 엄마를 이해할 수 있는 중요한 계기가 되기도 한다. 은재는 엄마를 가족이 아닌 자신처럼 욕망을 가진 개인으로 바라볼 수 있게 되면서 엄마라는 존재를 부정하기 위해 분주했던 삶에서 벗어나 여유를 찾게 된다.

「섬은 기다린다」에서 수인의 아버지는 집을 나간 엄마를 기다리다 죽었다. 그런 아버지에 대한 연민 때문에 수인은 엄마를 더욱 원망할 수밖에 없었다. 그런데 수인의 남편이 "먹고살기 위한 선택"이라는 이해할 수 없는 이유를 내세워 이혼을 요구한다. 수인은 "떠날 수밖에 없었던 이유를 한 보따리 갖고 있었"던 엄마를 다시 돌아보게 된다. 서울을 동경하던 엄마는 시골에서의 삶과 아픈 아버지와 그런 아버지만을 위하는 시어머니를 견디기 힘들어했다. 서사의 말미에서 수인의 시선은 흐르지 않는 강이 삼켜버린 아버지의 뼛가루가 묻힌 섬에 멈춘다. 아버지의 기다림에 응답하듯 돌아온 엄마와 늘 수인의 곁을 지켰던 동생이 주는 공감과 위안을 깨닫게 된 수인은 주소를 엄마의 집으로 옮긴다.

딸은 자라 엄마가 되면서 자신의 엄마와 화해한다. 엄마를 이해할 수 있게 되었기 때문이다. 가족이라는 이상에서 벗어나 욕망을 가진 한 개인으로 엄마를 바라볼 수 있게 되었기 때문이다. 작가는 갈등했던 딸과 엄마가 화해하는 과정을 그림으로써 공감과 위안을 매개로 다시 결속하게 되는 진정한 가족의 모습을 보여준다. 이상에서 벗어난 비정상적인 형태라도, 뒤틀린 관계일지라도 가족의 가치를 실현하고 있다면 진정한 가족이다.

> 어린 그녀는 아버지가 지독한 술내와 함께 들어오면 양손으로 귀를 꽉 막았다. 엄마를 쥐 잡듯 들볶으며 이혼해달라는 아버지의 목소리를 듣고 싶지 않았다. 이어 깊은 동굴에서 울리는 엄마의 비명이 들릴 터라 죽을힘을 다해 손으로 귀를 막았다. 소리는 귀가 아니라 머리카락인지 피부인지 알 수 없는 통로로 고스란히 스며들었다. 그깟 거 해주지, 저리 원하는 데 그깟 거 해주고 말지, 엄마를 원망했다.
> (「아파트」, 209쪽)

「아파트」의 주인공, '그녀'의 아버지는 자신의 욕망을 좇아 가족을

들리지 않는 소리

떠난다. 아버지의 이혼 요구를 엄마가 들어주면 고통에서 벗어날 것 같았던 그녀의 기대와는 다르게 부모의 이혼은 자신에게 쏟아지는 주변 사람들의 부정적인 시선을 감내해야 하는 일이었다. 무엇보다 힘든 것은 빈곤에 시달리게 되었다는 점이다. 견디다 못한 엄마는 "일을 그만두고 싶다"고 "이사 가지 않아도 되고 밥 걱정 없이 살고 싶다"며 세 들어 살던 집의 주인 노인과 재혼한다. 그래서 그녀는 남편의 일탈을 참을 수 없지만 이혼하지 않기로 한다. 아들에게 고통을 주고 싶지 않고 안락한 아파트도 지키고 싶다. 하지만 그녀의 내적 갈등은 잠시 정체되었을 뿐, 그녀의 결정이 언제 번복될지는 알 수 없다.

「뱀」, 「섬은 기다린다」, 「아파트」의 딸들을 통해 작가는 가족이라는 이상과 개인의 욕망 사이의 갈등이 일으키는 현실의 여러 가지 문제들에 대해 생각하게 한다. 이때 가족에 대한 공감과 위안이 부재할 때 가족은 심리적, 육체적인 고통만을 주는 관계일 뿐이다. 타인의 시선은 중요하지 않다. 딸들의 내적 갈등을 해소하는 방법은 이것을 깨닫는 데 있다.

3. 극복할 수 없는 현실의 문제들

가족이 붕괴하는 원인에는 경제 요인과 사회 문제도 있다. 「행복한 돼지」, 「까치, 둥지를 옮기다」, 「다리 앞에서」는 가족이라는 이상이 이러한 현실의 난관 앞에서 무너지는 모습이 그려진다.

「행복한 돼지」의 완수는 양돈업자다. 완수는 가족들의 생계를 책임질 수 있게 해주는 돼지들을 가족처럼 아끼고 돌본다. 그러나 잇따른 돼지 전염병의 창궐로 번번이 돼지들을 직접 살처분해야 한다. 완수의 심적 고통은 커져만 가고 가세도 기울어져간다. 완수의 딸인 해주는 이혼 후 아들인 민을 부모에게 맡기고 민과 함께 살기 위한 집을 구하기 위해 고시원에서 생활하며 주식 투자에 몰두한다.

> 정보 덕인지 해당 주식은 저가에서 제법 올랐다. 이번에도 붉은 화살표가 나오면 최상의 가격에 매도하여 이사하는 걸로 하자. 앞으로 돼지에게 치명적인 아프리카 열병 같은 바이러스가 인간에게 퍼진다면, 그땐 또 얼마나 많은 테마주가 줄지어 상승할 것인가. 해주는 언제든 기회를 잡을 자신이 있었다. 대형 사건은 기다렸다는 듯 계속 터질 것이다. 전세가 아니라 아파트도 거뜬히 살 수 있다. 해주의 어깨에 힘이 실렸다. (「행복한 돼지」, 63쪽)

아이러니하게도 완수의 돼지들이 죽을 때마다 해주의 주식은 상승할 것이다. 완수의 고통이 해주에게 희망을 가져다 줄 것이다. 그렇지만 해주도 아들과 함께 살 수 있는 아파트를 구매할 기회를 잡을 수 있을지는 알 수 없다. 가족의 이상을 지키기 위해 고군분투하는 완수의 가족에게 현실의 경제 논리는 잔인하기만 하다.

경제적인 문제는 가족의 생존을 위협하기도 한다. 「까치, 둥지를 옮기다」의 엄마는 빈곤을 견딜 수 없어 가족과 함께 자살을 시도한다. 그런데 아버지와 동생만 죽고 엄마와 딸은 죽음을 피한다. 그래서 딸인

들리지 않는 소리

'나'는 경제적인 안정을 얻어서 나뭇가지 끝의 "까치집"처럼 위태롭지만 살아남을 수 있는 집을 가지는 것이 삶의 목표다. '나'는 학업도 포기하고 일한다. 그리고 직장을 구하지 못한 사랑하는 준이 아닌 부유하여 '나'의 삶을 "책임질" 수 있는 그와 결혼하기로 한다. 그와의 결혼을 생각하면 "가슴이 짓눌리는 듯 갑갑"하지만 단란한 가족을 이루어내겠다고 다짐하며 자신을 다잡는다.

> "엄마를 책임지라고 했지? 아무리 지옥이라도 난 엄마처럼 피하진 않아. 어떻게 그런 여행을 떠날 수 있어? 같이 가겠느냐고 우리에게 한 번이라도 물어봤어야 하는 거 아냐? 살인자야, 엄마는. 그래도 몸이 부서져 가루가 되더라도 잘 모실 테니 걱정하지 마. 이 세상에 혼자라는 게 얼마나 무서운지 엄마는 모를 거야."
>
> (「까치, 둥지를 옮기다」, 115~116쪽)

엄마를 살리려는 '나'의 노력은 엄마와 다르게 어떤 현실의 어려움이 닥쳐오더라도 살아남겠다는 의지의 표현이다. '나'의 삶에 대한 의지는 원망과 슬픔을 넘어선다. 엄마를 대하는 '나'의 모습은 가족에 대해 생각하게 한다. 엄마를 끝까지 부양하고 책임지겠다는 '나'의 태도에는 엄마와 '나'가 공감과 위안을 줄 수 있는 진정한 가족이 되길 바라는 마음이 담겨 있다.

가족의 이상을 붕괴하는 현실의 난관에는 사회적인 문제도 있다.

> 아버지가 금강산에 가서 본 것은 강 건너 마을이었을지도 몰랐다.

가족이 있어 마냥 그립고 가고 싶은 땅, 아버지는 그 땅을 밟아보고 싶었을 것이다. 그래서 한 걸음 내딛은 게 아닐까. 그때 내가 아버지를 불렀다면 어땠을까. 고향 땅으로 가려는 아버지를 불러오는 것은 언제나 내 몫이었지 않은가. 나는 손나팔을 하곤 아버지를 크게 불렀다. 목소리는 생각처럼 우렁차지 않았다.　　（「다리 앞에서」, 170쪽)

한국의 현실에는 항상 분단 상황이 개입한다. 가족에게도 예외가 될 수 없다. '나'의 아버지는 실향민이다. 어머니와 '나'는 아버지가 북쪽에 두고 온 처와 자식을 그리워하는 것을 늘 불안한 마음으로 지켜보았다. 그 때문에 아버지가 금강산 낭떠러지에서 사라진 것에 대해 슬픔보다는 배신감을 더 크게 느낀다. 분단으로 가족의 몸과 마음은 흩어진다. 공감과 위안을 주고받을 수 없는 관계 속에서 아픔과 불안은 커져만 간다.

아내는 틈을 주지 않았다. 늦어도 괜찮으니 어머니를 꼭 모시고 오라고 당부했다. 이내 선일의 목소리가 이어졌다.

"아빠, 길이 많이 막히면 무조건 내비를 켜고 오세요. 그래야 실시간 통행이 잘 되는 길로 안내한단 말이에요. 알았죠, 아빠? 아까 화진포 해수욕장까지 갔었는데 금강산 가는 길이라는 푯말을 몇 번이나 보았어요. 통일전망대 가면 금강산이 보인다고 하네요. 아빠 오시면 같이 가보고 싶어요. 제가 내비로 금강산의 구룡포를 검색했는데 결과가 없다고 나와요. 그래서 할아버지의 고향 평안남도 대동군 부산면 용궁리도 찍어봤어요."

순간, 나도 모르게 침을 삼켰다.　　　　　　　(「다리 앞에서」, 171쪽)

　　그런데 상처는 또다른 가족을 통해 치유된다. '나'는 어머니와 아버지, '나'를 위하는 아내와 아들의 마음에서 공감과 위안의 소중함을 깨닫게 된다. 아버지와의 추억이 깃든 본가가 있던 곳에서 아버지를 되돌아보던 '나'는 할아버지의 마음을 이해하고 있는 어린 아들의 목소리에 문득 아버지의 마음을 온전히 받아들일 수 있게 된다. '나'는 어머니와 함께 통일전망대로 아버지를 보러 가겠다고 결심한다. 길 위에서 방황하던 '나'의 목적지가 정해지던 순간이었다.

　　가족이 줄 수 있는 공감과 위안은 현실의 문제에 부딪히며 겪게 되는 실패와 좌절의 순간들을 극복하고 가족이 삶을 지속할 수 있게 하는 원동력이 된다. 따라서 우리의 삶에 공감과 위안의 가치를 복원하는 것은 현실의 문제들을 해결하는 것만큼 중요한 일이다.

4. 삶을 지속하게 하는 가치

　　별도 달도 뜨지 않는 밤바다 위에 둥둥 떠 있는 것 같았다. 뿌리 내리지 못하고 물살에 이리저리 흔들리는 부유물이 따로 없었다. 무엇하나 원하는 대로 살아보지 못한 삶이었다. 조실부모하여 결혼에 기대를 걸었건만 남편과 오순도순 산 날도 짧았다. 남들처럼 아들도 낳고 딸도 여럿 두고 싶었는데 그렇지 못했다. 수족을 움직일 수 있을 때까지 딸을 거들어주며 살려 했건만 그마저도 꿈이었다. 그녀는 설움이 복받쳤다. 이대로 사라질 수 있다면, 내일 아침 눈을 떴을 때 딸 곁이라면 더 바랄 것이 없었다. 입안으로 바닷물이 흘러든 듯 찝찔했다. （「들리지 않는 소리」, 143쪽）

암흑 같은 망망대해에서 홀로 닿을 곳 없이 떠도는 듯한 막막함과 두려움, 외로움이 「들리지 않는 소리」의 '그녀'를 덮친다. 그녀는 딸의 목소리를 듣고 싶어 보청기를 낀다. 그러나 보청기를 통해 들려온 소리는 그녀의 기대와는 전혀 다르게, 딸이 죽었고 사위와 손자가 그녀의 곁을 떠날 것이라는 사실을 다시 한번 확인시켜줄 뿐이다. 부모를 일찍 잃었던 그녀가 원했던 것은 가족이었다. 그러나 남편도 그녀 곁에 오래 머물지 못했다. 엄마를 살뜰하게 부양했던 딸마저 사라진 지금, 상실감으로 그녀의 삶은 위태로워지고 있다. 사위와 손자마저 떠나면 그녀의 "설움"은 더 커질 것이다. 「들리지 않는 소리」는 공감과 위안을 나눴던 가족의 상실이 한 사람의 삶에 어떤 영향을 미치는 일인지를 짐작할 수 있게 한다.

「가위」의 영수는 동생이 목을 맨 무명천을 자르지 못한 것이 내내 한스럽다. 영수 어머니의 삯바느질에 쓰였던 가위는 영수 가족이 생계를 이을 수 있게 했고, 지금 노쇠한 영수가 먹을 수 있도록 음식을 잘라주는 가위는 영수를 연명하게 한다. 영수는 그 가위가 동생에게 있었다면 동생도 죽지 않을 수 있었을 것이라고 안타까워한다. 그래서 영수는 동생을 닮은 손자 효민의 손을 잡아 '가위'를 건넨다.

"죽으면 안 되지. 하고 싶다는 게 있다는 건 행복한 거란다. 할아비는 꿈이란 걸 꾸어본 적이 한 번도 없다. 그래서 네가 할아비 대신 꿈을 이뤘으면 좋겠다. 효민아, 나는 아픈 게 아니란다. 이제 편히 쉴 때가 된 거다. 너도 쉬고 싶은데 공부하라고 하면 싫지? 할아비도 마찬가지다. 그러니까 방해해선 안 된다. 오늘 네가 본 것을 어느 누구한테도 말하지 마라. 특히 네 엄마한테. 부탁한다, 효민아."

영수는 상 위의 봉투를 효민에게 건넸다.

"이건 우리 둘만의 약속이다. 할아비를 위해 꼭 꿈을 이뤄라. 이 할아비 부탁 잊지 말고."

영수는 새끼손가락을 내밀었다. 봉투를 보며 머뭇거리던 효민이 손가락을 내밀었다. 심지 깊은 긴 손가락과 낡고 매가리 없는 손가락이 가위의 날처럼 엇갈려 걸렸다.   (「가위」, 198쪽)

베이스를 연주하고 싶은 효민의 꿈은 효민이 대학에 진학하길 원하는 엄마와의 갈등을 불러일으킨다. 영수는 효민이 좌절하지 않도록 보살핀다. 동생의 아픔을 알아채고 위로하지 못해 동생을 잃었던 기억 때문이다. 영수는 가족에게 필요한 것은 공감과 위안이라는 것을 동생과 어머니의 죽음을 겪고서야 깨달을 수 있었다. 그리고 죽음이 자신에게 오기 전에 다른 가족들에게 진정한 가족의 모습을 보여주고 싶다. 죽어가는 아내를 찾아가 그의 손을 새삼 잡아보고, 딸의 마음도 살핀다. 그리고 그런 영수의 손을 효민이 잡는다. 그들의 맞잡은 손은 꼭 영수가 그렇게 동생에게 건네고 싶어 했던 가위와 닮았다. 효민은 영수의 바람처럼 꿈을 이루기 위해 삶을 지속할 것이다.

「들리지 않는 소리」와 「가위」는 가족이라는 존재의 필요성을 강조한다. 이들 소설에서 가족은 상실한 청각을 대신하여 현실을 직시할 수 있게 할 보청기와 손의 한계를 넘어 현실에 필요한 것들을 완성할 수 있게 하는 가위라는 도구로 은유된다. 보청기와 가위는 얼핏 사소해 보이지만 삶을 지속할 수 있게 하는 중요한 역할을 수행한다. 가족도 마찬가지다. 다만 이때 중요한 것은 바로 공감과 위안이다. 공감과 위안을 줄 수 있는 가족이 우리에게 꼭 필요한 존재다.

이충옥의 소설집 『들리지 않는 소리』는 가족이 가진 공감과 위안의 가치를 복원한다. 그의 서사를 읽은 우리는 가족이라는 이상을 실현하는 데에만 급급한 나머지 미처 찾아보지 못했던 공감과 위안에 대해 다시 생각해 보아야 한다. 그리고 가족이 우리에게 줄 수 있는 이 가치는 가족을 넘어 타인을 대하는 자세에 대해서도 성찰하게 한다. 공감과 위안은 그 어떤 현실 문제에 대한 대안보다도 강력하게 우리를 좌절하게 하는 날 선 현실의 기세를 꺾을 수 있을 것이다.

秋善眞 | 문학평론가

발표지 목록

뱀 제8회 경북청송문학대전 동상 수상작

행복한 돼지 『한국소설』 2021년 12월호

까치, 둥지를 옮기다 『계간문예』 2014년 봄호(「까치집」)

들리지 않는 소리 『월간문학』 2007년 1월호(「보청기」)

다리 앞에서 2015년 제2회 경북일보 문학대전 가작 수상작

가위 『한국소설』 2016년 4월호

아파트 『한국소설』 2018년 5월호([라디오])